JN316910

英国王妃の事件ファイル③

貧乏お嬢さま、空を舞う

リース・ボウエン　田辺千幸 訳

Royal Flush

by Rhys Bowen

コージーブックス

ROYAL FLUSH
(A Royal Spyness Mystery #3)
by
Rhys Bowen

著者覚書

　実在の人物が登場しますが、この物語は完全なフィクションです。バルモラル城は描写のとおりですが、実際の地図にラノク城は記されておらず、存在するのはわたしの空想のなかだけです。

　バルモラル城からラノク城への道筋は、わたしが作りあげたものです。現実にはふたつの城を直接つなぐ道はありませんが、物語の都合上、山の中を通るルートが存在することにしました。

貧乏お嬢さま、空を舞う

歴史に関する覚書

ロニー・パジェットは著名な女性飛行士エミー・ジョンソンをモデルにしています。愛機のジプシー・モスでイギリスからオーストラリアまでの単独飛行を成功させるなど、一九三〇年代に数々の記録を打ち立て、第二次世界大戦中に死亡した女性です。

クラレンス・アヴォンデイル公爵、プリンス・アルバート・ヴィクターには、様々な噂や憶測が絶えることがありませんでした。エドワード七世の長男である彼は、父に継ぐ王位継承者でしたが、確たる証拠はないものの放縦な生活を送っていたと言われています。売春婦のみならず、男娼のもとを訪れることもあり、男娼館に警察の強制捜査が入った際にはすばやくその場を逃れたという話や、さらには切り裂きジャックその人ではないかという噂までありました。そんなわけで、彼が二八歳のときインフルエンザでこの世を去り、より堅実で信頼できる弟――のちのジョージ五世です――に王位継承権を譲ることになると、その死はなにかの陰謀の結果ではないかとか、あるいは誘拐されて精神病院に監禁されているのではないかという噂が流れたのです。

そのいずれも立証されてはいませんが、小説の題材としてはうってつけではありませんか！

彼の婚約者だったプリンセス・メアリ・オブ・テックはのちに弟のジョージと結婚し、ふたりはとても幸せに暮らしたと言われています。

スコットランドの湖でのできごと――スピードボートと怪獣――は、どちらも事実です。幾度も世界記録への挑戦がなされ、悲惨な結果に終ったこともありました。またネス湖の怪獣は、世界中の新聞の見出しを飾り、読者を魅了したものです。

主要登場人物

ジョージアナ（ジョージー）……ラノク公爵令嬢
ビンキー……ラノク公爵。ジョージーの異母兄
フィグ……ラノク公爵夫人。ビンキーの妻
ベリンダ……ジョージーの学生時代からの親友
ダーシー・オマーラ……アイルランド貴族の息子
メアリ王妃……英国王ジョージ五世の妃。皇太子デイヴィッドの母
デイヴィッド王子……英国皇太子
ジークフリート王子……ルーマニアの王族
パウロ・ディ・マローラ・エ・マルティーニ……イタリアの伯爵。ベリンダの恋人
ヴェロニカ（ロニー）・パジェット……有名な女性飛行士
ヒューゴ・ビーズリー＝ボトム……ビンキーの学生時代の友人
ゴドフリー・ビヴァリー……ゴシップ欄の記者
サー・ジェレミー・ダンヴィル……内務省の役人
ウォリス・シンプソン……デイヴィッド王子の恋人
アール・サンダース……ミセス・シンプソンの友人
ベイブ……アールの妻
ラハンとマードック……ジョージーのいとこ

1

ラノクハウス
ベルグレーブ・スクエア
ロンドンW1
一九三二年八月一二日

世界中で猛暑のロンドンほど不快な場所はないと、わたしは思う。もっとも、小説家のコンラッドが『闇の奥』の着想を得たというコンゴ川を遡《さかのぼ》ったことはないし、駱駝《らくだ》でサハラ砂漠を横断したこともないという事実は、知っておいてもらう必要があるけれど。ただ、そういうところに自分から出かけようという人たちは、不快な思いをすることをあらかじめ覚悟しているはずだ。

翻ってロンドンは暖かいと感じることさえめったにないから、無防備なところをいきなりの猛暑に襲われることになる。地下鉄の車両は、一八世紀に一〇〇人を超える人々が押し込められて命を落としたという悪名高き地下牢〈カルカッタの黒い穴〉と化し、吊り革につかまる乗客の清潔とは言いがたい脇の下が、顔のすぐそばで卒倒しそうなにおいを振りまいていた。

王室の人間がそれほど頻繁に地下鉄に乗るのだろうかと疑問に思う人もいるだろう。答えはもちろんノーだ。わたしの親戚である厳格な英国王ジョージ五世とメアリ王妃は、地下鉄がどんなものであるかすらほとんどご存じないと思う。けれどわたしの王位継承順位は三四番目でしかないし、一文無しのうえ、使用人のひとりもなしにロンドンで自活しようとしているのは、王家の血を引く人間のなかではきっとわたしくらいのものだ。

話を進める前に、このあたりで自己紹介しておこう。わたしはグレンギャリーおよびラノク公爵の娘、ヴィクトリア・ジョージアナ・シャーロット・ユージーニー。わたしの祖母は、写真を見るかぎり、ヴィクトリア女王の大勢の娘たちのなかで一番器量が悪かった。けれど古い写真の中の人はたいていが仏頂面をしているものだ。そうでしょう？　ともあれ、どこの皇帝からも国王からも結婚を申し込まれることがなかった祖母はスコットランドの公爵のもとに嫁ぎ、新鮮な空気と退屈の中で生涯を終えるまで、スコットランドの僻地にあるラノク城で暮らした。

現在の公爵はわたしの兄のビンキーだ。兄もまた経済的にはかなり困窮している。一九二九年の株価大暴落で残っていた財産をすべて失った父が銃で自殺したあと、莫大《ばくだい》な額の相続税を払わなければならなかったからだ。とは言え、ビンキーの地所には農場があり、地主階級の人々が言うところの狩猟《シューティング》や狩りや《ハンティング》釣りも《フィッシング》できたから、食べるものに困ることはない。

一方のわたしは、ベークドビーンズとトーストと紅茶で命をつないでいた。これまでに受けた教育の成果と言えば、そこそこのフランス語を話せるようになったことと、頭に本を乗せたときの歩き方と晩餐会では司祭さまにどこに座っていただくかを学んだことくらいだ。ぜひとも雇いたいと思ってもらえるような能力とはとても言えない。たとえわたしのような立場の人間が仕事を持つことに眉をひそめる人間がいないとしても。一度、試みたことがある――ハロッズの化粧品売り場で働こうとしたのだ。五時間しか続かなかった。

そのうえいまイギリスは大不況の真っただ中にあった。「どんな仕事でもいたします」と書いたプラカードを持った痛ましい男性が街角に立っているのを見れば、多くの人々にとって現実が相当厳しいものであることがわかる。だが、わたしが属する階級の大部分の人々にとってはそうではなかった。彼らのほとんどが、地中海でのヨット遊びや派手なパーティーに彩られたこれまでと変わりない暮らしを続けている。きっと、自分たちの国が不況にあることすら知らないのだろう。

これで、ベルグレーブ・スクエアにある我が家のロンドンの別宅ラノクハウスの玄関前に運転手付きのベントレーが止まっていない理由も、わたしがめったにタクシーを使えないこともわかってもらえたと思う。それでも、普段はできるだけ地下鉄には乗らないようにしていた。わたしのような田舎育ちの人間にとって、あの暗い穴の中へとおりていくのはひどく緊張を伴うものだからだ。わたしの命を狙う男に、迫り来る列車の前に突き落とされそうになってからはなおさらだった。

けれども今日は乗らざるを得なかった。ロンドン中心部は耐えられないほど蒸し暑かったので、エセックスに住む祖父を訪ねようと決め、そこに行くためにはディストリクト線を使わなければならなかったからだ。そうそう、はっきりさせておこう。ここで言う祖父は、わたしの先祖代々が暮らすパースシャーにあるラノク城の城壁に幽霊となって現れ、バグパイプを吹くといまも噂されているスコットランドの公爵ではない。前庭に石像が置かれたロンドン郊外のささやかな二軒長屋に暮らす、貴族ではないほうの祖父のことだ。わたしの母は女優で、生粋のロンドン子である警察官の娘だった。そして、男をとっかえひっかえすることで知られていた。わたしが二歳のときに父のもとを去ったあと、その後はアルゼンチンのポロ選手、フランス人のオートレーサー、テキサスの石油王と次々と相手を乗り換えている。いまだロマンスに縁のない娘とは違い、まさしく世界を股にかけた活躍ぶりを見せていた。

母が去ったあと、わたしはラノク城で育てられた。当然のことながら、母方の親戚との接触は最小限にとどめられていたので、祖父と親しくなったのはつい最近になってからだけれど、わたしは祖父が大好きだった。いっしょにいて素のままの自分でいられるのは、世界中で祖父だけだ。今度こそ、本当の家族ができたみたいな気がしていた。

祖父は留守だったので、わたしはひどくがっかりした。祖父が親しくしている隣の未亡人もいない。祖父の家に電話があったなら、無駄足を踏まずにすんだのに。けれど、電話で連絡を取るという概念は、まだエセックスの田舎までは届いていない。石像たちの非難めいたまなざしに見つめられながら祖父の家の前庭に立ちつくし、どうするべきかを決めかねていると、老いた犬を引き紐《ひも》で散歩させている老いた男性が通りかかった。男性はわたしを見て、首を振った。

「彼は留守だよ、お嬢さん。出かけている《ゴーン》」（男性は〝ガウン〟と発音した）

「出かけている？　どこに？」わたしは、病院やさらにはもっと恐ろしい場面を想像しながらぎょっとして尋ねた。ここ最近、祖父の体調があまりよくないことを思い出した。

「クラクトンくだりさ」

クラクトンがなんなのか、どうやってそこをくだるのか、さっぱりわからない。

「クラクトンくだり？」期待を込めて訊き返す。

男性はうなずいた。「そうとも。労働者たちのクラブの遠足だよ。大型遊覧バス《シャラバン》で。隣の女性もいっしょだ」

そう言うと、意味ありげに片目をつぶって見せた。わたしはほっとしてため息をついた。遠足。バスで。おそらくは海辺に。つまり、祖父までもがこの暑さから逃げ出したというわけだ。再び地下鉄に乗って町に戻るほかはなかった。友人たちは皆、田舎の屋敷やヨットやヨーロッパ大陸へと逃げ出したというのに、わたしはすっかり意気消沈し、暑さに息も絶え絶えになって、汗まみれの乗客でいっぱいの地下鉄に揺られている。

「わたしはいったいここでなにをしているの？」自問してみた。なんの能力もなく、だれかに雇ってもらえるあてもなく、これからどうなるのかすらわからない。少しでも分別とお金のある人間は、八月のロンドンになど残っていない。そしてダーシー――わたしがいまのところ恋人だと考えているアイルランドの貴族の息子——はと言えば、銃で撃たれた傷が癒えるまでアイルランドの自宅に帰ると言ってまたもや行方をくらましてしまい、それっきり、なんの連絡もない。本当に家に帰ったのかもしれないし、そうではないかもしれない。相手がダーシーとなると、なにが事実なのかはだれにもわからない。

そうよ、スコットランドに帰ったっていいんだわ、地下鉄の中で息苦しさを感じはじめたところで、心のなかでつぶやいた。湖を吹き渡るひんやりした風やラノク城の廊下を吹き抜けていく同じくらい冷たい隙間風を思い出すと、おおいに心が揺らいだ。セントジェームズ・パーク駅のエスカレーターをあがりながら、顔を伝う汗の粒を何度もそっとぬぐう。もちろん貴婦人は汗などかかないものだけれど、なにかが滝のようにわたしの顔の上を流れていた。

ベルグレーブ・スクエアの自宅に駆け戻って、急いで荷造りをして、エディンバラ行きの電車に飛び乗ろうとほとんど心を決めかけたとき、そもそもなぜ家を出たのかを思い出した。現公爵夫人である義理の姉のフィグ。狭量で、批判がましくて、とにかく不愉快な人。わたしが重荷であり、ラノク城にとって不要な人間であることをはっきりと教えてくれたうえ、彼女たちの食料を食べるわたしに渋い顔をした。そんなわけだったから、ロンドンの暑さと孤独を耐え忍ぶか、それともフィグに我慢するかを比べた挙句、結局は暑さが勝った。

あと二週間の辛抱よ、自宅に向かって歩きながら自分に言い聞かせた。二週間後には、スコットランドに招待されているのだ。先祖代々のわたしの家ではなく、バルモラル城に。英国王ご夫妻は、ライチョウ狩りのシーズンが公式に始まる八月十二日《ザ・グロリアス・トウェルフス》に合わせ、ラノク城からほんの数キロメートルのところにあるスコットランドの王家のお城にすでにいらしている。おふたりは翌月の終わりまで滞在され、なんであれ毛皮や羽のあるものを撃ったり、追いかけたりしているあいだ、王族たちが次々と訪れてはしばしの時を共に過ごすことになっているのだ。たいていの人々はどうにかしてそれを逃れようとする。明け方に鳴り響くバグパイプや煙突で共鳴する風のうめき、スコットランド高地地方《ハイランド》のダンスにタータンチェックの壁紙は、多くの人にとって耐えがたいものらしい。けれどわたしはそのすべてに慣れていた。どれもラノク城とほぼ同じだ。

それほど遠くない未来にさわやかで気持ちのいいハイランドの空気を吸えることを考えて、いくらか気分が上向いたところで、人々のあいだを縫うようにして公園を進んだ。まるでとんでもなく悲惨な戦いがこの場で繰り広げられたかのように。半裸の死体がいたるところに転がっている。実際は、この好天を存分に楽しむために、シャツを脱いで日光浴をしているロンドンのオフィスワーカーたちだった。ぞっとするような光景だ——そのからだは、どの部分を日光にさらしていたかによって様々な赤と白の縞模様に染まっている。公園を半分まで来たあたりで、人々がごそごそしはじめた。日が陰ったことに気づいて空を見あげたちょうどそのとき、不気味な雷が轟《とどろ》いた。

嵐雲が垂れ込め、空はみるみるうちに暗くなった。日光浴をしていた人々はあわててシャツを着て、雨宿りできる場所へと走っていく。わたしも足を速めたが、間に合わなかった。

なんの前触れもなく空が崩れ、雨が一枚の紙のようになって落ちてきた。少女たちは悲鳴をあげながら木の下へと避難したが、雷が近づいてきていることを考えると、あまり賢明とは言えないかもしれない。雨粒が歩道を激しく叩いた。いまさら雨宿りしても意味はなかった。もうすっかりずぶ濡れだったし、家はすぐそこなのだから。そこでわたしは走りだしたが、ラノクハウスの階段をよろめく足でのぼる頃には、顔にべったりと髪の毛が張りつき、夏用のワンピースはなまめかしくからだにまとわりついていた。

さっきまでの気分を滅入っていると表現するのなら、いまはどん底まで落ち込んでいた。いったいどこまで悪いほうへと転がればすむのだろう。希望と興奮を抱いてロンドンにやってきたのに、これまでのところなにひとつうまくいっていない。

そのとき玄関ホールの姿見に映った自分の姿が目に入って、わたしはぎょっとした。「よく見てごらんなさい！」声に出して言う。「あなたったら、まるで溺れたネズミみたいな有様じゃないの。王妃さまがご覧になったら、なんておっしゃるか」

そう言ったところで、おかしくなって笑いだした。笑いながら階段をあがっていき、二階にあるバスルームでゆったりとお湯につかった。からだを拭く頃には、すっかりいつもの自分に戻っていた。ラジオだけをお供に、ラノクハウスでわびしい夜を過ごすのはもうたくさん。ロンドンにいるのはわたしだけじゃないはずよ。すぐにベリンダのことが頭に浮かんだ。彼女はひとところに長くいたためしがない。最後に会ったときは、これからイタリアの邸宅に行くと言っていたけれど、ひょっとしたらもうイタリア人にうんざりして、戻ってきているかもしれない。

一番しわの少ない夏用ワンピースを引っ張り出し（ここしばらく、服にアイロンをかけてくれるメイドはいなかったし、わたしはアイロンのかけ方を知らなかった）、濡れた髪を上品なクローシュ帽で隠すと、ナイツブリッジの近くにあるベリンダの馬屋コテージに向かった。わたしと違ってベリンダは、二一歳になったとき財産を相続している。かつては馬屋だった小さなコテージを買うことができたのも、メイドを雇い続けていられるのも、そのおかげだった。そのうえ、彼女がほかの人の家で――ベッドを含めて――過ごす時間を考えれば、日々の生活費はほとんどゼロに等しい。

雷雨は過ぎ去り、ほんの少し涼しくなったものの、夕方の空気はあいかわらずむっとしていた。水たまりをよけ、水しぶきをあげながら走るタクシーをかわしつつ歩いていく。ベリンダのコテージに続く私道に入ろうとしたところで、背後から爆音が聞こえた。流線形の黒い塊が突進してきたと思う間もなく、モーターバイクが突っこんできて、わたしはすんでのところでそれをかわした。バイクは私道の入口にできた大きな水たまりのなかを走り抜け、わたしの全身に泥水をふんだんに浴びせた。

「ちょっと！」

バイクはスピードを緩めることもなくコテージに向かって走っていき、わたしはエンジンの咆哮に負けまいとして声を張りあげた。完全に頭に血がのぼっていて、バイクの乗り手たちが銀行強盗や逃亡中の泥棒かもしれないなどという可能性を考えることもせず、あとを追っていく。モーターバイクは私道のずっと先で止まり、革のジャケットと革のヘルメットとゴーグルをつけた男性ふたりが降りようとしていた。

「いったいどういうつもり？」

バイクに駆け寄りながらわたしは問いつめた。怒りのあまり、ここにはいかにも反社会的な男性ふたりとわたし以外だれもいないことに、気づいてもいなかった。

「この有様を見てちょうだい。ずぶ濡れになったじゃないの」

「確かに、ちょっとばかり濡れたみたいですね」ひとり目の乗り手は言い、このうえなく腹立たしいことに、声をあげて笑いはじめた。

「笑いごとじゃないわよ！」わたしは噛みつくように言った。「上等のワンピースがすっかり台無しになったのよ。それに帽子ときたら……」

うしろに乗っていた人物はバイクを降り、ヘルメットをはずそうとしている。

「そうよ、笑いごとじゃないわ、パウロ」女性の声だった。彼女はヘルメットとゴーグルをはずすと、ボブスタイルの黒髪を見せびらかすように揺すった。

「ベリンダ！」わたしは思わず声をあげた。

2

ベリンダ・ウォーバートン＝ストークの馬屋コテージ
セビルミューズ3
ナイツブリッジ
ロンドン
一九三二年八月一二日

ベリンダはわたしに気づいて、目を丸くした。

「ジョージー！　まあまあ、かわいそうに。ひどい有様じゃないの。パウロ、あなたったらわたしの一番の友だちを溺れさせるところだったのよ」

もうひとりの乗り手もヘルメットをはずしたので、輝くような黒い瞳と豊かな黒髪を持つ、ラテン系のとんでもなくゴージャスな男性だということがわかった。

「申し訳なかった」彼は言った。「きみが見えなかったんだ。陰になっていて。それにかなりスピードを出していたから」彼の言葉には外国なまりがあったが、イギリスで教育を受けたことがあるのがうかがえた。

「パウロは、なんであれ速《ファースト》いものが好きなの」

ベリンダはうっとりとしたまなざしで彼を見つめた。その言葉は彼女にもあてはまるのかもしれないと、ふと考えた。ベリンダは確かに気ままに生《ファースト》きている。

「わたしたち、ブルックランズにいたのよ。ほら、サーキット兼飛行場のあるところ。パウロはモーターレースの練習をしているの。それに飛行機だって操縦できるのよ。わたしを乗せてくれるっていう約束なの」

「まずはぼくを紹介してほしいな、ベリンダ」パウロが言った。「それからきみの友だちにはなにか気持ちを落ち着かせるようなものを飲んでもらって、その服もどうにかしないと」

「そのとおりね、ダーリン。ジョージー、彼はパウロよ」

パウロは素晴らしいその瞳をわたしに向けた。

「ジョージー？　それって男の名前じゃないのかい？」

「本名はジョージアナよ」

「あら、そうよね、きちんと紹介するべきだったわ」ベリンダが言った。「こちらはパウロ・ディ・マローラ・エ・マルティニ伯爵よ。それから彼女はわたしの大事な親友、グレンギャリーおよびラノク公爵令嬢のレディ・ジョージアナ」

パウロはうっとりするような瞳で再びわたしを見つめた。

「ビンキーの妹なのかい？」

「ええ、そうよ。ビンキーとはどこで？」

「一年間、学校でいっしょだった。思い出したくもない日々だ。父はぼくを洗練されたイギリス紳士に仕立てあげたかったんだ。だが失敗した。ぼくはいやでたまらなかったのさ。あの水風呂やからだをぶつけ合うラグビーといったものすべてが。幸いなことに、メイドたちの尻をつねるのをやめなかったもので、退学してくれと学校から頼まれた」

「あなたらしいわ」ベリンダはそう言いながら玄関の扉を開けて、わたしたちを招き入れた。「フローリー、いますぐにお風呂の準備をしてちょうだい」メイドに呼びかけてから、わたしに向き直る。「座ってちょうだいと言いたいところだけれど、その格好で座られたんじゃ、ソファが台無しになってしまうわ。でも、パウロが飲むものを作ってくれるわ。なにか強いものを」

「残念だが、ぼくはもう帰らなきゃならない、愛する人《カラ・ミーア》」パウロが言った。「きみたちはふたりでお喋りに花を咲かせるといい。だが今夜はダンスに行くだろう？　それともクロックフォーズで少しばかりギャンブルを楽しんで、それからナイトクラブに行ってもいい」

「行きたいわ。でも今夜は忙しいのよ」

「ばかばかしい。相手がだれだか知らないが電話をかけて、長いあいだ行方不明だったいとこが帰ってきたとか、姉に赤ちゃんが生まれたとか言えばいいさ。それとも、きみが水疱瘡《みずぼうそう》にかかったことにするかい？」

「すごくそそられるわ。本当よ。でもいまさら断るわけにはいかないの。かわいそうなあの人が、さぞがっかりするでしょうから」

「別の男なのか？」パウロが目をぎらつかせながら尋ねた。

「ほら、髪の毛を逆立てたりしないで」

「髪の毛？　髪とどういう関係があるんだ？」

ベリンダはくすくす笑った。「そういう言い方があるのよ。なんでもないことに腹を立てないでっていう意味」

「英語の言い回しっていうのはまったくばかげているな。きみがほかの男とデートをするというのに、どうして腹を立ててはいけないんだ？」

「ばかなことを言わないの。ほかの人とデートなんてするわけないじゃないの。兄に頼まれたのよ。競走馬を買いたがっているアメリカ人のおじさまをもてなすことになっているの」

「キャンセルできないのかい？　ぼくのためでも？」パウロはベリンダにぐっと身を寄せると、彼女の頰に指先を這《は》わせた。ベリンダの気持ちが揺らぐのがわかった。

「だめなの。兄をがっかりさせるわけにはいかないわ」

「失望するのはぼくのほうだ」パウロがうめくように言った。「こんなに心が痛むことはないよ。きみは本当はぼくを愛していないんだな」

どうしてわたしにはこういうことを言ってくれる男の人がひとりもいないのかしら。

「そうだわ、いいことを思いついた」ベリンダがさっとわたしを振り返った。「わたしの代わりにジョージーに行ってもらえばいいんだわ。行ってくれるでしょう？」

「ええ、いいわ」わたしは吐き捨てるように答えた。「旅行中のアメリカ人をもてなすのにふさわしい格好だものね」

「約束は八時半なのよ、ジョージー。それまでにお風呂に入って、わたしの衣装戸棚にあるものを、なんでも着ればいいわ。わたしのメイドが手伝うから。そうよね、フローリー？」

ベリンダは階段の下で待っているメイドに尋ねた。

だれも返事を待とうとはしなかった。

「これで決まりだ」パウロがパチンと手を叩いた。「それではぼくはこれでおいとまするとしよう。九時に迎えに来るよ、カラ・ミーア」

「モーターバイクはいやよ、パウロ」ベリンダが言った。「夜会用の服《トッグ》でまたがるのはごめんだわ」

「犬《ドッグ》？　犬を連れていきたいのかい？」

「トッグよ。服のことをそう言うの」

「英語っていうのは、まったくばかげた言葉だよ」パウロはまた同じことを言い、わたしにお辞儀をした。「ごきげんよう、レディ・ジョージアナ。また会うときまで」そして彼は去っていった。

「ベリンダ」満面の笑みを浮かべて振り返った彼女に向かって、わたしは言った。「あなたってとんでもなくずぶとい神経をしているのね。わたしにそのアメリカ人をもてなせるはずがないじゃないの。競走馬のことなんてほとんど何も知らないし、そもそも彼はあなたが来ると思っているのよ」

「大丈夫」ベリンダは勇気づけるようにわたしの腕に手を当てると、階段のほうへといざなった。「本当は競走馬を買いに来たわけじゃないの。石油だかなにかの仕事をしているのよ。ゆうべ、クロックフォーズで賭けを楽しんでいたときに会って、食事に行く約束をしたの。だってその人ったら、この町に来たのは仕事のためで、ひとりで食事をするのがなによりいやだって言うんですもの。もちろんそんなこと、パウロには言えないわ。彼ったら、すごく嫉妬深いの」

「つまりあなたは、見知らぬアメリカ人をわたしに押しつけたというわけね。その人はわたしがあなたじゃないことにさぞがっかりするだろうし、食事以外のことを期待しているかもしれないのに」

「それはないわ」わたしたちは、湯気が流れ出ているバスルームの前に立った。「彼はアメリカ中西部から来ているんだけれど、あなたを死ぬほど退屈させるくらいしかできっこないわ。国王の親戚と食事ができることを知ったら、さぞ喜ぶでしょうね。そしてあなたはおいしい夕食と上等のワインにありつける」

わたしは声をあげて笑った。「ベリンダ、あなたのためにしてあげていることなのよ」

「あなたがだれかのためになにかをしたことなんてあった？　あなたは人を操るのが本当に上手ね」

「あなたの言うとおりだわ」ベリンダはため息をついた。「でも、行ってくれるでしょう？」

わたしの抵抗もそこまでだった。

ため息まじりに答える。「わかった。わたしに失うものなんてないものね」

「あら、そうなの？」ベリンダに意味ありげなまなざしで見つめられ、わたしは頬を染めた。

「まさかまだしていないなんて言うんじゃないでしょうね！　ジョージアナ、あなたには失望したわ。最後にダーシーといっしょにいるところを見たときには、とてもうまくいっているようだったのに」

「彼と最後に会ったときは、わたしだってうまくいっていると思っていたわ」憂鬱《ゆううつ》の黒い雲がわたしの上に居座るのを感じながら言った。「でもあのとき彼は入院していたのよ。覚えているでしょう？　銃で撃たれて、すっかり弱っていた。退院したらすぐに療養のためにアイルランドに帰ってしまったし、それっきり会っていないの。葉書の一枚すら来ない」

「ダーシーは葉書を書くようなタイプじゃないわよ。心配しなくても、いずれまた現れるわ。放蕩《ほうとう》息子は戻ってくるってよく言うじゃない。ダーシーはわたしと同じくらい、機に乗じるのがうまいもの。きっと、コートダジュールでのヨット遊びに招待してくれるだれかを見つけたのね」

わたしは唇を噛んだ。家庭教師のミス・マカリスターが、どうにかして直そうとしたものの、結局直せなかった悪い癖だ。

「問題は、わたしが近いうちにスコットランドに行かなきゃならないっていうことなの。つまり、夏が終わるまで彼には会えないいんだわ」

「最初にチャンスがあったときに、彼とベッドインしなきゃいけなかったのよ」ベリンダが言った。「ダーシーみたいなタイプは、長くは待たない」

「わかっている。ラノク城で育てられたせいよ。正しいことだけをしてきた祖先のせい。バノックバーンの戦いで、八つ裂きにされるまでたったひとりで一歩も引くことなく戦ったロバート・ブルース・ラノクのことを、つい考えてしまうの」

「そのこととあなたが純潔を失うことに、なんの関係があるのかわからないわ」

「大事なのは義務なの。ラノク家の人間は、決して義務を怠ったりしないのよ」

「結婚するか、もしくは死ぬまで純潔を守ることが、あなたの義務だと感じているっていうこと？」

「そうじゃない。そんなふうに言うと、なんだかばかみたいに聞こえるわね。わたしはただ、ベッドからベッドへと次々に相手を変えていく母親を見てきたから、そうはなりたくないだけ」

「でも、お母さんがどれほど楽しんでいるかを考えてごらんなさいな。きれいな服をあんなに持っているのよ」

「わたしはそういうタイプじゃないの。ひいおばあさまのヴィクトリア女王を見習わなきゃいけないんだと思うわ。ただひとりの愛する人を見つけて結婚したいの。それに、服にはあまり興味がないし」

「そうみたいね」ベリンダは批判的なまなざしをわたしに向けた。両手に山ほどのタオルを抱えて辛抱強く待っているメイドに命じる。「レディ・ジョージアナがこのみっともない濡れた服を脱ぐのを手伝ってちょうだい、フローリー。脱いだ服は持っていって洗っておいて。代わりにローブを持ってきて」

わたしは服を脱がせてもらい、ベリンダが縁に腰かけているバスタブに身を沈めた。

「ねえ、パウロのことをどう思った？」ベリンダが尋ねた。「素敵でしょう？」

「すごく素敵ね。イタリアで会ったの？」

「わたしが滞在していた邸宅に遊びに来たの――」ベリンダは思わせぶりに、一度言葉を切った。「――婚約者といっしょに」

「婚約者？　ベリンダ、よくもそんなことを」

「心配しないで、ジョージー。向こうでは事情が違うのよ。あの人たちはカトリック教徒なの。彼はその人ともう一〇年以上も前から婚約している。とても育ちがよくて、起きている時間の半分くらいはロザリオを手にひざまずいてお祈りしているような人よ。でも、いずれは彼がそんな人と結婚することがわかっているから、彼の家族は満足しているわ。ただそのときが来るまでは……」ベリンダはいたずらっぽく笑った。

ベリンダが腰かけている脇でお湯につかるのは妙な気分だったが、彼女はごく当たり前のような顔をしている。

「なんだか昔に戻ったみたいじゃない？」彼女が言った。「学校のバスルームでお喋りしたことを覚えている？」

わたしはにっこりして答えた。「もちろんよ。だれかに聞かれずに話をできるのは、あそこだけだった」

「それで、その後どうしていたの？　お掃除おばさんの仕事はうまくいっている？」

「お掃除おばさんじゃないわよ、ベリンダ。家事奉公人紹介所よ。ロンドンの別宅に滞在できるように準備をするだけ。床を磨いたりとかそういうことはしないの」

「その仕事のことは、宮殿の親戚にはまだ気づかれていないのね？」

「ありがたいことにね。でもさっきのあなたの質問の答えだけれど、実はあまりうまくいっていないの。ここ何週間も仕事がないのよ」

「あるはずないじゃない」ベリンダは長い脚を伸ばした。「夏の最中にロンドンに来る人なんていないわよ。逃げ出せる人はみんな逃げ出している」

わたしはうなずいた。「いまだに残っているのはわたしだけなんじゃないかって思い始めたところよ。おじいちゃんまでクラクトン・オン・シーに行っちゃったの」

「それじゃあ、あなたはいったいどうやって暮らしているの？」

「かろうじて生きているといったところ。紅茶とトーストでね。近いうちになんとかしないと、貧困者のための無料食堂に並ぶことになるわ」

「ばかなこと言わないで。あなたさえその気になれば、どこのお屋敷からでも招待してもらえるのに。あなたほど結婚相手としてふさわしい独身女性は、国中探したっていないと思うわ」

「わたしはあなたみたいに顔が広くないのよ、ベリンダ。それにどうすれば招待してもらえ

「それも考えた。そう言えば、わたしがどれほど切羽つまっていたかがよくわかるでしょう？　でもフィッグと飢え死にのどちらを選ぶって訊かれたら、飢え死にするほうがまだましよ」

「ラノク城に帰るっていう手だってある」

わたしは微笑んで言った。「実を言えば、人にたかるのはあまり好きじゃないの」

「わたしが紹介するわ」

るのかもわからない」

ベリンダは心配そうにわたしを見つめた。「かわいそうなジョージー。仕事も、友だちも、セックスもないなんて。落ち込んでいるのも当然ね。どうにかして気分を上向きにしなきゃいけないわ。今夜はおいしいものをいっぱい食べて、明日はわたしといっしょにクロイドンに行きましょう」

「クロイドン？　そこに行けば気分が上向きになるの？」

「飛行機よ。パウロの新しい飛行機を見せてもらうの。乗せてもらえるかもしれない」

パウロの無鉄砲な運転ぶりを見ていたから、彼の操縦する飛行機に乗りたいとはあまり思わなかったけれど、なんとか笑顔を作った。「素敵ね」少なくとも、家でじっと座っているよりはましだ。

3

ラノクハウス
一九三二年八月一三日
あいかわらず蒸し暑い

翌朝一〇時、我が家の玄関に現れたベリンダは、白いリネンのズボンと黒と白のストライプのブラウスに身を包み、見惚れるほど美しかった。仕上げは頭に載せた、ピルボックス帽子と呼ばれる小さい円筒形の縁なし帽子だ。ひょっとしたらゆうべは一睡もしていないかもしれないだなんて、だれも想像すらしないだろう。

「用意はできている？」ベリンダは、わたしのサマードレスと泥はほとんど落としたはずのクローシェに、非難がましい目を向けた。「それって、空ででんぐり返しをするのにふさわしい格好だと思う？」

「空ででんぐり返しをするのはあなたに任せるわ」わたしは答えた。「それにズボンは、ラノク城の地所をうろうろするときに着るためのものしか持っていないから、馬のにおいがこびりついているのよ」

「あなたのタンスの中身はどうにかしなきゃいけないわね」ベリンダはわたしのコットンのブラウスのしわを伸ばそうとした。「お母さんがあれほど小柄でなければ、着なくなった服を全部もらえたのに」

「新しい服を買ってくれるって何度か言っていたけれど、母のことはあなたもよくわかっているでしょう？　いつだってきれいさっぱり忘れて、いなくなっちゃうのよ。それに、あの人のドイツ人の恋人のお金で買ってもらっても、素直に喜べないだろうと思う」

「それじゃあお母さんはまだ、あのでっぷりした実業家とつきあっているのね？」

「最後に聞いた話ではね。でももうひと月も前のことだもの、どうなっているかわからないわ」

ベリンダはくすくす笑った。わたしは玄関のドアを閉め、彼女のあとについて待たせてあったタクシーに向かった。

「さあ、話してちょうだい。ゆうべのことが聞きたくて死にそうよ」車が走りだしたところで、ベリンダが切りだした。「ミスター・ハンバーガーとの食事はどうだった？」

「シュロスバーガーよ」わたしは訂正した。「カンザス・シティから来た、ハイラム・シュロスバーガー。まったく予想どおりだったわ。わたしと王族のつながりを知ったらすっかりおののいて、わたしを〝殿下〟って呼ぶのよ。わたしはただの公爵令嬢だし、そんなにかしこまる必要はないって言ったのに。まあ、いい人だったけれど、退屈だったわね。奥さんと子供たちと犬と牧場の牛の写真まで見せてくれた」

「とにかくおいしい食事にはありつけたんでしょう？」

「すごくおいしかったわ。ミスター・シュロスバーガーは不満そうだったけれどね。フォアグラとロブスターのビスクには目もくれないで、上等のステーキがあればそれでいいなんて言うの。ステーキが運ばれてきたら、今度は大きさに文句を言っていたわ。家では、お皿の横からはみでるくらい大きなステーキを食べているそうよ」

「牛をまるごと食べるつもりかしら。でもちゃんとしたシャンパンくらいは飲んだんでしょうね？」

わたしは首を振った。「彼はお酒を飲まないの。ほら、例の禁酒法よ」

「ばかばかしいったら。禁酒法くらいだれだって知っているけれど、みんな飲んでいるのに。彼以外はね。それでいったいなにを飲んだの？」

しかめ面で答える。「レモネードよ。彼がふたり分頼んでくれたわ」

ベリンダはわたしの腕に手を載せた。「ジョージー、ごめんなさいね。今度あなたにデート相手を回すときには、レモネードを飲まない人にするわ」

「今度？　あなたったら、いつもこんなことをしているの？」

「あら、当たり前じゃないの。そうでもしなければ、どうやっておいしいものが食べられるっていうの？　それにこれは人助けでもあるのよ。仕事でロンドンにやってきたかわいそうな男の人たちはだれも知り合いがいないから、ちゃんとした振る舞い方を知っている上流階級の若い女性といっしょにいられるのが、うれしくて仕方がないのね。ミスター・ハンバーガーは、これから何年もあなたのことを自慢するわよ。絶対だわ」

わたしたちはヴィクトリア駅でタクシーを降りた。クロイドン行きの列車はまもなく、南ロンドンのわびしい風景のなかをよろよろと走りはじめた。ベリンダはイタリアの邸宅のことをあれこれと話していたけれど、わたしは物干しロープが張ってある哀れな裏庭の列を眺めながら、上の空で聞いていた。いい考えを思いついたのだ。ベリンダが言っていた男の人たち――仕事でロンドンにやってきて、ひとりで食事をしなければならないんですって？　その人たちに申し分のない家柄の魅力的な食事相手――つまり、わたし《モワ》――を紹介するサービスをはじめたらどうかしら？　人の家を掃除するよりはましだし、最悪の場合でも食事にはありつける。もしもうまくいったら、衣装ダンスを上等の服でいっぱいにして、もう少し頻繁に楽しい思いができるかもしれない。

クロイドン飛行場に来たのは初めてだったので、その喧噪と真新しい建物には驚かされた。木の茂る道路をタクシーで走っていると、大きな複葉機が轟音と共に頭上を通り過ぎていき、滑走路に着陸した。本物の旅客機が着陸するのをこんなに近くで見たことはなかったから、巨大な鳥が舞い降りてきて何度かはずんだあと、今度は地上を移動する機械となって走っていく光景は圧巻だった。そもそも、あれほど大きくて不格好な乗り物が本当に空を飛ぶこと自体が信じられなかった。

アール・デコ風の真新しい白いターミナルビルに向かって歩いていると、さっきの旅客機がこちらに近づいてきた。プロペラはまだ回っていて、すさまじい音をたてている。わたしは足を止め、タラップが横づけされて、乗客がひとり、またひとりと降りてくるのを眺めた。

「インペリアル・エアウェイズのヘラクレスだ。たったいまパリから着いたところだよ」うしろでだれかが言った。

聞いているだけでわくわくした。あの小さな鞘《さや》のような乗り物に乗って、雲の上を飛ぶ自分を想像してみた。わたしが行ったことのある外国はスイスだけだ。それもドーバー海峡を渡る、乗り心地の悪い列車で。

「お天気はあまり期待できそうにないわね」ベリンダが、顔の前を飛びまわる小さな虫を追い払いながら言った。「また雷が来そう」

確かに空気がじっとりとからみついてくるようだった。

「パウロとはどこで会うの？」わたしは尋ねた。

「格納庫の近くにいるはずよ」

ベリンダは、飛行機を格納している大きな建物や小屋が点々と建つあたりに向かって歩きだした。真新しい飛行機の脇にパウロが立っているのが見えたが、その飛行機はいまにも壊れそうに思えたので、彼がこう言ったときには、実のところわたしはほっとしていた。

「こんな天気で残念だよ。今日の午後は飛ばない。気象庁によれば、また嵐が来るらしいんだ」

「あら、残念。せっかくここまで来たのに」ベリンダが言った。「すごく楽しみにしていたのよ」

「カクテルみたいにシェイクされるのは楽しくないと思うよ、カラ・ミーア。それに雲のなかを飛んでもなにも見えないし、雷が落ちるかもしれない」

「それなら」ベリンダはまだ口をとがらせている。「わたしたちをがっかりさせた埋め合わせに、おいしいランチに連れていってちょうだい。お腹がぺこぺこよ」

「乗客ターミナルにレストランがある。味の保証はできないが、あそこなら食事をしながら世界中からやってくる飛行機が見えるよ。素晴らしい眺めだ」

「いいわ。それで手を打ってあげる」ベリンダは彼の腕に手をからめると、もう一方の腕でわたしの手を取った。「行きましょう、ジョージー。いいお天気にしてくれなかったんだから、この人にはそれなりの償いをしてもらわなきゃ」

「だがぼくにはイギリスの天気をどうにもできないよ」パウロが反論した。「これがイタリアだったら、天気は大丈夫だって約束できたが、イギリスはいつだって雨だからね」

「いつもじゃないわよ。二日前には、陽射しがきつくて暑すぎるって、あなた、文句を言っていたじゃないの」ベリンダが言った。

きらきら光る新しい建物のなかを通り過ぎた。わたしは大理石の床の上を歩きながら壁の絵をうっとりと眺めた。世界の異なる時間帯をテーマにしたものだ。オーストラリアは、いまはもう夜らしい。憧れにも似た思いが心を貫いた。世界には見るべきものが山ほどあるというのに、わたしはどこまでも安全で清潔なスイスより遠いところに行ったことがないのだ。

　カレイのムニエルにイチゴとクリームのデザートがついたランチは、意外なほどおいしかった。食後のコーヒーを飲みながらわたしは窓の外をじっと眺め、ベリンダとパウロがひどくなまめかしい仕草でひとつのイチゴをかじっていることには、気づかないふりをした。雷雲が巨大な黒い塊にふくれあがっていくのを見ていたから、すぐ頭の上で雷が轟いたときにもさほど驚きはしなかった。雨が降りはじめ、滑走路にいた人たちは屋根のあるところへと急いで走っていく。運転手たちはあわててオープンカーに幌《ほろ》をかけた。

「これで今日はもう飛べなくなったというわけだ。ロンドンに戻る前にあがるといいんだがな。嵐のなかをモーターバイクで走るのは、愉快じゃない」

「雷に打たれるかもしれないわね」ベリンダが言った。「あなたは危険なことが大好きなんだと思っていたのに」

「危険は好きさ。だが濡れるのはごめんだ」

「モーターバイクはここに置いておいて、いっしょに列車で帰りましょうよ」

「だがモーターバイクがないと、ぼくは家に帰りつけない。どこで夜を過ごせばいいと言うんだい？」

　もちろん彼には答えがわかっていた。

「そうね、どこがいいかしら」ベリンダが答えた。

　わたしは、また壁の花になることにうんざりしながら顔をそむけた。だれかが叫んだのはそのときだ。

「見ろ！　着陸しようとしている飛行機がある」

土砂降りの雨に目をこらすと、黒い雲のなかにさらに黒い点があるのが見えた。

「こんな雨のなかで着陸なんて、あいつはいかれている」別の声がした。「死ぬぞ」

その光景をひと目見ようとして、だれもが窓に駆け寄った。小さな飛行機が上下に機体を揺らしながら雲のなかに姿を消したかと思うと、再び現れ、やがてひときわ大きな黒い塊に呑まれた。稲妻が光り、雷が轟く。飛行機の姿はない。突然、歓声があがった。小さな飛行機が雲を破り、滑走路からほんの数メートルのところに現れると、水しぶきを派手にあげながら着陸したのだ。

全員がレストランから走り出た。わたしたちも興奮の渦に巻きこまれてそのあとを追い、張り出し屋根の下で小さな飛行機が近づいてくるのを待った。まるで子供の玩具みたいな複葉機だ。

「ジプシー・モスだ」パウロが言った。「操縦席に覆いがないんだ。ぼくには、こんな嵐のなかでモスを着陸させる勇気はないね」

飛行機が止まり、パイロットはうしろの操縦席からひらりと飛びおり、喝采《かっさい》と歓声のなかに立った。パイロットがヘルメットをはずすと、人々は思わず息をのんだ。目のさめるような赤い髪をした女性だ。

「ロニーじゃないか！」パウロが人ごみをかきわけながら叫んだ。

「ロニー？　女の人みたいに見えるけれど」わたしはつぶやいた。

「ヴェロニカ・パジェットよ」ベリンダがパウロのあとを追っていく。「ほら、あの有名な女性飛行士。ロンドンからケープタウンの単独飛行に成功したばかりよ」

パイロットは歓呼と声援に優雅に応えながら、人ごみのなかをビルのほうへと歩きはじめた。

「ロニー、よくやった」わたしたちの前を通り過ぎようとする彼女にパウロが声をかけた。

顔をあげてパウロに気づくと、彼女は笑みを浮かべた。

「あら、パウロ。あなたには無理だったでしょうね」

「正気の人間はだれもあんなことをしないよ、ロニー。きみはかなりいかれている」

彼女は声をたてて笑った。低く豊かな笑い声だ。

「そうかもしれないわね。この三〇分ほどは、何度も自分でそう思ったわ」

「どこから来たんだい？」

「近くよ。フランスから来ただけ。飛ぶべきじゃないってわかっていたんだけれど、今夜のパーティーにはどうしても出たかったの。それにしても、とんでもなかったわね。フランスではいまいましい線路さえ見えないし、海峡には霧がかかっているし、ようやくここまで来たらひどいお天気だし。どこもかしこも土砂降りよ。昼食をもう少しで戻してしまうところだったわ。コンパスもあてにならなかった。滑走路がどこにあるのか、見当もつかなかった。でも、ものすごく楽しかったわ」

わたしはあっけに取られて、興奮に顔を輝かせている彼女を見つめた。

「さあ、早いところ避難しましょうよ」再び雷が頭上で鳴り響き、飛行場を風が吹き抜けていくと、彼女はフライトジャケットの襟を立てた。彼女になにかをおうとしたところで、ベリンダがパウロの肩を叩いて言った。「わたしたちを紹介してくれるつもりはあるの？　それとも彼女をひとり占めするつもり？」

パウロはいくらか気恥ずかしげに笑った。「すまない、紹介するべきだった。ロニー、こちらはぼくの友人のベリンダ・ウォーバートン＝ストークとジョージアナ・ラノク。お嬢さんたち、彼女はロニー・パジェット」

ロニーが目を丸くした。「ラノク？　公爵とご親戚？」

「先代はわたしの父。いまの公爵は兄よ」わたしは答えた。

「あらまあ。それじゃあ、わたしたちはお隣さんみたいなものね。わたしの実家は、あなたの家からそれほど遠くないわ」

「本当に？　いままでお会いしたことがなかったのが不思議だわ」

「実家にはあまり帰らないの。あそこは静かすぎるのよ。それにわたしのほうが少し年上だわ。わたしが寄宿舎に入ったころ、あなたはまだおむつではいはいしていたんじゃないかしら。それに、一六歳で家を出たし。社交界にも、その手のたわごとにも興味がなかったの。それ以来、一カ所に長くいたことはない。旅心を持って生まれてきたみたい。あなたはよく家に帰るの？」

「数週間のうちにスコットランドに戻らなきゃならないの。でもできればラノク城には行きたくない。あまり楽しい場所とは言えないもの。ライチョウ撃ちにバルモラル城に行くことになっているのよ」

「抵抗できない可哀そうな鳥を殺すわけね」ロニーが言った。「そう考えると野蛮ね。でも楽しい。そうでしょう？　きっと、そういう血を受け継いでいるんでしょうね。そう思わない？」

「そうなんでしょうね」わたしは答えた。「ハンティングは好きだけれど、狐が八つ裂きにされるときはすごく心が痛むの。でも射撃の腕はあまりよくないから、ライチョウのことはそれほど可哀そうだとは思わない。それにあの鳥って、ものすごく間抜けなのよ」

ロニーはまた声をたてて笑った。「確かに。あなたとは、いずれまた会うかもしれないわね。そのときはいっしょに撃ちにいきましょう」

ベリンダがふくれっ面をしていることに気づいた。彼女は自分が場の中心にいないと気がすまない。

パウロの腕を引っ張ってベリンダが言った。「ロニーがこれだけのことをしたんだから、シャンパンでお祝いくらいはしてあげなくちゃ」

「ベリンダ、ぼくは時々、シャンパンとキャビアをごちそうすることがぼくの役目だと思われている気がするよ」

「とんでもない。あなたには別の役目もあるわ」ベリンダは、クリームをもらった猫のような笑みを見せた。

ふたりは思わせぶりに見つめ合い、やがてパウロはロニーに向き直った。

「シャンパンをごちそうするように仰せつかったよ。ここのバーにまともなものが置いてあるといいんだが。飲むかい？」

ロニーはあたりを見回してから、また笑った。

「もちろんよ。人生は一度きりですもの。まともなシャンパンのお誘いにノーと言ったことはないわ」

彼女は先に立って人ごみのなかを歩いていき、建物の玄関ホールに入った。

「わたしのメイドを見なかった？」まわりにいる人々の顔を眺めながら尋ねる。「臆病な子なのよ。みんなが自分に噛みついてくると思っているみたい。わたしが今夜着るドレスを持って、ここで待っているようにって言ってあったんだけれど。あの子が来ないと、困ったことになるわ。こんな格好じゃパーティーに行けないもの」

バーのほうへと向かったが、そこにもメイドの姿はなかった。

「格納庫で待っているのかもしれない。自動車はあそこに置いてあるのよ。よかったわ。少なくとも濡れずにすんだってことね」

「きみは自動車を持っているんだ」パウロは興味をひかれたようだ。「町まで乗って帰るのかい？」

「悪いけれど、このあとはサセックスの田舎に行くの。お役には立てないわ」

「そいつは残念だ。ぼくはモーターバイクで来たんだが、濡れるのは大嫌いなんだ。あの哀れな代物《しろもの》はここに残して、列車で帰るほかはないということか」

「あなたにとっては大事《おおごと》よね」ベリンダが鋭い口調で言った。

パウロは彼女の肩に手を回した。「そういうつもりで言ったんじゃないよ、愛する人《ミ・アモーレ》。列車でロンドンに戻ったら、カブトムシよりのろのろ走るあのとんでもないタクシー以外に、交通手段がないじゃないか。ロニーの運転はさぞかし速いだろうからね」

「もちろんよ」ロニーはそう答えて笑った。

バーに足を踏み入れたところで、若い女性が呼びかける声がした。

「ミス・パジェット！」大きなスーツケースを持って、よろよろとこちらに近づいてくる。

「ああ、ミス・パジェット、遅くなって本当にすみません」息を切らしながら言う。「駅から来る途中で雷が鳴りはじめたんで、避難していたんです。あたしは雷が怖くてたまらないんです。ご迷惑をおかけしたんじゃないといいんですけど」

「もちろん迷惑だったに決まっているじゃないの。まったくあなたときたら、時間どおりに来たためしがないんだから。でも今日は運がよかったわね。わたしはシャンパンをごちそうになることになったから。あなたはさっさと自動車のところに行って、そこで待っていてちょうだい」

「自動車？」

「格納庫にあるから。わかるでしょう？　二三番よ。前にも行ったことがあるじゃないの。

モスを置いているところ」ロニーはそう言うと、わたしたちに向き直った。「まったく、煉《れん》瓦《が》の壁に向かって話をしているみたいよ。あなたにはきっと有能なメイドがいるんでしょうね、レディ・ジョージアナ？」

「ジョージーと呼んでくださいな、みんなのように。実を言うといまは使用人はいないの。ロンドンに移り住んだばかりで、つましく暮らしているのよ」

「素晴らしいわ」ロニーが言った。「メイヴィス、聞いた？　レディ・ジョージアナは公爵の娘だけれど、使用人がいなくても自分でちゃんとできるのよ。だからあなたもしゃきっとしないと、わたしも彼女と同じようにするわよ。新しい時代が来ようとしているんだから」

パウロはそのあいだにバーテンダーと話をしていて、ボランジェのコルクを抜く小気味のいい音が響いた。

「さあ、もう行きなさい」ロニーが、うっとりとわたしを見つめているメイヴィスに言った。「スーツケースを車に載せたら、そこで待っていて。ああ、幌をかけられるならかけておいてちょうだい。濡れるのはごめんだわ」

メイヴィスは膝を曲げてお辞儀をすると、よろよろと歩きだした。床が大理石のホールにロニーの澄んだ声が響いた。

「いますぐにでもあの子をクビにしたいところだけれど、洗濯やアイロンかけを自分でするなんて考えただけでうんざりだもの」

4

ラノクハウス
一九三二年八月一三、一四、一五日
雨

「ロニーのこと、どう思った?」

ロンドンに向かう列車のなかでベリンダが尋ねた。

「面白い人ね。変わっている」

「いかにも我が道を行くっていう感じよね。すごく勇敢で、好きなことを言うし、だれを侮辱しようと気にしないの」ベリンダはそう言ってから、窓際の席にぐったりと座っているパウロを見た。「あなたは彼女のとりこみたいね」

「彼女には驚かされることもあるが、楽しませてくれるからね。だがそれだけだ。スパゲッティ・ボロネーゼほどにもセックス・アピールは感じないよ」

「そうかしら。スパゲッティも意外とセクシーかもしれないわよ。なにも着ないで食べれば」ベリンダは挑発的な表情をパウロに向けた。

パウロは笑って言った。「ベリンダ、きみほど恥知らずな女性は初めてだよ。アンジェリーナなら、そんなことをちらりと思っただけでも一〇回はお祈りをするだろうな」

「だからわたしといっしょにいるのが楽しいんじゃないの。ほら、認めなさい。わたしといるほうがずっと楽しいって」

「もちろんさ。だがきみはどんな男であれ、ふさわしい妻にはなれそうもないな」

列車がヴィクトリア駅に近づくなか、わたしはふたりを見つめながら考えていた。ベリンダはきっと母のように、気ままにベッドからベッドへと渡り歩くようになる。そう思うとわたしは本人以上に不安になった。

ふたりはわたしをラノクハウスで降ろすと、罪深い夜を過ごすべくどこかへ消えていった。わたしもあまりよく眠れなかった。雷雨のせいで空気はじっとりと重く、窓を開けていても耐え難いほど暑い。町の音を聞きながらベッドに横になっているうち、気がつけばベリンダとパウロのことを考えていた。男の人の腕のなかで夜を過ごすのって、どんな感じかしら？　当然のように、わたしの思いはある人に向かった。いま彼はなにをしているの？　本当にアイルランドの実家で静養しているのかしら？　それともだれかほかの人とほかの場所にいるの？　ダーシーのことはだれにもわからない。

初めて彼と会ったときは、機転と魅力を武器に世渡りしている、無鉄砲で日和見《ひよりみ》主義のプレイボーイのアイルランド人だと思った。でもいまは、なにか隠していることがあるんじゃないかと考えている。実を言えば、スパイかなにかかもしれないと思っていた。どこのスパイかはわからないけれど、共産主義者でないことは確かだ。国王陛下と王妃さまを守ろうとして銃弾を受け、危うく命を落とすところだったのだから。

彼の居場所を知っていればと思った。彼のもとを訪れる勇気があればよかったのにと思った。けれど、そこで待っているかもしれない事実を知ることが怖かった。男性に関することになると、わたしはすっかり自信をなくしてしまう——一八歳になるまで、知っている男性といえば兄だけだったからかもしれない。

ようやく眠りに落ちたらしく、牛乳配達の馬の足音と瓶がぶつかるかちゃかちゃという音で目が覚めた。夜のあいだに気温がさがっていて、広場の中央にある庭から薔薇と忍冬《すいかずら》の甘い香りが漂っている。わたしはすっきりした気分でベッドを出た。昨日の憂鬱な思いは夜明けと共に消えていた。もともとが、長いあいだ落ちこんでいられないたちだし、それに今日はするべきことがある。それがうまくいけば、充分な収入をもたらしてくれるかもしれないのだ。

机に向かい、『ロンドン・タイムズ』紙に載せる広告の文面を考えた。できばえはおおいに満足できるものだったので、ベリンダに見せたくなった。けれど午前一一時前に彼女を起こさないほうがいいことはわかっていたし、なによりきっとひとりではない。そこでその文章をきれいに清書し、『タイムズ』のオフィスに届けた。受領書を書いてくれた女性が妙な顔でこちらを見ているような気がしたので、わたしがだれだかわかったのかもしれないと思った。マスコミはわたしを由緒正しい家柄の適齢期の女性だと考えているので、ときどき『タトラー』誌に写真が載るのだ（ラノク家の銀行口座がどんな状態であるかは、ほとんど知られていない）。

「本当にこのままの文面でよろしいんですか？」彼女が訊いた。

「ええ、もちろんよ。ありがとう」

「わかりました」彼女は代金を受け取った。「それでは、明日の新聞からこの広告が載ります。止めてほしいというご要望があるまで続けます」

「お願いね」わたしがオフィスを出るときも、彼女はじっとこちらを見つめていた。

わくわくしながら家に戻り、夜の外出にふさわしい手持ちの服を確かめた。幸いなことに、この夏は丸一週間メイドがいたことがあり、そのあいだに彼女がわたしの服を洗濯してアイロンをかけてくれていたので、夜用のドレスは昼間の外出着ほどしわくちゃにはなっていない。鏡の前に腰をおろし、試しに髪をアップにしてみた（悲惨だった。まるでメデューサだ）。鋏《はさみ》を手に取って、ベリンダみたいな流れるようなボブになることを祈りつつ、毛先を切ってみた。これもうまくいったとは言えない。そのあとは、待つ以外にすることはなかった。

翌朝、日用雑貨店が開くやいなや、わたしは『タイムズ』を買いに出かけた。ほかの広告に囲まれて、わたしの広告が一面に載っている。「おひとりでお仕事ですか？　コロネット・エスコート・サービスで楽しい夜のひとときを。当社が誇る女性たちが、あなたの最高のお相手として食事とダンスのお供をいたします」

当然のことながら電話番号を載せなければならなかったので、仕方なくラノクハウスの番号を使った。だれかが気づいて、ピンキーかフィグに教えたりしないことを祈るほかはなかったけれど、なにも悪いことをしているわけじゃないと思い直した。このあいだの夜、ミスター・ハイラム・シュロスバーガーはわたしといっしょに過ごす時間を楽しんでいた。同じような男性に、どうしてその対価を支払ってもらってはいけないの？

その日の午後に最初の電話がかかってきたところをみると、わたしのアイディアはばかげたものではなかったようだ。その男性には明らかに北部のほうのなまりがあったけれど、だからと言って彼を拒否するわけにはいかない。裕福な工場主や、〝汚物のあるところに金がある〟と言った人たちのことを思った。たとえ言葉や態度ががさつだとしても、きっと金離れはいいはずだ。彼は値段を尋ねた。育ちのいい人は決してしないことだ。そのうえ、わたしが五ギニーだと答えると、一瞬口ごもった。

「そいつはずいぶん高いな。それだけの価値があるんだろうな」

「自信を持ってお勧めいたします。良家の出の育ちのいい女性です。きっとお気に召すと思いますわ」

「だといいがね。レスター・スクエアの裏にあるクラブ・ランデブーによこしてくれ。わたしはその近くに滞在している」

「承知いたしました。何時に行かせればよろしいでしょう？」

「一〇時でどうだ？」

わたしは受話器を置いた。夕食には遅すぎる時間だ。観劇でもない。ナイトクラブで遅めの食事かしら？　そのあとダンスをして、ギャンブルをして、キャバレーに行くとか？　期待に胸が高鳴った。それこそ、わたしが夢見ていた暮らしだ——快活な若者と夜遅くまで出歩き、明け方に帰宅する。

熱いお風呂に入り、うまくできた試しのないお化粧までし、あきれるくらいの時間をかけて支度をした。鏡をのぞいてみると、黒のマスカラは赤みがかった金色の髪にあまり合っていなかったし、カクテルドレスは思ったほどセクシーではなかったけれど、官能的な赤い唇にはおおいに満足した。このドレスは、わたしの社交界シーズンのために猟場番人の妻がミシンで縫ってくれたものだ。雑誌で見つけたデザインを真似て作ってもらったのに、ミセス・マクタヴィッシュの裁縫の腕とタフタの生地は、『ハーパーズ・バザール』に載っていた、優美なドレスに身を包みシガレット・ホルダーを手にした女性そっくりに、わたしを仕立ててはくれなかった。それでもいまのわたしにはこれがせいいっぱいだったし、少なくとも清潔で上品に見えた。

タクシーに乗っているあいだ中、心臓がどきどきしていた。車は、劇場が並び、人々のざわめきが溢《あふ》れる明るく華やかなレスター・スクエアを通り過ぎて、暗い脇道に止まった。

「本当にここでいいんですか、お嬢さん？」タクシーの運転手が心配そうに尋ねた。

わからなかった。ずいぶんと暗く、人気がない。そのとき、入口の上で看板がまたたいて

いるのが見えた。〈クラブ・ランデブー〉

「ええ、ここよ。どうもありがとう」

「だれかと会うんだったらいいんですが」代金を受け取りながら、運転手が言った。

「ええ、若い男性と約束しているのよ。心配しないで、大丈夫だから」わたしは、余裕たっぷりに見えることを願いながら微笑みかけた。

タクシーが走り去ると、わたしはがらんとした通りにひとりで残された。また雨が降ったのであちこちに水たまりができていて、点滅する赤いサインが反射するなかを反対側に渡った。

入口のドアを開けると、その先は地下におりる階段だった。音楽が聞こえてくる——サキソフォンの物悲しい音色と力強いドラム。手すりを頼りに階段をおりた。これが本物のナイトクラブなんだわ。

この手の場所に来たのは初めてだった。階段は急で、擦り切れた絨毯《じゅうたん》が敷いてある。わたしはと言えば、魅惑的に見せたくてヒールの高い靴を履いていた。まだ言っていなかったけれど、実はわたしは緊張すると動作がぎこちなくなるきらいがある。半分ほどおりたところで、絨毯の擦り切れた部分にヒールが引っかかった。とたんに前につんのめり、あわてて手すりをつかんだものの、階段の残りの部分をすっ飛ばし、ヤシの鉢植えのなかに突っこむという威厳のかけらもない着地をする羽目になった。

風変わりな来店の仕方をだれかに見られる前に、わたしは急いで体勢を整えた。そこは、アンティークの書き物机と椅子が置いてある薄暗い待合室のようなところで、ありがたいことにだれもいなかった。ずらりと並んだ鉢植えが店の中心部とその部屋を仕切っていて、わたしのせいでそのうちのひとつから葉が折れてだらりと垂れている。ヤシの向こうから男性がひとり、ちょうど出てきたところだった。酔っているのか足元がいくらかふらついていて、わたしが階段から突っこんでくるのを見てぎょっとしたらしかった。

「いいことを教えてあげよう、娘さん」わたしの前で指を振りながら、ろれつの回らない口で言う。「今夜はもう飲まないことだ。もう充分に飲んでいるようだからな。わかったかね」男はよろよろと階段をのぼっていった。

わたしは気を取り直し、乱れたスカートと髪を整えてから店内へと足を踏み入れた。なかは薄暗い。明かりと言えば、小さなテーブルの上の蠟燭《ろうそく》と、女性が踊っているステージの照明だけだった。

「いらっしゃいませ」ディナー・ジャケットを着た浅黒い色の男が近づいてきた。剃刀《かみそり》を持っているようには見えない。

「待ち合わせをしているんです。ミスター・クランプと」

「ああ、なるほど」男はどこか意味ありげににやりとした。「お待ちですよ。右手の奥のテーブルで」

わたしが近づいていくと、そのテーブルの男は顔をあげ、立ちあがった。

「ミスター・クランプですか？」わたしは右手を差し出した。「エージェントから言われてきました。コロネット・エスコートです」

　でっぷりした血色のいい男で、自分では粋だと思っているのだろうけれど、上唇にハリネズミが乗っているようにしか見えない口ひげをはやしていた。そのうえ、ごく普通のスーツに派手なネクタイという格好だ。男がまじまじとわたしを見つめたのがわかった。

「思ったより若いんだな。それにずいぶんと布地の多い服だ」

「あなたと楽しいひとときを過ごせるくらいには、年を重ねていますわ。教育も受けていますし、いろいろと旅もしてきています」

　男はにやりと笑った。「きみの地理の知識を確かめるつもりはないさ」そう言ってから、ふたりとも立ったままであることに気づいたらしい。「まずなにか飲むかね？」

「素敵ね。もし置いているなら、シャンパンをいただきたいわ」わたしは腰をおろした。

「おやまあ」男はつぶやいた。「ロンドン娘はずいぶんと趣味が高級らしい」彼の前に置いてあるのはビールだった。彼はウェイターを呼びつけ、間もなくシャンパンのボトルがテーブルに運ばれてきた。

「よかったらごいっしょにどうぞ」グラス一杯でよかったのに、丸々ボトルを買わなければならなかったことが申し訳なかったので、わたしは言った。

「もちろんだ。これでふたりしてくつろげるというもんだ。そうだろう？」彼はウィンクをした。

　ポンという心地よい音と共にコルクが抜かれ、ふたつのグラスに中身が注がれた。わたしはひと口飲んでから、彼に向かってグラスを掲げた。

「乾杯。今夜がわたしたちふたりにとって、素敵な夜になりますように」

彼がごくりと唾《つば》を飲みこんだのがわかった。汗までかいているようだ。

「金は前払いなんだろう？」

「あら、その必要はありませんわ。別れ際に現金でいただければ、それでけっこうです」

「それで、このあとの予定はどうなんだね？　わたしのホテルに戻るのかい？　それとも客を連れていく場所が近くにあるのか？　電話で訊いておくべきだったんだろうが、急な話だったからな。実を言うと、今朝きみの会社の広告を見るまでは考えもしなかったんだ。いつもはこんなことはしないんでね」

彼の言葉の意味をくみとろうとしていると、音楽のテンポがあがり、部屋の前のほうからおおっという叫び声ややじが聞こえてきた。わたしはステージに目を向けた。さっきの女性はまだ踊り続けていたが、彼女がほとんどなにも身につけていないことに、そのときになってようやく気づいた。わたしが茫然と見つめているあいだに、彼女はからだの前で持っていたダチョウの羽根の扇をひらりと開き、最後のドラムロールと共にブラジャーをはずして一番前の観客席に投げた。

不意に合点がいった。〝わたしのホテルかい？　それともきみのところ？〟

「ちょっと待って。あなたはわたしになにを期待していらっしゃるの？」

「普通のことさ、ダーリン。きみがいつも男たちとしていることだよ。なにも変なことじゃない」

「誤解があるようですわ。わたしたちはちゃんとしたエスコート・サービスの会社です。食事や観劇をごいっしょする女性を派遣するだけで、あなたが考えているようなことはいたしません」

「純情ぶることはないさ、かわいい人」男の舌は回っておらず、しばらく前から飲んでいたことがよくわかった。彼は手を伸ばしてわたしの腕をつかんだ。「なにが目的だ？　値段を吊りあげようっていうのか？　わたしだってそれなりに人生経験は積んでいるんだ。さあ、さっさとそのシャンパンを飲んで、ホテルに行こうじゃないか。きみは、時間決めで代金を請求しかねないからな」

わたしは立ちあがろうとした。

「残念ですが、あなたはひどく誤解なさっています。失礼します」

男の手に力がこもった。「どうしたっていうんだ？　わたしが気に入らないのか？　わたしの金じゃ不満なのか？」男の顔から笑みが消えた。ビールくさい息をわたしの顔に吐きかける。「さあ、いい子にしていっしょにくるんだ。でないとどうなるかわかるか？　きみが客を誘ったと言って、通報するぞ」

彼は立ちあがり、わたしを引きずっていこうとした。

「放してください」まわりの客たちの視線を集めているのがわかった。「放してくれたら、なにもなかったことにします」

「いいやお断りだね。わたしはシャンパン代を払ったんだ。それにきみのエージェントとは話がついている。わたしたちは契約を結んだ。ハロルド・クランプは、契約を取り消そうとする相手には容赦しないんだ。さあ、上品ぶった芝居はやめて、さっさと来い」

「こちらの女性の言ったことが聞こえなかったのか？　彼女は行かない」うしろで声がした。

すぐにだれの声なのかがわかった。振り返ると、白いディナー・ジャケットとボウタイ姿の息を呑むほど素敵なダーシー・オマーラがそこにいた。癖のある黒髪はきれいに撫でつけられていたけれど、ひと筋の髪だけは言うことをきかずに額にはらりと落ちている。わたしは彼の腕のなかに飛びこみたくなるのをぐっとこらえた。

「余計なことに口を出すとは、おまえはいったい何者だ？」ミスター・クランプはダーシーを怒鳴りつけたが、自分のほうがかなり背が低いことに気づいたらしかった。

「彼女のマネージャーだと言っておこう」ダーシーが答えた。

「つまりヒモか」

「好きなように呼べばいい。だが間違いがあったんだ。彼女は今夜、ここに来るはずじゃなかった。ぼくたちのエージェントは上流階級の客だけを相手にしている。電話に出たのが新人の娘だったもので、ついうっかりいつものようにあんたに応対してしまったんだ。いま、あんたの言動を見させてもらったが、残念だが、うちの女性をあんたといっしょに行かせるわけにはいかない。あんたは不合格だ。はっきり言わせてもらえば、不作法だ」

「確かに、これまでなににも合格したことはないよ」ミスター・クランプが言った。

「今回もだ。さあ、アラベラ、帰ろう」

「待ってくれ、わたしのシャンパンはどうなるんだ?」

ダーシーはポケットから一ポンド札を取り出すと、テーブルに置き、わたしの腕を取って半分ひきずるようにして階段をあがった。

「自分がなにをしたのかわかっているのか?」外に出たところで、ダーシーが言った。怒りに目がぎらぎらしていて、一瞬、殴られると思った。

「あのばかな男の人が誤解したのよ」涙がこみあげてきた。「あなたをエスコートしますって広告を出したの。それを誤解したんだわ。わたしを――その――売春婦だと思ったのよ」

「エスコートするという広告を出した?」ダーシーはわたしの二の腕をつかんだままだった。

「そうよ。『タイムズ』にコロネット・エスコート・サービスっていう名前で広告を載せたの」

ダーシーはまくしたてた。「まったくきみときたら世間知らずにもほどがある。〝エスコート・サービス〟という言葉が、もっと怪しい取引を上品に言い換えたものだっていうことくらい、きみでもわかりそうなものだろう? もちろん彼は売春婦を呼んだつもりだったんだ。そう考えて当然だ」

「知らなかったのよ」わたしは言い返した。「わかるはずがないでしょう?」

「この店を見たとき、おかしいと思ったはずだ。ちゃんとした娘さんは、こんなところには来ないんだよ、ジョージアナ」

「それじゃあ、あなたはあそこでなにをしていたの？」安堵は怒りに変わりつつあった。「あなたはさっさとわたしの前からいなくなった。手紙すらよこさなかった。よくわかったわ、こんな場所に出入りしていたのね。わたしに興味を示さないのも当然よね。わたしは大勢の男の人の前で服を脱いだりしないもの」

「ぼくがあそこでなにをしていたかということだが……」ダーシーの唇の端に笑みらしいものが浮かんだ気がした。「犬のことで、ある男とあそこで会うことになっていた。ステージでやっていることは、見る気もなかったと断言できるよ。あれよりはるかに素晴らしいものを、ただで散々見てきたからね。きみの前からいなくなって連絡も取らなかったことは――すまなかった。急いで海外に行かなくてはならなかったんだ。昨日、帰ってきたところなんだよ。ぼくが帰ってきていて、きみは本当に運がよかった。そうでなければ、あの類人猿といまもまだ争っていただろうね」

「自分で対処できたわ」わたしは憤慨して言った。「あなたはいつもいつも、わたしを助けてくれなくてもいいのよ」

「いや、その必要はありそうだ。きみをこの町でひとりにしておくのは、危なっかしくて仕方がない。さあ、行こう。レスター・スクエアまで行って、そこでタクシーをつかまえよう。家に帰るんだ」

「帰りたくないって言ったら？」

「だめだ、お嬢さん。通りすがりの新聞記者が、ロンドンの怪しげなストリップ・クラブから出てくるきみの写真を撮っていたら、ご家族はどう思うだろうね？　さあ、歩いて」

ダーシーはわたしを追いたてるようにして歩かせ、やがてタクシーを止めた。

「こちらのお嬢さんをベルグレーブ・スクエアまでお連れして」彼は、これまで聞いたことのない有無を言わせぬ口調で言うと、わたしを車に押しこんだ。「『タイムズ』の広告は、明日の朝一番に取りさげるんだ。いいね？」

「わたしの人生よ。命令しないで」ぴしゃりと言い返したのは、いまにも泣きだしそうだったからだ。「わたしはあなたのものじゃないんだから」

「わかっている」ダーシーはじっとわたしを見つめた。「だがきみのことが心配なんだ。いままでいろいろとあったけれどね。さあ家に帰って、ココアでも飲んでおやすみ――ひとりで」

「あなたは来てくれないの？」わたしの声は少しだけ震えていた。

「誘ってくれているのかい？」しかめ面が一瞬消えたと思ったら、またすぐ元に戻った。

「残念だが、まだ仕事が残っている。だがきみとはまた近いうちに、今度はもっとふさわしい場所で会うと思うよ」

ダーシーはタクシーのなかに身を乗り出すと、わたしの顎《あご》をつかんで引き寄せ、唇に激しいキスをした。やがて彼が顔を離してドアを閉め、わたしひとりを乗せたタクシーは夜のなかへと走りだした。

5

ラノクハウス
八月一六日
荒天は収まってきた
心の動揺はまったく収まらない

家に着くまではなんとか涙をこらえていたけれど、玄関の大きなドアをうしろ手に閉めたとたんに、どっと涙が溢れた。今夜起きたことと、起きていたかもしれないことに対する恐怖と恥ずかしさのせいだけではない。今度こそダーシーを失ってしまったのだ。わたしを愛してくれるだれかといっしょに、どこか安全な場所にいられたらどんなにいいだろうと思いながらベッドの上で小さくからだを丸めたけれど、祖父以外にそんな人はいないことを思い知らされただけだった。

かすかなノックの音で目を覚ました。だれかが玄関のドアを叩いているのだと気づくまで、しばしの時間を要した。まだ朝の九時だったから、こんな時間にいったいだれだろうといぶかりながらローブを羽織り、おそるおそる階下におりた。ベリンダでないことは確かだ。ダーシーがゆうべの不作法な振る舞いを謝りに来たのかもしれないという期待が湧き起こった。けれどドアを開けてみると、そこに立っていたのは若い警察官だった。

「レディ・ジョージアナ・ラノクにお伝えしたいことがありまして、ロンドン警視庁から遣わされて参りました」彼はわたしの寝間着姿とぼさぼさの髪をじろじろ見ながら言った。

「いらっしゃいますでしょうか？」

「わたしがレディ・ジョージアナです。いったいロンドン警視庁のどなたが、どういうご用件なのかしら？」

「サー・ウィリアム・ローリンズがお話ししたいことがあると申しております」

「サー・ウィリアム・ローリンズ？」

彼はうなずいた。「警視副総監です」

「サー・ウィリアムがわたしになんの話があるんでしょうか？」

「わかりません。一介の警察官にはくわしい話をなさいませんから。わたしはただ、あなたをお連れしろと言われただけです。急いで支度をしてくださいますか。副総監は待たされるのがお好きではないので」

ぴしゃりと言い返そうと思った。あなたが相手にしているのは、公爵令嬢で国王の親戚なのよ。サー・ウィリアム・ローリンズがわたしと話したいというのなら、彼のほうからラノクハウスに来るべきでしょう。けれど言葉にはならなかった。それどころか、階段をあがっているると、脚がかすかに震えた。ロンドン警視庁がわたしになんの用だというの？　それも恐ろしく高い地位にいる人が？　以前に警察と関わりを持ったときは、ひどく感じの悪い警部補とおべんちゃら使いの警部を相手にしなければならなかったけれど、今回の事態はもっと深刻らしい。いったいどういうことなのか見当もつかなかった……まさかゆうべのことに気づかれたとか？　でもたとえそうだとしても、わたしはなにも法に反するようなことはしていない——たぶん。

人前に着ていけそうなもののなかから、最初に目についた服に着替え、髪をブラシで梳《と》かし、歯を磨いて顔を洗った。それから、わたしを待ちかまえているものに立ち向かうべく、再び階段をおりた。パトロールカーがホワイトホールに到着し、ロンドン警視庁の前庭に入る頃には、息をすることさえ苦しくなっていた。だれかが入口のドアを開けてくれていたので、つんと顎をあげてなかに入ろうとしたけれど、ドアマットでつまずいて、思いきりたたらを踏みながら玄関ホールに飛びこむ結果になった（ストレスを感じると動作がぎこちなくなる癖がまた顔を出したらしい）。

さらに屈辱的なことに、ガラス製の間仕切りに突っこむところだったわたしを助けてくれたのは、さわやかな顔立ちの若い警察官だった。「逮捕されたくて仕方がないんですか、お嬢さん？」生意気そうな笑顔だった。

曾祖母のヴィクトリア女王が〝余は面白うない〟と言ったときに浮かべていたに違いない表情を作ろうとしたけれど、どういうわけか、顔の筋肉が言うことをきかなかった。

「こちらです」

わたしを迎えにきたほうの警察官にいざなわれてエレベーターに乗ったものの、乗っている時間が永遠にも思えた。いつのまにか息を止めていたらしく、わたしは六階に着く前にあえぐように息を吸った。やがてエレベーターはがたがたと揺れながら止まり、警察官が蛇腹式のドアを開け、わたしはがらんとした廊下に降り立った。警察官が突き当たりにあるボタンを押すとドアが開き、わたしたちはふたりの若い女性が忙しそうにタイプをしているオフィスに入った。以前ロンドン警視庁と関わりを持ったときとは、明らかに違う。床には絨毯が敷かれているし、あたりには高級そうなパイプ煙草の香りが漂っている。

「レディ・ジョージアナをお連れしました」警察官が言った。

若い女性のひとりが立ちあがった。

「どうぞこちらへ」見た目も口調も有能さを絵に描いたようだった。生まれてこのかた、絨毯につまずいたことなど一度もないに違いない。

彼女はさらに廊下を奥へと進み、ドアをノックした。

「入れ！」大声で返事があった。

「レディ・ジョージアナがいらっしゃいました、サー・ウィリアム」女性はきびきびと告げた。

わたしが部屋に入ると、背後でドアが閉まった。煙草のにおいのもとは、机の向こうに座っている血色のいい大柄な男性であることがわかった。大きな革の椅子からはみ出るほど大柄で、口に海泡石のパイプをくわえている。わたしの姿を見て、彼はパイプを片手で握り、口からはずした。さっきのタイピストの女性が有能という言葉で表現できるとしたら、彼には〝迫力〟という言葉がふさわしいだろう。意志の強そうな眉と逆らわれるのが嫌いだという顔つきをしている。事実、彼に逆らう人はめったにいないに違いない。

「レディ・ジョージアナ、さっそくお越しいただいてうれしいですよ」彼はがっしりした手を差し出した。

「ほかに選択肢がありましたかしら？」わたしが応じると、面白い冗談だとでも言いたげに彼は楽しそうに笑った。

「あなたを逮捕しようというわけではありませんよ。さあ、どうぞお座りください」

「それでは、いったいどういうことなのか説明していただけます？」

「心当たりはない？」

「ありません。なければいけませんか？」

彼は椅子の背にもたれ、大きなマホガニーの机の向こうからわたしを見つめた。

「実は、気がかりな話を耳にしましてね。われわれの風紀犯罪取り締まり班は、違法行為や反社会的行為の兆しがないかどうか、常々新聞に目を光らせています。彼らは昨日の『タイムズ』の広告を見て、そこに書いてあった電話番号を調べたんですよ。それがあなたのロンドンの邸宅のものだとわかって、ひどく驚きましてね。グレンギャリーおよびラノク公爵名義の電話でしたから。そこで、これは誤植に違いないと結論づけて『タイムズ』に連絡を取ったのですが、誤植ではないということでした」

彼は言葉を切った。奇怪な眉毛は、それ自体が生き物であるかのように――まるで二匹のエビみたいに――ぴくぴくと動いている。「そこで、この件がこれ以上問題になる前に、あなたから直接お話をうかがったほうがいいだろうと思いましてね。どういうことなのか、説明していただけますかな？」

床がぱっくりと口を開けてわたしを呑みこんでくれればいいのにと思いながら、わたしは興味津々で彼の眉毛を眺めていた。

「とんでもない間違いだったんです。わたしはただ、ちょっとしたエスコート・サービスを始めようと思っただけです」

「エスコート・サービス？」彼の眉毛がさっと吊りあがった。

「あなたが考えているようなことではありません。ひとりで食事をするのが苦手な男性のために、いっしょに食事や観劇をする上流階級の女性を紹介するサービスです。それだけですわ。わたしの言葉の選び方が不適切だったんでしょうか？」

彼はくすくす笑いながら首を振った。

「なんとまあ。〝楽しいひとときをお求めなら、フィフィにお電話を〟とでも書いていれば、これ以上わかりやすい言葉はなかったでしょうがね。まあ、あなたが最古の職業に手を染めたわけではないことがわかって、安心しましたよ」

恥ずかしさのあまり、顔が赤くなるのがわかった。

「当然ですわ。あの広告はすぐに取りさげます」

「もう取りさげておきましたよ。ですが、今後またなにか仕事を始めようとするのなら、もう少し分別を持っていただきたいですな。世の中を知っている年上のだれかに相談すれば、こんな決まりの悪い間違いはしなくてすむ。そうでしょう？」

「そうします。本当に悪気はなかったんです。わたしは、この町で暮らすほかの人たちと同じように、自分で生計を立てようとしているだけです。いい仕事を見つけたと思って、それに飛びついただけなんです」

「わたしなら、もう少し無難な仕事を選びますね。われわれがすぐにあの広告に気づいたのは、あなたにとって幸運でしたよ。タブロイド紙の記者が先に見つけていたら、どんな見出しが躍っていたでしょうな？　ティアラをつけたふしだら女？　バッキンガムの娼婦？」

わたしは、彼のひとことひとことに身をすくめた。彼が楽しんでいるのがわかった。

「二度とこんなことは起きないと申しあげておきますわ。幸い、新聞記者には見つかりませんでしたし」

「それはそうですが」彼はゆっくりと言葉を継いだ。「すぐにロンドンを発たれるのが賢明だと思いますね。次の列車でスコットランドのご実家に帰られてはいかがです？　そうすれば、万一どこかの詮索《せんさく》好きな人間が昨日の新聞を見つけて電話をかけても、ラノクハウスにはだれもおらず、夏のあいだは空っぽだということがわかって、なにかの間違いだということになるでしょう。あの電話番号は誤植だということにしておくように『タイムズ』にはこちらから連絡しておきます」

探るような目つきで見つめられ、わたしはうなずくほかはなかった。スコットランドの自宅に帰れば、そこにはドラゴンのような義理の姉がいて、突然の帰宅の理由を問いただすだろうことなど、彼に知るよしもない。けれど言っていることはもっともだと思えた。話はこれで終わりなのだろうと思い、わたしは立ちあがろうとしたが、彼はパイプを口に戻して大きく吸いこんだ。

「もうひとつ、お尋ねしたいことがあります。メイヴィス・ピューという女性をご存じありませんかな？」

「聞いたこともありませんわ」

「なるほど。昨日の夜、クロイドン飛行場近くの脇道で、若い女性が死体で発見されましてね。高速の乗り物に轢《ひ》かれたようなんですよ。おそらくモーターバイクでしょうな。われわれは運の悪い事故だと考えました。そこは木が生い茂って暗く、急カーブの向こう側だったんですよ。おそらく彼女が不意にあらわれたもので、運転手には見えなかったんでしょう。だが運転手は事故を通報しなかった。そのうえ目撃者もいないんです」

わたしはあくまでも第三者として興味のあるふりをしようとした。パウロのことは思い浮かべまいとした。

「お気の毒に。ですが、その女性とわたしにはなんの関係もありませんわ。モーターバイクには一度も乗ったことがないし、ゆうべはクロイドン飛行場の近くにはいませんでした。きっとあの怪しげなナイトクラブのオーナーが証言してくれると思いますけれど」

「だれもあなただとは言っていませんよ。事故の衝撃でハンドバッグが道路に飛んで、中身が溝に落ちたんですが、そのなかにあなたに宛てたらしい書きかけの手紙があったんですよ。安いインクを使っていたので、ほとんど消えてしまっていて、〝レディ・ジョージアナ〟と〝兄、公爵……〟という言葉しか読み取れなかったんですがね」

「妙な話ですわね」

「あなたが彼女をご存じないとなると、なぜあなた宛ての手紙があったのかが謎だ」彼の視線は一瞬たりともわたしから離れることはなかった。五〇歳は超えているはずだが、その瞳は際立って青く、きらきらと輝いている。「たとえばですよ、ひょっとしたら彼女はあなたを脅迫するつもりだったのかもしれないと考えたんです」

「なんのためにですか？　兄もわたしもお金などありません。少なくとも兄には地所がありますが、わたしにはなにもないんです」

「下流階級の人間はそうは考えませんからね。貴族はみな金持ちだと思っている」

「わたしはだれからも脅迫などされていませんわ。その女性は犯罪者だったんですか？」

「いいえ、ある女性のメイドでした」

〝メイヴィス〟と〝メイド〟のふたつの言葉がかちりと合わさって、記憶が蘇《よみがえ》った。

「ちょっと待ってください。ひょっとしてその人は、あの有名な女性飛行士のヴェロニカ・パジェットのメイドですか？」

「おや」彼はしたり顔で言った。「それでは彼女をご存じだと？」

「一度だけ会ったことがあります。数日前にクロイドン飛行場で。彼女は、パーティーのための服をミス・パジェットに届けにきたんです。けれど遅れてきたので、ミス・パジェットは怒っていました。わたしを示して、レディ・ジョージアナはメイドなど雇わずに暮らしている、自分も同じようにしようかしらと言いましたから、それでわたしの名前を知っていたんじゃないでしょうか。ですが、わたしは直接彼女とは言葉を交わしていません」

「彼女の雇い主が怒っていた？　ひょっとしたら彼女は、あなたのところで働かせてもらおうとしたのかもしれませんね」

「かもしれません。でも、ミス・パジェットはただ彼女を諌《いさ》めただけで、本当にクビにするつもりはないように感じましたけれど。ミス・パジェットはなんと言っているんですか？」

「実のところ、かなり落ちこんでいましてね。ミス・パジェットはサセックスでハウス・パーティーに出席していて、メイドはロンドンに残していったそうなんです。彼女は数日はロンドンに戻る予定もなかったし、どこかに行くように命じたりもしていないのに、飛行場の近くでなにをしていたのか見当もつかないと言っていました」

「サー・ウィリアム、お役に立てればよかったんですが、さっきも申しましたとおり、わたしはその人とは個人的な関わりはございません」

「ミス・パジェットはご友人ですか？」

「いいえ。たまたま一度会っただけです。友人とクロイドン飛行場を訪れたときに、彼女の飛行機が着陸したんです。友人のひとりが彼女の知り合いだったので、メイドが来るのを待つあいだ、いっしょにシャンパンを一杯飲みました」

「なるほど」長い間があった。「間の悪い偶然というわけだ。だがあなたがロンドンを発つことになってよかった。この件もまたスキャンダルになりかねない。そんな事態はごめんですからな」

「お話はそれだけかしら？」神経がいまにもはじけそうだった。なにも悪いことをしていないにもかかわらず、まるで自分がどこかに幽閉されていて、いまにも死刑執行人が現れるような気がした。

彼はうなずいた。「ふむ、そのようですな」ちらりと腕時計に目をやる。「急いでキングス・クロス駅に行けば、今日のエディンバラ行き特急列車《フライング・スコッツマン》に間に合うかもしれない。たしか一〇時発でしたよね？」

「今日のフライング・スコッツマン？」わたしは口をあんぐり開けて、まじまじと彼を見つめた。「荷造りをしなくてはなりません。このまま列車に乗ってスコットランドに帰るわけにはいきません」

「荷造りはメイドにさせて、あとの列車で来させればいいでしょう。ラノク城に帰れば、山ほどの服があるんでしょうし」

わたしは怒りと動揺の両方を感じていた。「一般的にどう思われているにせよ、すべての貴族がありあまる衣装を持てるほど裕福なわけではありません。わずかばかりのわたしの服は、ここロンドンにあります」

「それでも今夜までは、なくてもどうにかなるでしょう。部下には、ベルグレーブ・スクエアを経由して駅までお送りするようにさせますよ。そうすればメイドに指示を与えることも、化粧品を持っていくこともできるでしょう」

「わたしにメイドはおりません」

「メイドがいない？　あなたは、ラノクハウスにひとりで暮らしているんですか？」わたしが売春宿を経営していたとでも言わんばかりの口調だった。

「メイドを雇うだけの余裕がないんです。だからこそ仕事を見つけようとしていたんじゃありませんか」

「なんとまあ」彼はばつの悪そうな咳《せき》をし、灰皿にパイプの中身を空けた。「エディンバラ行きの鈍行列車に乗っていただくわけにもいかないでしょうし、寝台車でグラスゴーに向かうというのはどうです？」

「グラスゴーからの乗り継ぎは不便ですし、運転手がそこまで迎えに来てくれるとも思えません」

「そういうことなら、明日にしたほうがよさそうですな。部下に座席を予約させておきます。それまでだれとも話をしないでいただきたい」

「兄には、帰ることを連絡したほうがいいと思いますけれど」

「ご心配なく。それもこちらで手配しておきます」

彼の言葉を聞いて、また顔が赤くなるのを感じた。素行の悪い女学生みたいに実家に送り返されたことを、みんな気づくかしら？　サー・ウィリアムは立ちあがった。

「それではお帰りになってけっこうですよ。電話にはお出にならないように。それからカーテンを閉めて、家にはだれもいないように見せることができればなおよろしい。明日の朝、部下がお迎えに参ります」

いらだたしさが恐怖に取って代わりつつあった。この人ったら、まるで軍隊の上官みたいにわたしに命令している。

「わたしが行かないと言ったら？」

「この件を両陛下に報告しなくてはならないでしょうな。おふたりに恥をかかせるようなことはなさらないほうがいいと思いますよ。それに、どちらにせよ近いうちにバルモラルに行く予定だとうかがっています。ほんの数日、予定を早めるだけですよ。簡単なことだ。さあ、お帰りください。ライチョウ狩りを楽しまれるといいですよ。わたしも行ければいいんですがね、こんなところに閉じこめられているんじゃなくて」

わたしが屈したことを知って、彼はあたかも慈悲深い叔父のようにいかにも楽しそうに笑った。わたしは冷ややかにうなずき、せいいっぱい威厳のある態度で部屋を出た。

6

ラノクハウス
まだ八月一六日

若い巡査の監視するようなまなざしを感じながらラノクハウスに戻ったときには、怒りのあまり爆発寸前だった。けれど心の底では、それがきまりの悪さと屈辱感から来ているものだと薄々気づいていて、サー・ウィリアムがこのことをビンキーとフィグに話さないでくれることを祈るほかはなかった。ビンキーはきっと面白いジョークだと考えるだろうが、身のすくむような軽蔑の表情を浮かべ、家名を汚したと言って、わたしを責めるフィグが目に浮かぶようだった。それもこれもわたしの母の低俗な血筋のせいだと、また言いだすに決まっている。

母を思い出したせいで、当然のごとく祖父を連想した。いまわたしが必要としていたのはぎゅっと抱きしめてもらうことだったから、祖父は心から会いたいと思える唯一の人だ。ベリンダではだめだ。たとえいまパウロの腕のなかにいないとしても、彼女はこの件を面白がるだけに決まっている。

「よりによってあなたが、コール・ガールに間違えられたですって？　ロンドンでただひとり残ったバージンのあなたが？」

けれど祖父の家に電話はないし、わたしが地下鉄でふらふら出歩くのをサー・ウィリアムが歓迎しないことはわかっていたので、スコットランド行きのための荷造りをしてから、一階の薄暗いキッチンで紅茶を飲んだ。電話が鳴ったのはそのときだ。思わず飛びあがったけれど、電話に出るなと指示されていたことを思い出した。しばらくすると、また鳴った。冷静ではいられなくなった。新聞記者がとうとう感づいたのかしら？　それとも昨日の新聞の広告を見た人からの依頼の電話？　わたしは落ち着きなく家の中を歩きまわり、記者が見張ってはいないかと、表側の寝室の鎧戸《よろいど》の隙間から時折、外をのぞいた。

五時頃、玄関をノックする音がした。あわてて寝室の窓に駆け寄り、だれなのかを確かめようとしたけれど、玄関は屋根のあるポーチの下になっているのでよく見えない。ベリンダかもしれないが、あのノックはどこか男性っぽい気がした。再びノック。わたしは息を止めて待った。もしあれがロンドン警視庁の人間なら、わたしが応答しないのは自分たちのせいだと思ってもらおう。じっと外を見つめながら待っていると、男性がひとり玄関から歩き去っていくのが見えた。あまり身なりのよくない年配の男性。その歩き方に見覚えがあることに不意に気づいた。指示されていたことはすべて頭から消え、わたしは階段を駆けおり、勢いよく玄関のドアを開けると、遠ざかっていくその男性のあとを追った。

「おじいちゃん！」

祖父は振り返り、その顔に満面の笑みが浮かんだ。「おやおや、いたのか、よかったよかった。ちょっとばかり心配したぞ。昼寝でもしていたのかい？」

「違うの。ドアを開けちゃいけないって言われていたのよ。中に入って。全部話すから」

祖父を引きずるようにして家の中に連れていきながら、あたりを見回して庭の茂みに記者が潜んでいないことを確かめた。庭は私有地で、入るためには住人の鍵が必要なことはわかっていたけれど、記者は抜け目がないことで知られているし、その気になれば鉄の柵を越えることもできる。

「いったい何事だ？」中に入ってドアを閉め、安堵のため息をついたところで、祖父が訊いた。「なにかまずいことでも起きたのか？　おまえが訪ねてきたとあいつに聞いてから、心配していたんだ——わしが出かけていたあの日だよ。年に一度の遠出でクラクトンに行っていたのさ」

「どうだった？」

「素晴らしかったよ。新鮮な空気は年寄りの肺を生き返らせてくれた。家に戻ってきたときには、まっさらに生まれ変わった気分だったよ」

わたしはしげしげと祖父を眺めた。しばらく前からあまり体調がよくないことは知っていたし、実際、元気そうには見えない。わたしの人生の支えになってくれている人を失うかもしれないという不安と、祖父のためになにもしてあげられないという悔恨の思いが胸を貫いた。夏のあいだ、祖父を海辺で保養させてあげることができたなら。

「で、いったいなにがあった？　さあ、お茶でも飲みながら、おまえのおじいさんに全部話すっていうのはどうだ？」

キッチンに行き、お湯を沸かしているあいだに、わたしはすべてを祖父に話した。

「なんとまあ」祖父は笑いをこらえながら言った。

「厄介事に自分から飛びこんでしまったわけか。エスコート・サービス？　当社が誇る女性？」

「だって、知っているはずがないでしょう？」わたしは思わず言い返した。

「そりゃあそうだ。おまえは温室育ちだからな。問題はそこだ。今度なにかいい考えが浮かんだときは、まずはわしに相談してからにするといい」

「そうする」わたしはにっこりして答えた。

「まあ、無事でよかった。何事もなくその場から逃げられて、おまえは運がよかったよ」

「ダーシーがあそこにいなければ、そうはいかなかったでしょうね」わたしは正直に打ち明けた。「彼が助けてくれたの。そのうえ、どういうわけかロンドン警視庁がこの話を聞きつけた。万一新聞記者に気づかれたときに備えて、わたしはすぐにスコットランドに帰らなきゃならなくなったのよ」

「そいつはずいぶんと大げさだ。記者に気づかれたからどうだというんだ？　宣伝文句が不適切だったと言えば、それですむ」

『タイムズ』が電話番号を誤植したということにさせるみたい。でも、わたしが陛下に恥をかかせたって警察は考えている」

「実の息子のほうが、よっぽど恥をかかせていると思うがな。王子はまだあの旦那持ちのアメリカ女とつきあっているのか？」

「そのはずよ。このことについては、新聞は驚くほど口が堅いわね。まったく記事にならないもの」

「王室のお達しがあるからさ」

お湯が沸いたので、硬いキッチンの椅子に腰かけた祖父に見守られながら、わたしは紅茶をいれた。「それじゃあおまえは、スコットランドに追い払われるわけか。バルモラルかい？それとも兄さんのところか？」

「ラノク城よ。バルモラルに招待されているのは、一週間先なの」

「義理の姉さんが歓迎してくれるとは思えんが」

「そのとおりよ。この時期のスコットランドに帰れるのはすごくうれしいけれど、実を言うとそれと同じくらい、びくびくしているの」

「なにも彼女にえらそうにさせることはない。あそこはおまえの家なんだ。おまえはあそこで生まれたんだぞ。おまえの父親は公爵で、女王の孫だった。だが義理の姉さんの父親はどうだ？　ギャンブルの借金を返すための金をチャールズ二世に貸した見返りに爵位をもらった、ただの准男爵じゃないか。そう言ってやるといいさ」

わたしは声をあげて笑った。「おじいちゃんったら。本当は紳士気取りが好きだったりするんじゃないの？」

「わしは身のほどを知っているし、自分じゃないものになろうとは思わんさ。自分の地位を鼻にかけるような人間を相手にしている暇はないよ」

わたしは訴えるようなまなざしで祖父を見つめた。

「おじいちゃんがいっしょに来られればよかったのに」

「わしが狩猟や狩りをしたり、貴族連中とつきあったりするのを想像できるかい？」祖父はくすくす笑ったが、やがてその笑いが咳に変わった。「いまも言ったとおり、わしは身のほどを知っているんだよ。おまえにはおまえの世界が、わしにはわしの世界がある。おまえは家に帰って、そこで楽しい時間を過ごすといい。戻ってきたら、また会おう」

7

北に向かうエディンバラ行き特急列車《フライング・スコッツマン》
一九三二年八月一七日
家に帰る。興奮と不安が半々
快晴で暖かく、気持ちのいい日

翌朝わたしはフライング・スコッツマンの一等客室に座っていた。日光を浴びた田園風景が窓の外を流れていく。なにもかも快適なはずなのに、頭の中は相反する思いが渦を巻いていた。いまわたしは、家に向かっている――大好きな場所に。ばあやはいまも地所内のコテージに住んでいるし、馬小屋ではわたしの馬が待っている。ビンキーはきっとわたしを歓迎してくれるだろう。フィグはそうじゃないとしても。フィグのことを思い出すと、お腹にしこりができたような気がした。フィグが怖いわけではないけれど、厄介者扱いされるのはいやなものだ。サー・ウィリアムはフィグになんて言ったのかしら？　フィグは、わたしがロンドンから追い払われたことを知っているの？

通路でベルが鳴り、一回目の昼食の時間であることを告げる声がした。自分の懐具合を鑑《かんが》みて、普段であれば食堂車で昼食をとったりはしないのだが、今日はそれくらいの贅沢《ぜいたく》は許される気がした。しばらくは食費の心配をしなくていいし、切符代はロンドン警視庁のだれかが払ってくれている。わたしは立ちあがり、鏡をのぞいて身なりが整っていることを確かめてから廊下に出た。途端に、隣の個室から出てきた人にぶつかりそうになった。なかなかにハンサムな長身の男性だ。きれいに波打つように整髪用オイルで金色の髪を整え、スポーティーなブレザーとスラックスに身を包んでいる。

「大変申し訳ありません」彼はそうつぶやいてから、改めてわたしを見た。いつもはベリンダに注がれるようなまなざしだ。「やあ、どうも」ゆったりしたセクシーな話し方だった。「隣の個室にあなたのような人がいたとは、ぼくは実に運がいい。クロスワード・パズルしかすることのない退屈な八時間を過ごす覚悟を決めていたんですよ。ところがどうだ、こんなにきれいな女性とばったりお会いできたんですからね。それもひとり旅らしい女性と」彼はがらんとした通路の左右を見回した。「カクテル・ラウンジに行くところなんですよ。よかったらいっしょにいかがです？　この時間は、ジン・トニックが飲みたくてたまらなくなるんですよ」

わたしの半分は彼といっしょに行きたがっていたが、もう半分は心の中でわたしの服を脱がしているらしい彼に腹を立てていた。そういう目で見られることはめったになかったから、喜んでいいのか、怒るべきなのかよくわからない。緊張したときの常で、わたしは型どおりの返事をした。「ご親切にありがとうございます。ですが、これから食事に行くところですので」

「まだ一回目じゃないですか。こんな時間に食事に行くのは、オールドミスか司祭くらいのものですよ。ぜひ、カクテルにつきあってくださいよ。ここは列車の中だ。旅のあいだは、社会のルールは及ばないものですよ」

「そうですか、そういうことなら」

「よかった。それじゃあ、行きましょう」彼はわたしの肘に手を添え、カクテル・ラウンジのほうへと歩きだした。「ライチョウ狩りにスコットランドに行くんですか？」揺れる列車の中を危なっかしい足取りで前方に移動しながら、彼が尋ねた。

「家族に会いに行くんです」わたしは肩越しに答えた。「でも狩りもすると思います。あなたは？」

「ぼくも少しくらいはするでしょうが、友人が新しい船を試すところを見るのが目的なんです。やつは自分が作った複雑怪奇な機械で、スピードボートの世界最高速度記録を作るつもりでいるんですよ。スコットランドの不気味な湖で試すというんで、ぼくたち友人一同が応援に駆けつけるというわけです」

「本当に？　どこに滞在なさるんですか？」

「湖の近くにあるラノク城というところに泊まれるように、うまい具合に約束を取りつけましたよ。そこの公爵と学校が同じだったんです。学生時代のつながりというのは、驚くほど役に立つものですね。まあ、その城での滞在が楽しみだとはとても言えませんけれどね。話を聞くかぎり、ずいぶん古ぼけているみたいなんですよ。まともな配管設備も暖房装置もないし、胸壁には先祖の幽霊が出るという話ですしね。生きている住人も同じくらい退屈なんですが、その後のお楽しみのためにはまさにうってつけの場所なんで、二、三日くらいなら我慢できると思いますよ。あなたはどうなんです？　どちらに滞在されるんですか？」

「ラノク城です」わたしはすらすらと答えた。「あそこが実家なので」

「なんてこった」彼は真っ赤になった。「まさかビンキーの妹さんですか？　ぼくはとんでもない失言をしてしまったんでしょうか？」

「ええ、そのようですわね。それでは、失礼します。司祭さまとオールドミスといっしょに昼食をいただいてきますわ」わたしはくるりときびすを返し、反対方向へと足早に歩き始めた。

食堂車にいたのは司祭とオールドミスだけではなく、実際のところかなり混み合っていたが、なんとか空いているテーブルに案内してもらい、メニューを渡された。反対側のテーブルに座っている男性が、興味深そうにわたしを眺めていることに気づいたのはそのときだ。すらりとして姿勢がよく、きれいに整えた小さな口ひげをはやしていて、軍人を思わせる男性だった。列車の中で若い女性に声をかけるのが流行にでもなっているのかしらとふと思ったが、案の定、こちらにやってくるつもりなのか腰を浮かしかけた。だが別の男性のほうが早かった。

「大変、申し訳ないんですが」その男性はどこか苦しそうな甲高い声で言った。「どこも空いている席がないようなので、もし差支えなければ相席させていただいてもかまいませんか？　スープをずるずるすすったり、ソーサーから紅茶を飲んだりしないと約束します」

彼の外見は最初の男性とは正反対だった。ふっくらとして小柄で、血色のいい顔に粋な口ひげ。ボタンホールにはカーネーションの花を挿している。黒い髪ははげた部分を隠すように、丁寧に撫《な》でつけられていた。どう見ても無害だし、期待に満ちた笑みを浮かべている。本当に、聖職者カラーをつけていない司祭なのかもしれない。

「もちろんです。どうぞお座りになって」

「いやあ、ありがたい」彼はにこやかな笑顔を浮かべると、アイロンのきいた白いハンカチを取り出して、眉を拭いた。「この列車は暖かいですね。スコットランドに着いて、あのすさまじい強風が吹いているところに降り立ったら、乗客はさぞショックを受けるでしょうね」

「スコットランドにお住まいなんですか？」

「いやいや、とんでもない。わたしは国際派なんですよ。ロンドンやパリといったところに住んでいます」彼はピンク色のふっくらした手を差し出した。「自己紹介がまだでしたね。ゴドフリー・ビヴァリーといいます。『モーニング・ポスト』にちょっとしたコラムを書いています。〝うわさの真相《テイトル・タトル》〟というタイトルで、興味津々の町のゴシップが満載なんですよ。ひょっとしたらお聞きになったことがあるかもしれませんね」

頭の中で警戒警報が小さく鳴った。この人も新聞業界の人間だ。わたしが突然ロンドンを発つことを知って、内情を探るために取り入ろうとしているんだろうか？

「ごめんなさい、わたしたちが読んでいるのは『タイムズ』ですし、わたしはゴシップには興味がないんです」

「ゴシップを面白いと思わないとは、あなたは実に珍しい女性だ」ちょうどスープが運ばれてきたので、彼は待ちかねたようにそちらを見た。

「おや、ビシソワーズだ――わたしの好物ですよ」彼はまた笑顔になった。「近頃のこの列車はおいしい食事を出すと聞いています。昼食のためにヨークに停車していた頃より、はるかにいいですよ。あの頃は二〇分のあいだに、まずいソーセージ・ロールを頬張らなきゃらなかった。ところで、まだお名前をうかがっていませんでしたね」

無難な名前を教えるつもりで、メイドだったマギー・マクグレガーの名前を告げようとしたとき、支配人が近づいてきた。「ワインはいかがですか、公爵令嬢さま」

「あ、いえ、けっこうよ」

「公爵令嬢？」相席している男性はしげしげとわたしを眺めたあと、ビスケットの容器の前でつかまったいたずらっ子のように、片手で口を押さえた。「おやまあ、わたしとしたことが。そうでした、『タトラー』で写真をお見かけしたことがあります。レディ・ジョージアナでいらっしゃいますね？　国王の親戚の。気づかないなんて、わたしときたらまったく鈍感にもほどがある。ごく普通の若い娘さんが、寄宿舎か大学から実家に帰るところなんだろうと思いこんでいました。あなたと同席しようだなんて、ひどく厚かましい男だとお思いになったでしょうね。それなのに、あなたは本当に親切な方だ。どうぞ不作法をお許しください」彼は腰を浮かせた。

「気にしていませんわ」狼狽《ろうばい》している彼を落ち着かせようとして、わたしは微笑んだ。「どうぞそのままで。わたしもひとりで食事をするのは好きじゃないんです」

「なんてお優しい方なんでしょう」そう言いながら、彼はお辞儀をしていた。

「それにわたしはごく普通の若い娘です。実家に帰るところなんです」

「ラノク城に？　それはよかった。わたしはそこからさほど遠くない、お気に入りの宿屋に泊まることになっているんです。狩りのシーズンにスコットランドを訪れるのが好きでしてね。この時期、名の通った人はみなスコットランドにいるし、わたしのような卑しい庶民が、バルモラルの外に出てこられた王室の方々と言葉を交わすチャンスもありますからね」彼は言葉を切り、スープを口に運んだ。「あなたもバルモラルに招待されているんでしょう？」

「ええ、シーズン中に一度は顔を出すことになっているんです。でもその前に実家で二、三日過ごすつもりです」

「あなたがいらっしゃらなくて、ご家族はさぞおさびしいでしょうね。ヨーロッパを旅していらしたんですか？」

「いいえ、ほとんどずっとロンドンにいました」そう答えたところで、彼がミスターうわさ話であることを思い出した。「もちろんたびたび、友人の田舎の邸宅は訪ねていますけれど。

わたしは本質的に田舎の人間なんです。長いあいだ、都会にはいられません」

「ごもっとも、ごもっとも。で、最近はどなたとごいっしょにいらっしゃったんです？　なにか面白い話はありませんか？」

「ドイツの王女の一件以来、なにもありませんわ」彼がその話を熟知していることはわかっていた。

「恐ろしい事件でしたね。あなたが無事だったのは本当に運がよかった」

空になったスープ皿がさげられ、キジのローストと新じゃがと豆が運ばれてきた。ゴドフリー・ビヴァリーはまた顔を輝かせた。「キジは大好物なんですよ」そう言って、おいしそうに食べ始めた。

「話してもらえませんか」皿の上のものをほとんどたいらげたところで、彼が切りだした。「あなたの尊敬すべき親戚の皇太子と彼の新しい友人について、わたしたちの耳に入っていることはどの程度真実なんです？　彼女が結婚しているというのは本当ですか？　それも二度も？　おまけにアメリカ人だとか？」

「残念ですが、皇太子は女性の友人のことをわたしに話してはくれません。いまでもわたしを女学生だと思っているんじゃないかしら」

「これほど美しい女性になられたというのに、それはまたずいぶんと目がお悪いようですね」

あなたもわたしを女学生だと思ったようですけれど、と言いかけたが、また狼狽した表情になってロールパンをもてあそび始めたところを見ると、彼もさっき自分が言ったことを思い出したらしかった。空になった皿が運ばれていき、目の前にはいかにもおいしそうなクイーン・プディング（ヴィクトリア女王の好物だったことでその名で呼ばれるようになったパンを使ったデザート）が置かれた。

「彼女もスコットランドに来ますかね？」彼はいわくありげに声を潜めた。

「彼女？」

「うわさになっている、謎のアメリカ女性ですよ。もちろんバルモラルには招待されていないでしょうが、ひと目だけでも見たいと思っているんです。流行の最先端をいっているというじゃないですか。流行といえば、最近、お母さんには会っていますか？　わたしは、あなたの美しいお母さんがとても好きなんですよ」

「本当に？」彼に対する敵意が少しだけ薄れた。

「もちろんですとも。崇拝しています。彼女が歩いた地面を拝みたいくらいです。わたしのコラムの材料を、だれよりもたくさん提供してくれていますからね。実に愉快ないかがわしい人生を送ってくれていますよ」

敵意が戻ってきた。「最近はあまり会っていません。いまもドイツにいるんじゃないかしら」

「いやいや、そうじゃない。少なくとも、ここ数週間はイギリスにいます。先日、〈カフエ・ローヤル〉で見かけましたし、〈カフェ・ド・パリス〉ではノエル・カワードといっしよに歌っていましたよ。彼女のために脚本を書いているといううわさがありますね。本当かどうか、ご存じないですか？」

「あなたのほうがわたしよりもよくご存じですわ」

ロンドンにいるにもかかわらず、母が一度も連絡をしてこなかったことを知って、わたしはばかばかしいほど傷ついていた。子供の頃も、寄宿舎にいた頃も、何カ月も連絡がないことは何度もあったのに。母は明らかに母性本能が足りない。

わたしは全身に白い点々を飛ばすことなくメレンゲを食べ終え、ミスター・ビヴァリーのしつこい質問にも、コーヒーを飲みながら礼儀正しく答えた。カップが空になり、支払いのためにボーイを呼んだときには、心からほっとしていた。

「すでに支払いはすんでおります、公爵令嬢さま」ボーイが言った。

昼食をご馳走してくれたのはだれなのだろうと、落ち着かない気持ちで食堂車内を見回した。ミスター・ビヴァリーでないことは確かだ。テーブルクロスに自分の分の料金を並べているところなのだから。ロンドンから追い払われるショックを和らげようとして、サー・ウィリアムが手配してくれていたのだろうと結論づけた。

立ちあがって、ミスター・ビヴァリーにうなずいた。彼もまた、よろめきながら立ちあがった。

「お会いできて光栄でした。またお会いできるのを楽しみにしています。わたしが宿屋に滞在しているあいだに、よろしければいっしょにお茶でもいかがですか？　近くに感じのいいティーハウスがあるんですよ。〈コッパー・ケトル〉というんですが、ご存じですか？」

「家にいるあいだは、家族とお茶をすることにしているんです。ですが、しばらくスコットランドに滞在なさるなら、どこかでお会いできるんじゃないかしら。どこかの狩りでとか？」

それを聞いて彼は青くなった。「いや、それはない。わたしは生き物を殺すのはごめんですよ、レディ・ジョージアナ。まったく野蛮な習慣だ」

ついいましがた、彼が嬉々としてキジをほおばっていたこと、だれかがそのキジを殺さなければならなかったことを指摘しようかと思ったが、いまはとにかくこの場から逃げることが肝心だった。

「それでは失礼しますわ。今朝はとても早く起きたので、昼食のあとはからだを休めたほうがよさそうですから」

わたしは王族の一員らしく優雅にうなずいて見せてから、食堂車をあとにした。本当にうんざりするような二日間だったから、家に帰るのだと思うとうれしくなった。

8

まだ列車の中
八月一七日

　午後の日差しを浴びた客室は暖かく、おいしい昼食でお腹はいっぱいだった。いつの間にかうとうとしていたらしく、小さな物音で目が覚めた。かちりというわずかな音だったけれど、目を開けるには充分だった。とたんにわたしははっとして姿勢を正した。客室の中に男がいる。それどころか、通路側のカーテンを閉じているところだ。食堂車でわたしをじろじろと見ていた、軍人風の男だった。

「いったいどういうつもりかしら？」わたしは立ちあがった。「いますぐに出ていってください。でないと非常停止紐を引いて、列車を止めます」

　男はくすくす笑った。「一度、そうするところを見たいと思っていたんですよ。時速一一〇キロで走る特急列車が止まるのに、どれくらいかかるでしょうね？　八〇〇メートルは進むと思いますね」

「強盗が目的なら、価値のあるものはなにも持っていませんから」わたしはつんと顎をあげて告げた。「もしわたしに乱暴をするつもりなら、わたしのパンチも悲鳴もたいしたものだとあらかじめ言っておきますわ」

男は声をたてて笑い始めた。「なるほど、よくわかりましたよ。あなたの言葉はきっとそのとおりでしょうな」男は断りもせずに腰をおろした。「危害を加えるつもりはありませんよ、お嬢さん。それにこんな形であなたにお会いする羽目になったことは謝ります。さっき食堂車で話しかけようとしたんですが、あの鼻もちならない小男に先を越されてしまいましたからね」彼はわたしにじり寄った。「自己紹介させてください。わたしはサー・ジェレミー・ダンヴィル。内務省の人間です」

なんてこと。わたしが何事もなく実家に戻り、これ以上王室のスキャンダルの種を蒔《ま》いたりしないように、政府が別の人間をよこしたんだわ。ゴドフリー・ビヴァリーになにを話したのかを知りたがっているのかもしれない。

「この列車には意図して乗ったんです。ここなら、だれにも聞かれることなくあなたと話ができますから。まずは、わたしがこれから言うことはだれにも話さないと約束していただきたい。たとえ、あなたのご家族にも」

意外な言葉だったし、わたしの頭はまだはっきり目覚めてはいなかった。

「いったいなんの話かもわからないのに、約束などできません」

「王家の人間の安全に関わることだと言ってもですか？」彼はじっとわたしを見つめた。

「いいわ、わかりました」

ロンドン塔に呼び出され、それがディナー・パーティーのためではないと知ったときのアン・ブーリンの気持ちが、少しはわかる気がした。わたしのちょっとした失態をだれかが王妃に報告していて、その結果わたしはアウター・ヘブリディーズ諸島に追いやられ、そこで遠い親戚の侍女にされてしまうのかもしれない。

サー・ジェレミーは咳払いをした。「レディ・ジョージアナ、われわれ内務省の人間は、陛下に対する恐ろしい企てを阻止した際のあなたの役割を承知しています。あなたは素晴らしい勇気と才覚を見せてくれた。そこでわれわれは、王家の人々に関連するちょっとした仕事をお願いするのに、あなたがうってつけだろうと判断したわけです」

彼は言葉を切った。わたしは黙って待った。彼もわたしがなにか言うのを待っているようだったが、いったいどういうことなのか見当もつかなかったから、言うべき言葉など思い浮かぶはずもなかった。

「レディ・ジョージアナ、皇太子はここ最近、不運な事故が続いています——車のタイヤが緩んだり、ポロをしていたときポニーにつけていた鞍《くら》の腹帯が壊れたり。幸い、どちらの場合も怪我はなさいませんでした。もちろん単に運の悪い偶然が続いただけなのかもしれませんが、さらにくわしく調べたところ、ヨーク公やほかのご兄弟たちも同じような事故に遭っておられたことがわかったのです。何者かが王室の人間、もっと正確に言えば王位継承者を傷つけようとしている、あるいは殺そうとしているに違いないというのが、われわれの結論でした」

「なんてことでしょう。また共産主義者たちが活動を始めたんでしょうか？」

「その可能性も考えました」サー・ジェレミーはいかめしく答えた。「国外の勢力が、我が国を揺るがそうとしているのかもしれない。ですが、一連の事故を検証した結果、驚くべき結論にたどり着いたのです。いわゆる〝内輪の犯行〟らしいと」

わたしはもう一度〝なんてこと〟と言いかけ、その言葉を呑みこんだ。それではまるで女学生だ。

「だれかが宮殿に侵入したということですか？　まったく不可能ではないわ。バイエルンでは、共産主義者が忍びこんでいるんですもの」

「今回は、共産主義者の仕業ではないと思います」サー・ジェレミーはにべもなく言った。

「もっと王室に近い人間でしょう」

「王室の親戚？」

彼はうなずいた。「そのために、監視するのが難しくなっているのです。もちろん、皇太子とご兄弟を全力でお守りする特殊班は存在しますが、われわれが手を出せない場所や時間がある。そこであなたの出番というわけです。王家の人々はいま、全員がライチョウ狩りのためにバルモラルにいらしています」

「それなら、問題ないんじゃありません？　あそこにいれば、安全ですもの」

「そうでもないんですよ。つい昨日、皇太子が運転中の車のハンドルがロックされるという事故がありましてね」

「なんて——まあ」わたしはつまりながら言った。

「そういうわけで、あなたが実家に帰られると知ってわれわれは安堵したんですよ。あなたは王室の人間だから、自由に行動することができる。われわれの目となり耳となっていただくには、うってつけの方だというわけです」

「わたしがバルモラルに招待されているのは、来週ですけれど」

「それは問題ありません。ラノク城はすぐ近くですし、バルモラルの狩りの参加者の一部はいますでに、あなたのお兄さんといっしょにおられる。陛下にはあなたが早めに到着し、お兄さんのハウス・パーティーの一環として狩りにも参加することを、こちらから伝えておきます」

ハウス・パーティー！　まったくもってフィグには似つかわしくない。フィグがいつもの吝嗇《りんしょく》ぶりを発揮して、ひとりトースト半枚の朝食と深さ五センチしかお湯が入っていないバスタブで客をもてなしたなら、狩りが始まるまでラノク城に留まる人間などひとりもいないだろう。

「陛下たちはこのことをご存じなんですか？」

「われわれのごく一部の人間しか知りません。皇太子とご兄弟たちも、単なる事故にすぎないと考えておられます。皇太子にいたっては、出かける前に占星術で運勢を占うべきかもしれないと冗談をおっしゃっているくらいです。今後もだれにも知られるわけにはいきません。

気配すら感じさせてはいけないのです。もしこれが事実なら、われわれが相手にしているのは狡猾《こうかつ》で冷酷な人間だということですからね。実際に被害が出る前に、なんとしてもそいつを捕まえなくてはならない」

「それが何者なのか、なにか手がかりはあるんですか？」

「皆無です。王家の使用人の素性は徹底的に調べました　皇太子とご兄弟に近づくことのできる人間はすべてです。だがなにも出ませんでした」

「そうですか。つまり、わたしたちに近い人間だとおっしゃったのは大げさでもなんでもないということですわね。本当にわたしたち内輪の人間のだれかなんだわ」

「そのとおりです」サー・ジェレミーはいかめしい顔でうなずいた。「あなたにお願いしたいのは、しっかりと様子を観察していただきたいということです。われわれの手の者が向こうであなたに接触しますので、なにか疑わしいことがあれば彼に報告してください。もちろん、あなたが危険なことをなさる必要はありません。あなたを当てにしてよろしいですね？」

　なかなか舌が言うことを聞いてくれなかった。

「ええ、もちろんですわ」かすれるような声しか出なかった。

9

ラノク城
パースシャー、スコットランド
八月一七日

年代物のベントレーがラノク城に続く私道を走っているあいだも、まだ夜が訪れる気配はなかった。夏のスコットランドの昼は長く、ヨーロッパアカマツの木の合間から城の明かりがまたたくのが見えていたけれど、山の向こうの地平線はまだピンク色と金色に輝いている。めったにないほど美しい夕方で、見慣れた景色にわたしの心は躍った。ポニーに乗ってあの小道を何度駆けただろう。ビンキーがわたしを湖に飛びこませた岩や、ひとりでよじのぼった岩山が見えた。柵の向こうではハイランド牛が興味深そうにこちらを眺めていて、大きな毛むくじゃらの頭が走る自動車を追いかけていた。

エディンバラをあとにして森林地帯を走っていたときから、わたしの気持ちはずっと浮き立っていた。そしていま、険しい山々にまわりを囲まれ、道路の脇を小さな川が軽やかに流れる、風が吹き渡る荒涼としたスコットランド高地地方《ハイランド》にいる。これからなにが起きるとしても、ここはわたしの家だ。なにが起きるかということについては、今夜は考えないでおこうと決めた。不安になるばかりだったし、うさんくさいものを感じていた。うまく利用されたような気がしてならない。サー・ウィリアムに呼び出され、すぐにスコットランドに戻らざるを得ないように言いくるめられたかと思うと、同じ列車にサー・ジェレミーが乗っていた――あまりにできすぎている。警察は本当に『タイムズ』の広告欄を毎日確認しているのかしら？　本当に怪しい電話番号すべてを調べているの？　エスコート・サービスを仕事にするのは、本当にそれほど悪いこと？　そのときふとあることを思いつき、全身がかっと熱くなった。ダーシー。彼は話そうとしないけれど、なにか秘密めいたことをしているのはわかっていた。実を言えば、スパイかなにかなのではないかと疑っている。わたしの失態を内務省に報告したのは彼だったんだろうか？　あまり警戒させることなくわたしをスコットランドに行かせる、絶好の口実を与えるために？

わたしを内務省に呼びつけて、こういうことをしてほしいと依頼することもできたはずだ。けれどただ頼まれただけなら、きっと断っていた。わたしはまんまと彼らの策略にはまって、引き受けざるを得ない立場に追いこまれてしまったのだ。これまでの流れを考えれば考えるほど、そうだったような気がしてきた。すべてはダーシーが仕組んだことに違いない。なんて素敵な友人かしら。わたしを裏切ったうえに、困難で、ひょっとしたら危険を伴う任務につかせるなんて。断固として彼とは縁を切ろうと決めた。

ベントレーのタイヤが砂利を嚙み、玄関の前で止まった。運転手が車から降りて、わたしの側のドアを開けようとしたが、それより早く城の扉が大きく開いて明かりがこぼれ、執事のハミルトンが現れた。

「おかえりなさいませ、お嬢さま。お戻りになられて、うれしゅうございます」

ここまでは上々だ。少なくとも、わたしに会えて喜んでいる人がひとりはいる。

「やっぱり家はいいわね、ハミルトン」

わたしはすり減った階段をあがり、巨大な扉をくぐった。牡鹿の頭がずらりと並ぶ小さな次の間を抜けると、その先はラノク城の生活の中心となっている大広間だった。二階分の吹き抜けになっていて、まわりをぐるりと通路に囲まれている。片側には雄牛をローストできるほど大きな石造りの暖炉があり、木枠の壁には剣や盾、遠い昔の戦いで使われたぼろぼろの軍旗、牡鹿の頭といったものが飾られていた。広々とした階段の脇には代々のラノク家の当主の肖像画が並んでいる。石の床のせいで広間はいっそう冷え冷えとして感じられた。暖炉のまわりにはいくつものソファや安楽椅子が置かれていたが、どれほど寒い日であろうと夏のあいだそこに火がおこされることはなかった。

訪れた人々はここを見て、恐ろしいほど寒くて陰鬱なうえに、昔の戦いを彷彿《ほうふつ》とさせると思うだろうけれど、いまのわたしにとってはこれこそが我が家の象徴だった。満足げに大広間を見回していると、上の通路にフィグが姿を見せた。

「ジョージアナ、戻ってきたのね。よかった」高い天井に彼女の声が反響した。わたしを出迎えようと、階段を駆けおりてくる。

予想していた歓迎ぶりとはまったく違っていたので、両手を広げて駆け寄ってくるフィグをわたしはあっけに取られて眺めていた。そのうえ彼女は、本当にわたしを抱きしめさえした。名前を呼んでいたから、だれかと間違えているわけではなさそうだ。そもそも、フィグはだれかを歓待するようなことはしない。

「ご機嫌いかが、フィグ？」わたしは尋ねた。

「最悪よ。どれほどひどかったか、とても説明できないわ。だからあなたが帰ってきてくれて、本当にうれしいのよ、ジョージアナ」

「なにがあったの？」

「いろいろよ。ビンキーの書斎に行きましょうか？」フィグはわたしの腕に自分の腕をからませた。「あそこなら邪魔されないわ。なにか食べるものがあるといいわね。ハミルトン、飲み物のトレイとスモークサーモン・サンドイッチをレディ・ジョージアナに持ってきてちょうだい」

なるほど。やっぱりここはスコットランドだ。義理の姉は魔法をかけられたか、妖精に別人と取り替えられたに違いない。けれどスモークサーモンと飲み物を振る舞ってくれるというのなら、断る理由などなかった。フィグはわたしを連れて大広間を横切ると、細い通路を右へと進み、オークの羽目板張りのドアを開いた。その部屋は、嗅《か》ぎなれたパイプと磨いた木と古い本のにおいがした。いかにも男性を思わせるにおい。フィグはわたしに革の安楽椅子を勧めると、自分はその隣に腰をおろした。

「本当によかった。わたくしひとりで耐えるのは、もう限界だったんですもの」

「ひとり？　ビンキーはどうしたの？」

「あの恐ろしい事故の話を聞いていないの？」

「聞いていないわ。なにがあったの？」

「罠《わな》に足をはさまれたの」

「動物用の罠？」

「動物用の罠に決まっているじゃないの」

「マクタヴィッシュはいつから地所の中で罠を使うようになったの？　心の優しい人だと思っていたのに」

「使っていないそうよ。罠なんて仕かけていないって彼は断言しているのだけれど、でも仕かけたに違いないわ。いったいほかのだれが、わたくしたちが使う小道にあんな罠を仕かけるというの？　それもビンキーが毎朝散歩をする道に」

「まあ。ビンキーは大丈夫なの？」

「大丈夫なわけがないでしょう」フィグは初めて、いつもの彼女らしい辛辣《しんらつ》な口調で言った。「足首をぐるぐる巻きにされて寝ているわ。おじいさまのものだったあの古いブーツを履いていて、彼は本当に運がよかったの。捨ててくださいってずっと言い続けてきたけれど、わたしの言葉に耳を貸さないでいてくれて本当によかった。あれほど頑丈なブーツを履いていなければ、足を切断されていたところよ。罠の歯が完全に閉じなかったから、腱が切れ、骨まで届く傷を負ったけれど、なんとか逃げ出すことができたの」

「かわいそうなビンキー。ひどい話ね」

「ビンキーがかわいそうですって？　とんでもない人たちをもてなさなきゃいけないわたくしはかわいそうじゃないの？」

「とんでもない人たち？」

「ジョージアナ、いまこの家にはうんざりするアメリカ人が大勢いるのよ」

「宿泊料を払っているの？」

「払っていないに決まっているでしょう。あなたったらどうしたらそんなことを思いつくの？　公爵が宿泊料をもらったことなどあって？　とにかく、いまここにいるのは、皇太子さまのお友だちよ。正確に言えば、そのなかのある女性が皇太子さまの友だちなの」

「ああ、なるほどね。彼女ね」

「そう、彼女よ。皇太子さまはもちろんバルモラルにいらっしゃるわ。でも当然ながら皇太子さまの女友だちは招待されていない。そこで、彼女をもてなしてはもらえないだろうかってビンキーに頼んできたの。近くにいれば、訪ねていけるからって。ビンキーのことはあなたもよくわかっているでしょう？　優しすぎるのよ。だれに対してもノーって言えないんだから。それに昔から皇太子さまを尊敬しているし。だからもちろん彼は、はいと答えたわ」

わたしは同情をこめてうなずいた。

「そのうえ皇太子さまは、彼女と夫のためにハウス・パーティーを開いたらどうだろうって言うの。驚いたことに、あの女ったらいまだに夫といっしょにいるのよ。夫ときたら、迷子の羊みたいにこそこそしているわ。お気の毒に。暇な時間はビリヤードをしているの。狩猟すらできないんだから。そういうわけでビンキーは、ハウス・パーティーのために何人かを招待したのよ。よりによって、あのいとこまで」

「どのいとこかしら?」

「スコットランドの側のいとこよ。あの毛深くて恐ろしいふたり組を知っているでしょう?ラハンとマードックよ」

「ええ、よく覚えているわ」ラハンとマードックのいかにもハイランド風の野蛮な風貌と物腰はかなり恐ろしい。マードックが丸太投げの見本を見せてやると言って、倒れた松の木を窓から投げこんだことを思い出した。

「年を取っても、少しも進歩していないのよ。そのうえ、ふたりがどれほど食べたり飲んだりすることか」

マードックの丸太投げのことを思えば、だいたいの予想はついた。控え目なノックの音がしたので、わたしたちは話を中断した。クレソンを添えてきれいに並べたサンドイッチとスコッチの入ったデカンターとふたつのグラスを載せたトレイを持って、ハミルトンが入ってきた。

「ありがとう、ハミルトン」わたしは言った。

「お嬢さま」ハミルトンはうれしそうにわたしに微笑みかけた。「お注ぎいたしましょうか？」彼は返事を待つことなく、グラスのひとつにスコッチをたっぷり注いだ。「奥さまはいかがなさいますか？」

「いいわね」フィグが答えた。それもまた意外だった。彼女は夏のハイキングでたまにピムスを飲むくらいで、それより強いものを口にすることはめったにない。けれどいまはグラスを受け取ると、一気にあおった。わたしはサンドイッチをほおばった。地元のスモークサーモン。ミセス・マクファーソンの焼きたてのパン。これほどおいしいものは食べたことがないと思った。ハミルトンが部屋を出ていった。

「でもそれよりもっとひどいことがあるの」フィグは空のグラスを乱暴にトレイに置いた。

「もっとひどいこと？　今度はどんな話かしら？」

「あのいまいましいアメリカ女がいったいなにをしたと思う？　自分の友人を連れてきたのよ。いまこの家はアメリカ人だらけなの。わたくしたちの財産を食いつぶす気なんだわ。あれやこれやとどれほど要求が多いか、あなたには想像もできないと思うわ。たとえば、お風呂じゃなくてシャワーを浴びたいなんて言うのよ。お風呂は非衛生的なんですって。お風呂のどこが非衛生的なのよ？　お湯がいっぱいに入っているのに。とにかく彼女たちは使用人に命じて、三階のバスルームにシャワーの器具をつけさせたの。そうしたらそれがだれか女性の頭の上に落ちてきたもので、火傷をしただの脳震盪を起こしただのって散々わめかれたわ」

わたしは同情の笑みをフィグに向けた。

「まだあるの。あの人たちったら、暇があるとシャワーを浴びたり、お風呂に入ったりするの。毎日よ、信じられる？　それも昼も夜も。そんなにすぐに汚れるはずがないとわたくしが言っても、散歩から帰ってくるとまずシャワー。食事の前にも、食事が終わったあともシャワーなの。全身が溶けてなくならないのが不思議なくらいよ。それから飲み物ときたら……あの人たちはカクテルが好きで、いつだって新しいカクテルを試しているの。ビンキーの二〇年物のシングルモルト・スコッチをオレンジジュースで割って、マラスキーノ・チェリーを添えたカクテルを作っていたんだから。ビンキーが怪我をしていて、それを見ていなくてよかったって思うしかなかった。きっとその場で憤死していたでしょうからね」

わたしは生まれて初めて、義理の姉を同情のこもったまなざしで見つめた。明らかに疲れている。男性っぽくも見える短いボブスタイルの髪は、いつもなら完璧に整えられているのに、いまは突風にあおられたかのように乱れている。そのうえ、灰色のシルクのドレスの胸元にはなにかの染みができていた。トマトスープのようだ。

「さぞ腹立たしいことでしょうね。それにかわいそうなビンキーは……」わたしは言いかけた。

「ビンキー？　ビンキーはただベッドに横になって、ばあやとミセス・マクタヴィッシュに世話を焼いてもらっているだけよ。あの人は足首がずたずたになっただけ。わたくしはアメリカ人を相手にしているのよ」

「元気を出して。そう長くは続かないわ。一週間以上もスコットランドに滞在する人はいないもの」

「一週間もたたないうちに、わたくしたちは破産だわ」いまにも泣きだしそうな声だ。「文字通り、食いつぶされる。その分の帳尻を合わせるために、宿泊料をもらってだれかを泊めなければならなくなる。ビンキーは代々伝わる銀器の残りを売ることになるんだわ」

わたしはそろそろと手を伸ばし、フィグの手に重ねた。自分から彼女に触れようと思ったのは初めてだ。「心配しないで、フィグ。なにか方法を考えましょう」

フィグはわたしを見あげて、にっこりした。

「きっとあなたがなんとかしてくれると思っていたわ、ジョージアナ。戻ってきてくれて本当によかった」

10

ラノク城
八月一七日
夜遅く

　ビンキーの書斎から出て大広間に向かって廊下を歩いていると、反対側の廊下の奥にある応接室からにぎやかな一団が現れた。

「だからわたしは彼に言ってやったの。〝あなたはちゃんとしたものを持っていないのね〟って。そうしたら〝ぼくのは素晴らしく大きいだけじゃなくて、エンジンがかかったときにはすさまじい勢いがあるんだ〟ですって。彼ったら、ボートの話をしているとでも思ったのかしらね」

　どっと笑い声があがった。ここからはかなりの距離があったうえ、陰になっていたけれど、姿がはっきり見えないうちから、その声の主が彼女であることはわかっていた。あの恐るべきアメリカ女、ミセス・ウォリス・シンプソンだ。近づくにつれ、金属っぽい暗灰色のイブニングドレスと同じ生地のヘルメットにも似た帽子に身を包んだ彼女が、ずいぶんと痩《や》せていて男っぽく見えることに気づいた。そのうえ老けている。年齢が顔に表れ始めていると、わたしは満足げに考えた。

「ウォリス、あなたったらなんて恥知らずなのかしら」地味な黒のドレスを着た年配の女性だ。彫像のような体つきでミセス・シンプソンを見おろすほどの長身だったけれど、メアリ王妃を大柄にしたような堂々とした威厳のある雰囲気を漂わせている。「人前でよくもそんな話ができたものだわ。ルディが生きていて、いまの言葉を聞かなくてよかった」

「あら、わたしの前で伯爵夫人然とした顔をしないでちょうだい、メリオン」ウォリス・シンプソンが言った。「ただのミス・ウェブスターだった頃から、わたしはあなたを知っているのよ。わたしがまだほんのよちよち歩きの子供だった頃、ルートビア・フロートを飲ませてあげるからって、ボルチモアにあるミスター・ヒンクルの店に連れていかれたことがあったわよね？　あのときあなたは、カウンターの向こうであの若い男といちゃついていたじゃないの！」

「あれはだれ？」わたしは年配の女性を示しながら、フィグに尋ねた。

「フォン・ザウアー伯爵夫人よ」

「全員アメリカ人だって言っていなかった？」

「アメリカ人よ。彼女もシンプソンの仲間のひとりなの。もともとはウェブスターだかなんだか、ごくありふれた名前の庶民だったんだけれど、ヨーロッパを旅しているあいだに、うまい具合にオーストリアの伯爵を捕まえたというわけ。きっとシンプソンは、自分より社会的階級が上になった彼女を許せないでいるのね」

「それをどうにかしようと、いま必死になっているのよ」

「そのようね。皇太子は毎晩のように訪ねてきているわ。あまり感心できないって言ったら、堅物だって彼女に言われたの。わたくしが堅物だったことなんてあった？　だれよりも寛大な心の持ち主だって思っているのに。なにより、わたくしは農場で育ったんだから」

「フリッツィ、ストールを忘れてきてしまったわ。いい子だから、取ってきてちょうだい。でないと凍えてしまいそう」伯爵夫人が、一行の最後尾を歩いていた血色のいい大柄な若者に向かって言った。「ここは本当に寒いわね。オーストリアのお城がコートダジュールのように思えるわ」

「ママはいつだってなにか忘れてくるんだから。こんな調子であちこち歩き回らされていたら、ぼくはそのうち痩せこけてしまうよ。ここからママの部屋までどれくらい遠いかわかっている？　あのとんでもない階段があるんだよ？」

わたしは再びフィグの顔を見た。

「できそこないの息子も連れてきているのよ」フィグが小声で言った。「お茶の時間には上等のサンドイッチを自分のお皿に山盛りにするし、メイドのお尻はつねるし」

「オーストリアでは、フィットネスはまだ流行していないのかい？」グループのなかのひとりの男性が尋ねた。「ベイブは体操とダンベルなしでは、一日が始まらないんだよ。そうだろう、ハニー？」

「ええ、そのとおり」小柄で痩せた女性が応じた。

ちょうどそのとき、一行は大広間に足を踏み入れ、ウォリス・シンプソンがわたしに気づいた。「あらまあ、女優の娘じゃないの。驚いたこと。いつ着いたの？」

わたしはフィグとビンキーの分まで腹を立てていたから、彼女の嫌味な言葉をおとなしく聞き流すつもりはなかった。「公爵令嬢と言い直してもらおうかしら。わたしは現公爵の妹で、国王の親戚でヴィクトリア女王の曾孫なの。あなたが泊まっているのは、先祖代々のわたしの家よ」

「おやおや」一行のうしろのほうをうろうろしていた男性が言った。ミスター・シンプソンだ。これまでは無言だった、影の薄い彼女の夫。「好敵手が現れたようだね、ウォリス」

「ばかばかしい」彼女は喉の奥で笑った。「欲求不満なだけよ。セックスしていないと、人間は怒りっぽくなるの。彼女がここにいるあいだに、森番との仲を取り持ってあげなきゃいけないみたいね。チャタレー夫人のように」

一行はまたどっと笑った。

「チャタレー夫人ってだれ？」フィグが小声で尋ねた。

「D・H・ローレンスが書いた本の主人公よ。この国では発行禁止だけれど、イタリアで出版されていて、こっそり持ちこまれたものがたくさんあるわ」

「その本はなにが問題なの？」

「貴婦人と森番が道ならぬ関係になって、それを四文字の言葉で表しているのよ」

「なんて汚らわしい。その作家は本物の森番を見たことがないのね。見ていれば、セックスアピールがあるなんて、思うはずがないもの。死んだウサギのにおいがするんだから」

「いずれきみは超えてはならない一線を超えてしまうときがくるよ、ウォリス」ミスター・シンプソンが鋭い口調で告げた。

彼女はちらりと夫を見ると、片手を彼の頬に当ててまたくすくす笑った。

「それはないわ。どこまでなら大丈夫なのか、ちゃんとわかっているから」

大柄な男性が手を差し出しながらわたしに近づいてきた。

「それじゃあ、あなたがこちらのご令嬢なんですね。はじめまして。わたしはアール・サンダース、こちらは妻のベイブです」

わたしは全員と握手をしたが、ミセス・シンプソンだけは手を差し出そうとはしなかった。

「ホイストかブリッジの相手をしてくれるのはどなた？」ウォリス・シンプソンが声をあげた。「それともルーレットにする？」

「申し訳ないけれど、我が家にルーレットはございません」フィグが冷ややかに告げた。

「ギャンブルがしたいときには、モンテカルロに行きますので」

「ご心配なく。アールが持ってきてくれているから」ミセス・シンプソンが答えた。「この人ったら、一日たりともギャンブルなしではいられないのよ。そうでしょう、アール？」

「問題は、凍えて死んだり、すさまじい風にトランプを飛ばされたりしない場所があるかどうかっていうことね」フォン・ザウアー伯爵夫人が言った。「ここでは無理だわ」

「わたしはちゃんとミンクのストールを持ってきたの」ベイブが言った。毎朝のエクササイズは確かに効果があるようで、骨ばったミセス・シンプソンが女らしく見えるくらい、無駄な肉はかけらもついていなかった。寒いと感じるのも無理はない。彼女は夫からストールを受け取ると、きっちりと肩に巻きつけた。「ゆうべは、ベッドの中でもこれを巻いていたのよ。窓からのすきま風がひどいんだもの。きちんと閉まらないし、外では嵐が吹き荒れていたし」

「応接室ではだめなのかしら？」フィグが尋ねた。「ソファを運んで、テーブルを用意するように使用人に命じましょう」

「あの部屋にはにぎやかな若者たちがいて、もくもくと煙草の煙を吐き出しながら、ウィスキーのデカンターを空にしているわ」ミセス・シンプソンが言った。

「ほらね、言ったでしょう？」フィグがつぶやいた。

「それなら、ここで我慢してもらうほかはありませんわ」フィグが高らかに宣言した。「使用人に準備させましょう」

「湖が見えるあのこぢんまりした素敵なお部屋は？」ベイブが口をはさんだ。「今朝、コーヒーをいただいた部屋よ」

「でもあそこはモーニング・ルームなのに」フィグはぞっとしたように言った。

「午後にあの部屋を使うのは犯罪なの？」ウォリス・シンプソンは面白がっているようだ。

「まったくイギリスのルールには興味をそそられるわね」

「どうしてもとおっしゃるのなら、使ってもけっこうですわ」フィグが応じた。「わたくしたちは決して、昼食のあとでは使いませんけれど」

「きっと幽霊が出るんだ」大柄な男が笑いながら言った。「その幽霊は、正午の鐘の音のあとにしか現れない。白い影が上の廊下をふわふわと移動しているところを見たとベイブが言うんですよ」

「それはきっと〝ラノクの白い貴婦人〟だわ」わたしが告げた。「うめき声を聞きました？　彼女はよくうめくんです」

「うめく？」ベイブは不安そうな顔になった。

「恐ろしげに。彼女は魔女だと決めつけられ、大きな石をくくりつけられて、湖に放りこまれたんです。湖に泡ができているのを見て、白い貴婦人が戻ってきたに違いないという地元の人間もいます。もちろん、ただの怪獣かもしれませんけれど」

「怪獣？」伯爵夫人はおののいているようだ。

「ええ。この湖には有名な怪獣がいることをご存じないんですか？　もう何百年もあそこにいるんです」

「恐ろしいこと」伯爵夫人が言った。「今夜のトランプは遠慮して、すぐに寝ることにするわ。フリッツィ、先に部屋に戻って、ベッドに湯たんぽが入っているかどうか確かめておいてちょうだい。それから、湯たんぽに寝間着を巻いてあるかどうかかも」

「わかったよ、ママ」彼は従順にうなずき、その場を離れていった。

「わたしは夜ごとのギャンブルを欠かさないぞ」大柄な男が言った。「きみたちはそのモーニング・ルームとやらを確かめておいてくれ。わたしはルーレットを取ってくる」

一行は去っていった。フィグがわたしを見て言った。

「よくわかったでしょう？　拷問以外のなにものでもないわ。昼食のあとでモーニング・ルームを使おうなんていう人の話を聞いたことがある？」

「ないわ」わたしは同意した。

「伯爵夫人は、それくらいのことわかりそうだと思わない？　オーストリアにお城があるっていうんだから」

「もうひとりの男の人も伯爵《アール》なんでしょう？」わたしは遠ざかっていく大きなお尻を見ながら尋ねた。

フィグは引きつった笑い声をあげた。「違うわ、あれはただの名前よ。わたくしも同じ間違いをして、彼の奥さんを〝伯爵夫人〟と呼んでしまったの。冗談だと思ったみたいだけれど」フィグは先に立って歩きだしたが、すぐに振り返った。「さっきの〝ラノクの白い貴婦人〟の話はなんなの？　初めて聞いたわ」

「作り話よ。彼らに帰ってほしければ、帰りたくなるように仕向けなきゃいけないって思ったの。先祖の幽霊が夜ごとうろついていると言えば、少しは帰りたくなるんじゃないかしら」

「ジョージアナ、あなたったら意地が悪いのね」フィグはそう言いながらも、感心したように微笑んだ。

「あの人たちの居心地が悪くなるように、ほかにも方法を考えましょうよ」わたしは言った。「たとえばボイラーを切るとか。ドイツ人の男爵夫人を追い出したかったときに、ラノクハウスで使った手なの。熱いシャワーが使えなければ、あの人たち、きっと出ていくわ」

「素晴らしいわ！」フィグは顔を輝かせた。

「ファーガスはいまでもバグパイプを吹いている？」ファーガスは、地元のバグパイプ・バンドを率いている馬丁のひとりだ。

「ええ」

「彼に、夜明けに胸壁で吹いてもらってちょうだい。昔、そうしていたみたいに。あ、それから朝食にハギスを……」

「ジョージアナ、それは――それはできないわ。皇太子の耳に入ったら、ビンキーに腹を立てるに決まっているもの」

「なにに腹を立てるというの？　わたしたちはただお客さまを歓迎して、伝統的な朝食を出すだけよ」

フィグはすがるような目でわたしを見た。「本当にそうするべきだと思う？」

「こう言い換えましょうか？　あなたはいつまであの人たちにここにいてほしいの？」

「やりましょう」フィグは宣言した。「ここを恐怖の城にするのよ！」

応接室のほうから、笑い声が響いてきた。「あなたのいとこふたりから、ウィスキーを取りあげなきゃいけないわ。あの人たち、酔うといろいろと壊すのよ」

「行って、挨拶してこなきゃいけないでしょうね」わたしは渋々言った。

「もちろんよ」フィグはつかつかと歩いていき、応接室のドアを開けた。キルトをはいたふたりの若者がこちらに顔を向けた。

「やあ、いとこのフィグどの。いっしょに一杯やろう」そのうちのひとりが言った。「アメリカの恐怖を打ち負かしたお祝いだ」

「ピンキーの上等のスコッチも飲み干してくれているみたいね」フィグがほとんど空になったデカンターを手に取った。「これがもう最後なの。わたくしたちは本当に貧乏なのよ」

マードックの視線はフィグを通り過ぎ、戸口に立つわたしに向けられた。

「あそこのきれいなお嬢さんはだれだい？」

「あなたのいとこのジョージアナよ。ジョージアナ、こちらはいとこのラハンとマードック。もう何年も会っていなかったはずよ」

砂色の髪をしたふたりの大男は立ちあがった。どちらもキルト姿だ。ひとりは赤い顎ひげを生やし、ラノク家の先祖が蘇ってきたような風貌をしている。もうひとりに目を向けた。こちらはきれいに髭を剃っていて、そして——かなりハンサムだった。背が高くて、筋肉質で、たくましい。ギリシャ神話に出てくる神さまを思わせた。彼が手を差し出した。

「きみがあの小さなジョージーとはね。お馬さんごっこをさせられて、きみを背中に乗せて地所中を歩き回ったことを覚えているかい？」

「あれはあなただったのね」記憶が蘇った。「マードックが丸太を窓に投げつけたことは、よく覚えているわ」

「こいつはそういうことをするからな」ラハンはわたしの手を握ったまま笑顔で応じた。「さあ、座って一杯やろう。近頃はどうしているのか、話してくれないか」

「たったいまフィグと飲んだところなの」敵の手に落ちたとフィグに思われないように、わたしは言った。「最近はロンドンで清く正しく生きているわ。あなたたちは？」

「地所の管理だな、ほとんどは」マードックが答えた。「人を雇う余裕がないから、なんとか切り盛りするためには、おれたちふたりともせっせと働かなきゃならないのさ」

「ハイランド・ゲームズ（ハイランド地方で夏に開催される競技会。スポーツ競技やダンスのコンテストなどがある）に出かけていないときは、だろう？」

「賞品を稼いでいるじゃないか。去年は豚をもらっただろう？　それからウィスキーをひと樽」

「確かにな。だがそのついでにエイントリーで競馬をし、セントアンドリュースでゴルフをしてきたんじゃなかったかい？」ラハンがにやりとして訊いた。

「まあそうだが、あれは仕事だったんだ。おれたちの競走馬を見るためにエイントリーに行ったんだからな」

「おれが家で羊を洗っているあいだに」

「そりゃあそうだ。おれのほうが年上だ」

「だがおれのほうが頭がいい」

「いいや、違うね。そのとろい頭でよくもそんなことを思いつくもんだ」

ふたりは半分腰を浮かしていた。喧嘩になるのではないかと、フィグが心配そうにわたしを見ている。「ジョージアナ、ビンキーが眠ってしまう前に会っておいたほうがいいわ」

「そうね」わたしは答えた。「それじゃあ、失礼するわね」

「用がすんだら、戻ってきてくれないか」ラハンが言った。部屋を出ようとしたところで、彼の声が聞こえてきた。「ジョージーがあんなにきれいになるなんて、だれが思っただろうな？」

何年かぶりに、わたしはにんまりとした。

11

ラノク城
八月一七日
かなり夜遅く

「あれでハウス・パーティーの出席者は全部？」ビンキーの部屋へと続く階段をのぼりながら、フィグに尋ねた。「野蛮ないとこがふたりだけ？　もしそうなら、ミセス・シンプソンが友人を連れてきてくれて、かえってよかったじゃないの」

「もちろん全部じゃないわ。あと若い男性がふたり来ているの。いまどこにいるかは知らないけれど」

「女性はいないの？」

「狩りのパーティーですもの。ビンキーが何人かの女性に声をかけたはずだけれど、みな忙しいらしくて」

わたしは心の中でにやりとした。相当に勇敢な若い女性でなければ、ラノク城には滞在できないだろう。「狩りに興味のある女性はあまりいないもの」慰めるように言う。

「どうしてかしら。わたくしはとても好きなのに」

「それで、その若い男性というのはどなた？」自分が唯一の独身女性であることに気づいて、不意に気持ちが浮き立った。「わたしが知っている人？」

「ジョージ王子は知っているでしょう？」

「陛下の末の息子の？ ええ、よく知っているわ」いかがわしいパーティーで見かけたことはだれにも言わないでほしい、と彼から頼まれたことを思い出しながら答えた。

「近衛隊の将校でとてもハンサムだわ。あなたにはいい相手だと思うわよ」

彼が脚本家のノエル・カワードと見交わした視線のことは黙っていた。そのパーティーの際、彼がキッチンへと入っていき、あとになってそこでコカインが使われていたことがわかった話も。そういう意味では、王子はあまりいい相手ではない。けれど、親戚としては楽しい人だった。

「陛下と王妃さまは、息子にはもっと階級の上の人をお望みだと思うわ」そつなく答えた。

「こんな不穏な時代には、ヨーロッパとの同盟が必要よ」

「うわさをすれば、だわ」フィグが足を止めた。上の廊下からこちらに近づいてくる声がする。男の声。そのうちのひとりには、強い外国なまりがあった。

「明日、あの山をのぼってみましょうか。どうです？」

わたしは階段の途中で凍りついた。

「嘘でしょう!」

その声の持ち主なら知っていた。わたしの宿敵であり、だれもがわたしと結婚させようとしているホーエンツォレルン＝ジグマリンゲン家の血筋にあたるルーマニアのジークフリート王子だ。だがその顔立ちからひそかに魚顔と呼んでいたくらいだし、彼が、実は男性のほうを好むことを知っていたから、わたしにはまったくその気がない。すべては仕組まれたことだったのかもしれないという恐ろしい考えが脳裏をよぎった。わたしはなにかの企てを暴くためではなく、断固として拒否している男性と無理やり結婚させられるために、スコットランドに連れてこられたのかもしれない。彼と同じ部屋にいるあいだに司祭の姿を見かけたら、即座に逃げ出そうと決めた。

「ジークフリート王子のこと?」フィグが何食わぬ顔でわたしを見た。「彼のことが嫌いなの?　立ち居振る舞いは優雅だし、ヨーロッパのあらゆる貴族とつながりがあるのよ。いつか国王になるかもしれない。お兄さまになにかあったときには」

「暗殺されるとか、そういうこと?」

「ええ、まあ、それは……」声の主の姿が見えてきたので、フィグは口をつぐんだ。ふたりは楽しげに語り合っていたが、わたしたちを見て驚いたように足を止めた。

「おやおや。親戚のジョージージーじゃないか」ジョージ王子が言った。「いつ着いたんだい?」

「たったいまです、殿下」

「きみが帰ってきているとは知らなかった。うれしいね。いいかい、ぼくたちだけのときは、ぼくを殿下と呼ぶ必要はないよ。父はどんなときも陛下と呼ばれたがっているし、母にいたっては孫娘に毎朝ちゃんとしたお辞儀をさせているが、そういった堅苦しいルールがもう時代遅れだっていうことに気づいていないんだ。いまはジャズ・エイジだ。人間は自由であるべきだ。そうだろう、ジークフリート？」

「自由すぎてはいけない」ジークフリートが答えた。「わたしたちの階級の中でならいいかもしれないが、下層階級をなれなれしくさせるようなことはわたしは反対だ」彼はわたしにお辞儀をすると、かちりとかかとを鳴らした。「レディ・ジョージアナ。またお会いしましたね。これほどの喜びはありません」ライスプディングを目の前に差し出されて喜んでいるようにしか聞こえなかった。

「殿下」わたしも同じくらいの熱意をこめてお辞儀をした。「こんなところでお会いするなんて、うれしい驚きですわ」

「きみも狩りのパーティーに加わるということかい？」ジョージ王子が尋ねた。

「ええ。ビンキーはまだここで狩りをする予定でいるのかしら？　それともあなたたちはバルモラルで狩りを？」

「バルモラルではもう何度か狩りをしたよ。すでに聞いていると思うが、ビンキーはいま具合が悪くてね。たったいま、彼を慰めてきたところだ。そうだろう、ジークフリート？」

「え？　ああ、そう《ヤー》、そのとおり」

「それじゃあ、どうしてバルモラルではなくてここにいらっしゃるの？」わたしは王子に尋ねた。

「あそこはあまりにも退屈なんだ。それに母上が早く結婚しろとうるさい。そのうえデイヴィッドの件でだれもがぴりぴりしているからね。ミセス・シンプソンがここにいることを知っているんだよ。曾祖母と違って、両親は面白がってはくれない」

「あら、あなたは面白いと思うの？　皇太子はいずれ国王になるのよ。ウォリス女王なんて想像できる？」

王子はくすくす笑った。「きみの言いたいことはわかる。デイヴィッドは自分の立場を真剣に考えていないんだ。兄は親切で寛容で悪くない人間だが、国事を退屈なだけだと考えている。ぼくには兄を責められないよ」

「あなたは運がいいわ。またインフルエンザの大流行や大虐殺でもないかぎり、あなたにその役目が回ってくることはないもの」

軽口を叩いているつもりだったけれど、そう口にしたとたん、背筋を冷たいものが駆けおりるのを感じた。本当にだれかが、自分と王位のあいだにいる人間を排除しようとしているの？　朝のあいだに王位継承者リストを調べて、その可能性のある人物を探そうと思った。ジョージ王子ではありえない。国王の座につけば、彼はいまの生活スタイルに終止符を打たなければならないのだから。

「なんだかふさぎこんでいるようだね。ぼくたちといっしょに寝酒の一杯でもどうだい？　きみの恐ろしいいとこどのは、まだ応接室でくつろいでいる？」

「ええ」

「なんとも野蛮な男たちだ。石器時代に逆戻りしたみたいだとは思わないかい、ジークフリート？」

「まったく野蛮きわまりない。ふたりと顔を合わせるたびに、身の危険を感じるよ」

ふたりとも実は楽しんでいるようだったので、わたしは笑いたくなるのをぐっとこらえた。

「これからビンキーに会いに行くところなの。それじゃあ、また明日の朝に。失礼します、殿下」わたしはもう一度お辞儀をした。

ジークフリートは音を立ててかかとを合わせ、わたしたちは再び階段をのぼりはじめた。

「ジョージアナ、魅力的な若い男性がふたりもいたのに、あなたったら気を引くようなことはおろか、ろくに話もしないのね」フィグが諫めるように言った。「いいこと、男の人の気を引くことを覚えなきゃだめよ。そうしないと、売れ残ってしまうわ」

わたしは、フィグの真面目そうな角張った顔を横目でちらりと見た。ビンキーの気を引いたことがあるのかどうか、訊いてみたくてたまらない。もしあるとしたら、ビンキーが悲鳴をあげて逃げ出さなかったのが不思議だ。フィグには血筋以外、とりたてて誇るべきものがあるようには見えなかった。

わたしたちはさらに廊下を進んだ。冷たいすきま風が吹き抜けてタペストリーを揺らすのを見れば、〝ラノクの白い貴婦人〟の話をさらにもっともらしいものに作りあげるのはたやすいことがよくわかった。城の外からは、オオコノハズクの鳴き声が聞こえてくる。この城は、幽霊や悪鬼や四本足の獣や夜中に奇怪な物音を立てる生き物には、うってつけの場所だった。フィグが突き当たりのドアをそっと開けた。

「ピンキー、起きている？　お客さまよ」

兄が枕から頭を起こし、こちらに顔を向けた。「ジョージー」うれしそうな声をあげ、わたしに向かって手を差し出す。「うれしい驚きとはこのことだ。わざわざ来てくれたとは。可哀そうな兄が怪我をしたと聞いて、駆けつけてくれたんだな？　まったく素晴らしい家族愛だよ」

わたしの突然の帰宅の理由をフィグがどう聞かされたのかは知らないが、賢明にも彼女は口をはさもうとはしなかった。わたしはベッドに近づき、ビンキーの額にキスをした。顔色は悪かったし、白いリネンに包まれた左の足首には急ごしらえの鳥かごのようなものがかぶせてあった。

「あとはふたりでごゆっくりどうぞ」フィグが言った。「わたくしはもう寝ます。あのアメリカ人のおかげでくたくたなの」

「ゆっくりおやすみ」ビンキーは彼女の背中に声をかけてから、わたしに視線を戻した。「彼女は大変な思いをしているのだよ。おまえが帰ってきてくれて本当によかった」

「具合はどうなの？　お兄さまが密猟者に転身したって聞いたわ。罠をいじりまわしているって」

「ずいぶんな言い方じゃないか。もう少しで足を切断するところだったというのに、妹がそれを冗談にするとはね」

「お兄さまを心配しているからよ」ベッドの端に腰かけた。「どうしてこんなことが起きたのかしら」

「まったくだよ。いまだによくわからない。わたしたちの地所で密猟するつもりなら、わざわざ境界線から何キロも内側に入る必要はない。そうだろう？　ちょっとばかり柵をくぐって、森の中のだれにも気づかれないような場所に罠を仕かければそれですむことだ。この罠は、わたしが毎朝散歩する山の小道のヒースの茂みの中にあったのだ。ほら、地所と湖が見渡せるあの山だよ」

うなずいた。「わたしもよくあそこにのぼったわ。お兄さまが馬に乗っていなくて本当によかった。馬だったら足がちぎれていたわ」

「わたしの足もちぎれるところだったのだ。祖父が言うところの〝丈夫で頑丈な短靴〟を履いていなければ、きっと切断していたはずだ。感染を防ぐために不愉快な湿布をずっとしていなければならなくなったが、幸い、骨は折れていない」

「いったいだれがそんなことをしたんだと思う？」

「目的の動物があの小道を通ると考えた愚か者だろう。だがどんな動物なのか、わたしには想像もつかないね。大きな牡鹿が敷地内に何頭かいるのはわかっているが、罠で牡鹿を捕まえようとするほど間抜けな人間がいるとは思えない。違うかい？」

「とてもお腹がすいていて、とても貧しかったら、そういうことをするかもしれないわね」

「だが獲物を回収しにきたときに見つかる危険は大きい。それにどうやって牡鹿を敷地の外まで運ぶのだ？　城から丸見えではないか」

「確かに妙な話ね。ひょっとして……」言うべきかどうか、しばし考えた。「お兄さまが目的だったっていうことはない？」

「わたしが目的？」

「お兄さまが毎朝、あの小道を散歩することはだれでも知っている」

「わたしが目的？」ビンキーは同じ言葉を繰り返した。「だれかがわたしを傷つけようとしたというのか？　なぜだ？　わたしは人畜無害な人間だ。敵などいない」

「ラノク城を受け継ぎたい人とか」そう答えたものの、最後は聞こえないくらいの声になっていた。「もしお兄さまが死んだら、ラノク城はだれが継ぐの？」

「もちろんポッジだ」

お兄さまの息子のポッジ。あの子にも危険が迫っているんだろうか？　どう言えば、あまり不安をかきたてることなく、乳母に警告できるだろう？

「ポッジのあとは？」

「わたしのウィスキーをせっせとたいらげているあのふたりだ。まずマードックで、そのあとがラハンということになる」ビンキーはわたしを見つめると、笑いだした。「あのふたりがこの件に関わっていると言いたいのか？　マードックとラハンが？　わたしたちは子供の頃からいっしょに遊んでいたのだぞ」

「いたずらの度がすぎたのかもしれないわ」

「いたずら？　人の足を切断してしまうかもしれないような罠を仕かけることが？　面白いとは思えないね」

「そうね。でもあの人たちはむこうみずなことをしそう。罠がそれほど強力だとは思わなかったのかもしれない」

「あのふたりは、罠にくわしい。しばらく前、密猟者に悩まされていたことがあったのだ。人間用の罠を仕かけようと思っていると相談されたので、わたしが思いとどまらせた」

「それじゃあ、今回のものは人間用じゃなかったのね」

「違う。間違いなく動物用の罠だった」ビンキーは険しいまなざしでわたしを見つめたあと、また笑って言った。「どこでそんなことを思いついたのだ、ジョージー？　いまはもう氏族同士の戦いなどない。厚かましいキャンベル家の人間であっても、わたしの足を切断するために地所に忍びこんできたりはしないだろうし、ラノクの血を引く者がこの城を手に入れようとしているとも思えない。だいたい、だれがこの城を欲しがるというのだ？　ここから得られる収入はない。相続税を払うためにかなりの土地を売らなければならなかったし、残った土地からの収入も生活していくのにぎりぎりの額だ。それにこの城での暮らしは――アメリカ人たちが猛烈に文句を言うのも無理はない。配管設備は新しくする必要があるし、集中暖房システムがあればさぞ快適だろう。だがそうするだけの金がないのだ」

「爵位が欲しい人がいるのかもしれない。公爵という肩書はいいものでしょう？」

「本当のところを知りたいのなら言っておくが、金のない公爵というのはばつの悪いものだ。それよりは、成功している農場でただの農夫として働いているほうがよほどいい。あのいとこたちのように」

それから間もなくわたしはビンキーの部屋をあとにした。自分の部屋は居心地がいいとずっと思っていたけれど、ベッドに横になって城壁のまわりを吹き抜ける風のうなりを聞いていると、かなり寒いことを認めざるを得なくなった。熱い湯たんぽが欲しいと切実に思ったけれど、そんなことを頼めば寒いと訴えているのも同然だ。ロンドンでの四カ月がわたしを軟弱にしたらしい。

そこでわたしは小さくからだを丸め、頭から布団をかぶった。だが眠りはなかなか訪れてくれない。田舎の夜がこれほどにぎやかなことをすっかり忘れていた。湖岸に打ち寄せる波、夜風に揺れる松の木、狐に捕まったウサギの悲鳴、遠くから聞こえる猟犬のうなり声。頭の中を駆けめぐる様々な思考もまた、眠りの邪魔をした。だれかがビンキーを殺すか、あるいは怪我を負わせようとした。これは間違いない。そして、彼は王位継承者だ――たとえ三二番目だとしても。となると、マードックとラハンはふたりとも容疑者リストからはずれることになる。ふたりは王家の血を引いていない親戚だから、受け継ぐのは公爵の位だけだ。だがそのためにはまず幼いポッジを亡き者にする必要がある。わたしは身震いした。わたしになにかできることがあるとすれば、それはポッジを守ることだ。

12

ラノク城
一九三二年八月一八日

夜明けと共に目を覚ました。ハイランドの朝の訪れは早い。斜めに射しこむ日の光がわたしの部屋の壁に鮮やかな縞模様を描き、森からはすさまじくにぎやかな夜明けのコーラスが聞こえていた。もう一度眠るのはとても無理だ。なにより、さっさとベッドを出て、外に出かけたくなるような朝だったし、罠が仕かけられていた場所を自分の目で確かめておきたかった。

顔を洗い、乗馬ズボンと乗馬用ジャケットを着た。城の中はまだ静まりかえっている。起きていたのは早朝の仕事に向かう臨時雇いのメイドだけで、わたしを見るとお辞儀をし「おはようございます、お嬢さま」と恥ずかしそうに挨拶をした。わたしは馬小屋に向かった。ドア代わりの壊れかけた箱の上から顔を突き出しているわたしの馬ロブ・ロイを見ると、うれしさで胸がいっぱいになった。ロブ・ロイもわたしに気づき、驚いたようにいなないている。抜群に頭がいいと常々思っていたとおりだ。だが鞍をつける段になって、ここしばらく人を乗せていないことがわかった。ひどく神経質になっていたので、気持ちを落ち着かせてやってから、ようやく腹帯を締めることができた。

わたしがまたがると、ロブ・ロイは中世の軍馬のように飛び跳ねたが、手綱を緩めてやるとロケットのように勢いよく走りだした。城の裏手にある緑地庭園を抜けるあいだ、わたし自身もそのスピードに高揚感を覚えながら、しばらく好きなように走らせた。きれいに苅りこまれた芝が弾力のある芝土と松林の中に伸びる小道に変わったところで、手綱を引いて歩調を緩めた。罠にかかるのはごめんだもの。

森林を抜け、ヒースとワラビの茂みのあいだの道をのぼりながら、わたしは眼下の城と地所を見おろした。湖はすっかり朝靄《あさもや》に隠れ、岸に沿って靄がたまっているせいで、城はまるで雲の上に浮かんでいるように見える。靄の合間になにか動くものが見え、土の道を踏みしめるひづめの音と、はみと馬具がぶつかる音が聞こえた。こんな朝早く、ほかにも馬に乗っている人がいる。その動きは流れるようで、人馬がひとつになったように優雅だった。いったいだれかしら？　黒髪の若い男性であることはわかったけれど、いま城にいるだれにも似ていない。当然のことながら、疑念が湧き起こった。あの罠を仕かけた人が、またなにか目的があって戻ってきたのかしら？

ロブ・ロイの向きを変え、そちらに向かってヒースの合間を思い切っておりていく。男性の動きは速く、彼が進んでいる道にわたしがたどり着いたときには、すでにそこを通り過ぎたあとだった。霧がわたしたちのまわりで渦を巻き始めていたので、男性の姿を見失うまいとして、わたしはロブ・ロイを全速力で走らせた。

「ちょっと」声を張りあげた。「そこのあなた。止まってちょうだい」

男性は手綱を引きながら馬をこちらに向けた。前脚を高くあげ、うしろ脚だけで立つその格好は、中世の軍馬を思わせた。

「ここは私有地よ」男性に近づきながら叫んだ。「ここでなにをしているの?」

「まったく同じ質問をきみにしたいね」彼が言った。「最後に会ったときみは、ロンドンのいかがわしいナイトクラブにいたじゃないか」

「ダーシー!」霧の合間に彼の姿が見えた。白いシャツの襟元を緩め、風にあおられた黒髪はいつにも増して乱れている。ヒースと山を背景にして飛び跳ねる馬の背にまたがる彼は、まるでブロンテの小説のヒーローのようで、胸が高鳴った。「まさかラノク城に来ているのに、だれもわたしに教えてくれなかったなんていうことはないわよね」

「残念ながら違う」ダーシーは馬をこちらに近づけてきた。「数キロ先で、友人たちといっしょに滞在中だ。新しいスピードボートを試すことになっているんだ。世界最高速度を記録するつもりでいるらしい。アンガス卿の敷地の外に出ていたとは気づかなかったよ。申し訳なかった。長いあいだ町に閉じこめられていたあとだったから、思いっきり馬を走らせるのが楽しくてね」

「わかるわ。本当に気持ちがいいわよね」わたしたちは笑みを交わした。笑ったときの彼の黒い瞳の輝きをいやでも意識してしまい、心臓がどきりと打つのがわかった。

「きみはどうなんだい？　いつこっちに？」

「ゆうべ着いたの。アメリカ人のグループが来ていると聞いて、フィグの手助けをしようと思って」

「なるほど。それは立派な心がけだ」

面白がっているような彼の表情を見て、列車の中で考えていたことを不意に思い出した。彼はわたしがここにいる理由を知っている。わたしのナイトクラブでの不祥事を、ロンドン警視庁だか内務省だか特別局だかに密告した人間がいるはずだ。通常の手順で通常の勤務時間内に報告されたにしては、あの巡査がわたしの家にやってきた時間は早すぎた。つまり夜遅くか、あるいは早朝に電話があったことになる。ダーシー以外にそんな電話をかけられる人間がいるかしら？　わたしが疑っていたとおり、彼がなんらかのスパイだとしたら、特別局の正体不明の人たちとも親しいはず。

「あなただったのね、そうでしょう？」わたしは思わず口走った。

「なんのことだい？」

「あなたは、ナイトクラブでのあの恥ずかしい夜のことをロンドン警視庁に密告したんだわ。わたしを裏切ったのよ。サー・ジェレミーなんとかのスパイをさせるために、わたしがここに来るように仕向けたのね」

「いったいなんの話をしているのか、さっぱりわからないよ、愛しい人」

「わたしはあなたの愛しい人なんかじゃないから」怒りで頬が熱くなるのがわかった。「わたしのことなんて、気にかけてもいないくせに。あなたが姿を見せるのは、わたしが政府のだれかにとって役に立つときだけよね」

「ぼくはもっときみの役に立ちたいと思っているけれどね。きみがそのチャンスをくれないんじゃないか」いつもの思わせぶりな笑みが彼の顔に浮かび、からかうように瞳がきらめいた。

「冗談はやめて」わたしはぴしゃりと言った。

「きみはなんでもないことに腹を立てていると、言っているだけさ」

「なんでもないこと？　よく言うわね。わたしに興味のあるふりをしたかと思ったら、何週間もどこかに行ってしまって連絡ひとつよこさない。そのうえ、ロンドン警視庁にわたしを密告までしたんだわ。もうたくさん。ダーシー・オマーラ、あなたなんて信用できない。二度と会いたくない」

わたしはロブ・ロイの向きを変え、全速力で走らせ始めた。曲がりくねった道だったからスピードを出しすぎていることはわかっていたけれど、かまわなかった。いまはただ、心の中を空っぽにするために、できるだけ速く走りたかった。

一度も振り返らなかったから、彼があとを追ってこようとしたのかどうかはわからない。きっと追ってきてはいなかっただろう。ダーシーのような男にとって、取り巻きの女がひとり減ったくらいどうということはないに決まっている。城に戻りかけたところで、ばあやに会いに行こうと決めた。引退したいまは、地所の中にある小さなコテージで暮らしているけれど、こんな朝早い時間でも起きているという確信があった。思ったとおりばあやは起きていて、満面の笑みでわたしを迎えてくれた。

「お嬢さまが来られるなんて聞いていませんでしたよ」豊かな胸でわたしを抱きしめながら、柔らかなスコットランドなまりで言う。「まあまあ、びっくりさせてくれること」

ばあやは小さくなっていた。大柄な人だとずっと思っていたのに、いまではわたしの肩までしかない。ばあやはあわただしく紅茶を用意し、大きなボウルにポリッジをよそった。

「気の毒な旦那さまに会いにこられたんでしょう？　まったくびっくりしましたよ。いったいだれがあんなことをしたんだか」

「本当よね」

「敷地内のだれかが、ウサギでも捕まえて小遣いの足しにしようとしたんですかね」

「ウサギが目的にしては、罠が大きすぎるわ」わたしは指摘した。

「旦那さまに恨みを持つ人間の仕業だとは考えたくないんですよ」

わたしは鋭いまなざしをばあやに向けた。「お兄さまに恨みを持つ人がいるの？」

ばあやは首を振った。「旦那様はみんなに好かれていますよ」

「最近、だれかクビになった人はいる？」

ばあやはしばし考えてから答えた。

「勝手に銃を撃ったというんで、狩りの案内人の見習いがやめさせられましたね。ウィリー・マクドナルドという若者ですよ。昔からろくでもない男でしたけどね」

ウィリー・マクドナルド。ろくでもない男。王族に対する陰謀に比べれば、そちらのほうがはるかにありえそうな話だ。そのウィリーという若者を脅して自白させるように、地元警察のヘリーズ巡査に言っておいたほうがいいかもしれない。

「それで、お気の毒な旦那さまはいかがです？」ポリッジを口に運んでいるわたしにばあやが尋ねた。

「ゆうべはけっこう元気だったわ。もちろん、傷を見たわけじゃないけれど」

「森番の女房が手当をしているんですよ。かなりひどい傷だって言っていました。感染しないように祈るばかりですよ。もてなさなきゃいけないお客さまが大勢いるときに、ベッドに縛りつけられることになるとはねえ」

「顔を合わせずにすんで、逆に喜んでいるんじゃないかしら」わたしが言うと、ばあやはくすくす笑った。

「このあいだの朝、例のアメリカ人女性が皇太子さまといっしょのところを見ましたよ。まったくねえ。ずいぶん上品ぶっていましたね」

「いずれ女王になるつもりでいるんじゃないかって、いまから心配している人もいるのよ」

「でも彼女には夫がいるんですよね？　イギリスの人たちがそんな女を女王にするとは思えませんよ。ありえませんね」

「そうであることを願うわ。皇太子はいずれはちゃんと自分の務めを果たすでしょうし、わたしたちをがっかりさせるようなことはしないはず。国王になるべく育てられたんですもの」

ばあやはうなずき、腰をおろして暖炉の火を見つめた。

「ばあやは元気にしているの？」わたしは尋ねた。

「まあまあですよ。ときどき、リウマチが痛みますし、ここでひとりでいると寂しいと思うこともありますけれどね。旦那さまがときどき訪ねてきてくださいますが、それ以外は……」

「近所の人たちは？」

「いませんよ。両隣のコテージはどちらも空き家になっています。土地を売ったあと、使用人を減らしましたからね。それに、狩りの案内人もいまではわずかしか雇っていませんし。年寄りは隠居して、そのあとを継ぐ若者がいないんですよ。そういう仕事はもう好まれないんでしょうねえ。みんな町に行ってしまいました。どちらにしろ、大勢の若者がいるわけじゃありませんけどね。世界大戦が奪っていきましたからね」

ばあやの話を聞きながら、わたしの脳みそはフル回転していた。両隣のコテージにはだれも住んでいないと聞いて、不意にいい考えが浮かんだのだ。そのうちのひとつに滞在できる人間がいる。すくなくともしばらくのあいだは。ここなら祖父が必要としている新鮮な空気があるし、わたしに与えられた任務を手伝ってもらうこともできる。すぐに手紙を書こうと決めた。

ばあやの家を出たその足で両隣の空き家を調べ、そのうちの一軒が満足できる状態であることを確かめた。必要な家具は揃っているようだし、たいして汚れてもいない。湖を見渡せるこぢんまりした台所もある。祖父が紅茶を飲みながらそこに座っている姿を思い浮かべてみた。わたしはそっとドアを閉めると、ロブ・ロイにまたがって城に戻った。馬丁にロブ・ロイを任せたあとは、朝食の時間だ。ハイランドの空気のおかげで食欲は旺盛だった。食堂にいた先客はひとりだけだった――長いテーブルに座った若い男性が、大盛りのケジャリー（米と干しダラを使ったインド発祥の料理）とスクランブルエッグを頬張っている。わたしの姿を見ると、顔を輝かせながら立ちあがった。

「やあ、おはよう。また会ったね」

列車で会った不愉快な男性だった。

「ここでなにをしているの？」わたしは訊いた。

「招待されたことは話したと思ったが」

「このお城は古ぼけていて、住人は退屈だとも言っていたと思うわ。わたしの記憶が正しければ」冷ややかに告げる。

「いや、まあ、あれは確かに失言だったよ。ぼくたちは出だしを間違ったみたいで、残念だ。まさかきみがビンキーの妹だなんて、想像もしなかった。ビンキーはいつもきみのことを、痩せっぽちの内気な妹だと言っていたんだ。だからこんなに魅力的な女性がラノク城の住人だとは夢にも思わなかった」

「お世辞を言っても無駄よ」

「そうなのかい？　いつもはけっこう効果があるんだが。とりあえず、自己紹介させてくれないか。ぼくはヒューゴ。ヒューゴ・ビーズリー＝ボトムだ」

「まあ。学生時代は名前のことでずいぶんからかわれたんじゃない？」

「散々からかわれたよ。ぼくが学校に入ったときの監督生のひとりがきみの兄さんだったんだ。彼はとても親切だったから、ぼくはずっと尊敬していた」彼は愛嬌があると自分で思っているらしい笑顔を作った。「きみのことは、ピンキーの妹としか知らないよ」

「わたしはジョージアナ」くだけた呼び名を教えるつもりはなかった。

彼は手を差し出した。「きみと会えてうれしいよ。かわいそうなピンキーは足を怪我して寝ているそうだね。なんて運が悪いんだろう。だがきっときみが城の中を案内してくれるよね」

「あなたはきっと気に入らないと思うわ。かなり古ぼけているから」

彼の色白の肌が赤く染まった。「頼むよ。あのひどい初対面のことは忘れて、一からやり直せないかい？」

初めから彼のことは嫌いだったけれど、こういうときでも愛想よく応対するようにわたしは育てられていた。「わかったわ」

「もう馬に乗ってきたんだね」彼は値踏みしていることがありありとわかる目つきでわたしの全身を眺めた。気に入らない。心の中で、またわたしを裸にしているのだ。

「いいえ、わたしは乗馬ズボンで眠ることにしているの」

彼は笑って言った。「なかなかいいね。ユーモアのある女性は好きだ。いっしょに朝食をどうだい？　ひとりで食事をするのは好きじゃないんだ」

まさにその言葉がすべての元凶だったことを思い出した。ロンドンにやってくる男性はひとりで食事をするのを嫌がるとベリンダから聞いたことで、エスコート・サービスなどというばかげたアイディアを思いついたのだ。お腹はすいていないのでひとりでどうぞと言いたくなったけれど、トーストと紅茶だけの質素な食事が数カ月続いたあとだったから、たっぷりした朝食はあまりに魅力的だった。

「どうぞお座りになって」わたしは言った。「ケジャリーが冷めてしまうわ」

サイドボードに近づいて、腎臓《キドニー》とベーコンと目玉焼きをお皿に取り分けた。倹約してこれなら、ビンキーとフィグはそれほど困窮しているわけではなさそうだ。

「あなたはどこにお住まいなのかしら、ミスター・ボトムリー＝ビーズリー？」

「ビーズリー＝ボトムだ。実家はサセックスにある。ぼくはロンドンで仮住まいをしているが」

「働いているの？」

「まあ、そんなところだ。退屈なデスクワークだよ。つまらない事務仕事だ。兄が地所を継ぐことになっているし、実家はあまり裕福ではないので、ぼくは厳しい世の中に放り出されたというわけだ」

わたしたちには共通点がたくさんあったし、彼にはどこか映画スターのような魅力があった。それなのにどうして好感を持てないのかしら？　彼はちゃんとした学校を出ていて、わたしと同類の人間だ。そしてわたしは夫を必要としている。けれどどこかしっくりこないものがあった。これみよがしなジャケットの仕立てかもしれないし、使っている整髪用オイルかもしれないし、あの意味ありげな目つきかもしれない。それとも魅力的ではないわたしを魅力的だと呼ぶ、あの口ぶりかしら。せいぜい〝健康的〟か〝見た目はまあまあ〟というのが、わたしにふさわしい形容詞だ。

幸いなことに、アメリカ人グループがやってきたことを告げる楽しげな声がホールの向こうから聞こえてきたので、ヒューゴ・ビーズリー＝ボトムとそれ以上の言葉を交わす必要はなくなった。

「全身をすっかり泡だらけにしたところでお湯がなくなったの」だれかが言っている。ベイブだろうと見当をつけた。「凍りそうな冷たい水でシャワーを浴びなくちゃならなかったのよ。気持ちがいいとはとても言えなかったわ」

「本当に原始的よね」ミセス・シンプソンが言った。「でもある人から聞いたところだと、バルモラルはもっとだそうよ。毎朝、夜明けにバグパイプを吹くらしいわ」

「夜明けのバグパイプ？」一行がモーニング・ルームに入ってくるのを待って、わたしは朗らかに言った。「あら、それならわたしたちもやっているわ。スコットランドの屋敷では、どこでもやっていることよ」

「わたしは、一度も聞いていないわ」

「演奏者が気管支炎で寝込んでいたもので、この一週間ほどは吹けなかったの。あの音が聞けないと寂しいわね」

ヒューゴが立ちあがったので一行は足を止め、それぞれが自己紹介をした。ヒューゴはそれなりに魅力的な人だったから、アメリカ人の心をつかむのは簡単だった。

「あなたがいらしてくれてうれしいわ、ミスター・ビーズリー＝ボトム」ベイブが言った。

「おかげで楽しく過ごせそうね」当たり前の挨拶と言うには、彼女がヒューゴを見つめている時間は長すぎた。大西洋の向こうでは、ベッドからベッドへと渡り歩くのが国民的なスポーツなのかしらと考え始めたところで、カンザスから来たというお酒も飲まないあの真面目な男性を思い出した。

「それで、今日はなにをするつもりなの、ウォリス？」フォン・ザウアー伯爵夫人が尋ねた。

「自動車をちょっと走らせてこようかと思っているの。あなたは自分でなにかすることを見つけてちょうだい」

「こういうのはどうです？」ヒューゴが朗らかに声をかけた。「ぼくといっしょに湖に行きませんか？　友人が新しいスピードボートを試すことになっているんですよ。世界最高速度に挑戦するんです。きっと楽しいと思いますよ」

「面白そう。そう思わない、アール？」ベイブが言った。ヒューゴといっしょにいられるのなら、なんでも面白いと言ったに違いない。「ピクニックに行きましょうよ。わたし、ピクニックが大好き。今日はいいお天気になりそうだし」

「レディ・ジョージアナ、ピクニックの支度をするように料理人に頼んでもらえるかしら？」伯爵夫人がわたしに尋ねた。

「水着を持っていったほうがいい？」ベイブが訊いた。

「湖の水はとても冷たいし、あそこには怪獣がいるのよ」わたしはけしかけるように笑った。

「その怪獣は、昼間でも現れるのかい？」伯爵夫人の気まぐれな息子が口をはさんだ。「存在が確認されている？　何代も前から、処女をいけにえに捧げてきたとか？」

「ええ、もちろん」わたしは答えた。

「怪獣がボルティモアにいなくてよかったわね」ウォリス・シンプソンが言った。「すぐに処女が足りなくなってしまうもの」

一同はまたくすくす笑った。

「そういうことなら、わたしは銃を持っていこう」アールが言った。「怪獣を仕留めたいとずっと思っていたんだ。あのマカジキの隣に剝製《はくせい》を飾ったら、さぞ見栄えがするだろうな」

にぎやかに朝食に取りかかった彼らを残して食堂を出ると、フィグに会った。ピクニックの件を伝えると、アメリカ人から一日解放されることを知ってほっとした表情を見せた。

「それにちゃんとした昼食よりもサンドイッチのほうがずっと安くすむわ。ミセス・マクファーソンにパイを作ってもらうといいかもしれないわね。彼女のパイは絶品ですもの」

「もうボイラーを切ったみたいね」わたしは声を潜めた。「話しているのが聞こえたわ。べイブは冷たい水でシャワーを浴びなきゃならなかったんですって」

フィグはいわくありげににやりとした。

「ちょうどいま、朝にバグパイプを吹いてほしいと、ファーガスに頼みに行こうとしていたところなの。昔ながらの風習をまた始めると聞いて、きっと喜ぶでしょうね。そうそう、今夜の夕食にはハギスを準備するように、忘れずに言っておかないと。作る時間があるかしら。材料はなにが必要なの？」

「羊の内臓をミンチにしたものを、オート麦といっしょに胃袋につめるのよ」

「そうなの？　ぞっとするわね。バーンズナイト（スコットランドの詩人ロバート・バーンズの誕生日）と大晦日《おおみそか》の食卓に並ぶのは知っているけれど、わたくしはほんのひと口しか食べないの。いま料理人の手元に羊の内臓があるとは思えないわね」

「それに何時間も茹《ゆ》でなきゃならないのよ」わたしは指摘した。

フィグはまた顔をしかめた。「明日までに手に入れられることを期待するほかないわね。料理の説明をしただけで、あの人たちが逃げ出してくれるといいんだけれど」フィグは歩き去ろうとしたところで振り返った。「うまくいくわよね、ジョージアナ？」

「そう願いたいわ」

13

ラノク城と湖畔の桟橋

八月一八日
朝のうちは穏やかで気持ちのいいお天気……

　ピクニックに加わるべきかどうかを考えてみた。アールやベイブといっしょに過ごす一日に魅力は感じなかったけれど、ビンキーの事故について話をするためにヘリーズ巡査に会ういい口実にはなりそうだ。出かける前に、いくつか片付けておかなければならない用事があった。祖父に手紙を書いて、ポッジに会っておかなければ。ポッジは昔わたしが使っていた子供部屋にいて、乳母が服をつくろっているかたわらで玩具の兵隊と要塞で遊んでいた。

　ポッジはわたしを見ると、玩具の兵隊を足蹴にして飛びあがった。

「ジョージーおばさん！」叫びながら抱きついてくる。「ほら、玩具の兵隊だよ。前は父さんのだったんだ。この要塞も。ぼくはもう大きくなったから使わせてくれるんだよ。いっしょに遊んでよ」

わたしはポッジと楽しく遊びながら、怖がらせることなく乳母に注意を促すにはどう言えばいいだろうと考えていた。敷地内にはまだ違法な罠が仕かけられているかもしれないから、ポッジを家からあまり遠いところに行かせず、決して目を離さないようにしてほしいと彼女に告げた。

「いつもそうしています、お嬢さま」乳母は憤慨して答えた。「坊ちゃまが勝手に走り回ることは許されていません。外に出るときは、乳母車を使っています」

ポッジは、部屋を出ていくわたしを悲しそうなまなざしで見送った。わたしは子供部屋で過ごした日々がどれほど孤独だったか、妹か弟が欲しいとどれほど切実に願っていたかを思い出した。もちろんあの頃は、母がたくさん子供を産むような女性でないことには気づいていなかったし、わたしが妹や弟のことを考えられる年になる頃には、母はとっくに別の男のもとに走っていたのだが。わたしは部屋に戻り、ピクニック用の服に着替えた。

準備にたっぷりと時間を取られ、忘れていたものを直前になって思い出すといったことを何度か繰り返したあと、わたしたちはようやく車に乗りこんで湖へと出発した。ふたりの王子は山のぼりに出かけ、野蛮ないとこたちの姿は見えなかったから、参加者は残ったアメリカ人とヒューゴとわたしだけだった。フォン・ザウアー伯爵夫人と息子はアールといっしょに一台目の車に乗ったので、わたしはヒューゴとベイブと同乗することになった。

「なかなかの乗り心地じゃないか」

車が走りだすと、ヒューゴは必要以上に膝をわたしに押しつけ、肩に腕を回した。わたしは冷たく彼をにらみながら、短いドライブでよかったと考えていた。地元の見物客が大勢集まっていたから、湖のどこでスピードボートを走らせているのかはすぐにわかった。埠頭《ふとう》に止めた車から降り立つと、鮮やかな青色に塗られた細長いボートが、大勢の人が乗ったがっしりした作りの別の船に曳航《えいこう》され、岸まで戻ってくるところだった。

「なにがあった？」ヒューゴは桟橋に立ち、近づいてくる船に大声で尋ねた。

「一二〇キロ出たところで、こいつが宙を飛んだんだ」だれかが叫び返した。「ひっくり返らなくてよかった」

「おまえは、いったいなんだって戻ってきた？」だれかが船から尋ねた。「帰ったとばかり思っていた」

「我慢できなくてね」ヒューゴが叫び返す。「きみの素晴らしいユーモアが恋しかったのさ」

船が接岸し、乗っていた人々が降りてきた。突然、けたたましい歓声が響いたかと思うと、だれかが桟橋をわたしのほうへと駆けてきた。

「ジョージー、あなたなの！」両手を大きく広げながら叫んでいる。ベリンダだ。

「ベリンダ、ここでなにをしているの？」わたしは驚きの声をあげた。

「それはわたしの台詞《せりふ》よ」ベリンダに抱きしめられると、シャネルの香りがわたしを包んだ。いままで彼女に気づかなかったのは、ツイルのベージュのズボンに開襟シャツと茶色のセーターという、あまりにもらしからぬ装いをしていたからだが、顔にはいつもどおりの完璧な化粧が施されていた。

「ゆうべ着いたの。フィグを手伝いに来たのよ」いまではそれが、うってつけの口実になっていた。

「ジョージー、あなたからそんな台詞を聞く日が来るとは思わなかったわ。フィグを嫌っているんじゃなかったの？」

「そのとおりよ。でもいま彼女は、ちょっと困った立場にいるのよ。ビンキーは怪我をして寝ているし、家はアメリカ人でいっぱいなの。例のいまいましいあの人まで」

「彼女がここにいるの？」ベリンダはあたりを見回した。「見当たらないけれど」

「いまはいないわ。どこかの王子とドライブに行ったから。ミスター・シンプソンはあそこよ――あの不機嫌そうな顔をしている人」

「当然よ。世間体のためだけに連れてこられて、挙句に夜は寝室から追い出されたら、不機嫌にもなるわよ」

「どこかの王子が本当に寝室を訪ねてきているかどうかは知らないけれど、わたしは気の毒なミスター・シンプソンのように同情の的にはなりたくないわね。それで、あなたはここでなにをしているの？」その質問の答えが桟橋を歩いているのが見えた。

ベリンダはうっとりとパウロを見つめた。「パウロがいるからに決まっているでしょう。あのボートを操縦していたのがパウロなの。世界最高速度を出すつもりなのよ。すごくわくわくしない？」

「危険なことみたいに聞こえるけれど」

「もちろん危険よ。パウロは危険なことをしているときしか、満足できないの」

ほかの乗組員たちが、なにか話しこみながら桟橋を歩いてくる。〝推進力〟とか〝速度比〟といった言葉が、澄んだハイランドの空気に乗って届いた。

「あそこにいる人たちのことは、ほとんどみんな知っているんじゃない？」ベリンダがだれともなく示しながら訊いた。「パウロ、だれだと思う？　ジョージーよ」

「驚くことじゃないさ。湖の向こう側には彼女の実家があるんだからね」パウロはそう言ってわたしの手にキスをした。「きみは惜しいところで、水鳥になったぼくを見逃したよ。数秒ほどぼくは宙を飛んでいたんだ。爽快だったよ」

「きみは水の中にいるはずだったんだ。というか、水の上に」彼のうしろからアメリカ人の声がした。とんでもなく若く、とてつもなく真剣で、丸い眼鏡の向こうからしかつめらしい顔でこちらを見ている。

「彼が設計者のディグビー・フルートよ」ベリンダが小声で教えてくれた。「お父さんがハリウッドで映画スタジオをいくつも持っているの。すごくお金持ちなのよ。これまで二度、自分で世界記録を作ろうとして、二度とも危うく死にかけたの」

「そして今度はパウロの命を危険にさらしているわけ？　ずいぶん親切ね」

ベリンダは笑顔で答えた。「デザインを変えたし、エンジンもドイツ製の新しいものにしたのよ。ドイツといえば、そのエンジンを設計したのはだれだと思う？」

ベリンダは、湖岸からこちらに向かって歩いてくるいかにもドイツ人らしい風貌をした大柄で金髪の男性を示した。

「マックスじゃないの！」思わず声が出た。「ひょっとして、近くにわたしの母もいるっていうこと？」

言い終わらないうちに、母の姿が目に入った。わたしが知っている男性ふたりと、知らない女性ひとりと話しこんでいる。ひとり目はオーガスタス・ゴームズリーという名の血色のいい大柄な若者だ。恐ろしいほどお金持ちで、知人からはガッシーと呼ばれている。ふたり目はダーシーだった。それから見たことのない若い女性。小柄でほっそりしていて色黒で、エキゾチックな顔立ちだ。煙るような茶色い瞳でじっとダーシーを見つめている。思わず松の木の陰に隠れたくなったけれど、手遅れだった。ガッシーがわたしに気づいた。

「おや、あなたの娘さんですよ」母に声をかけ、わたしを手招きした。「やあ、ジョージー」

応じないわけにはいかなかった。「こんにちは、ガッシー、ダーシー、お母さま」礼儀にかなった、落ち着いた声を出せたと思う。「こんなところにお母さまがいるなんて意外だわ」

「久しぶりね、ダーリン」母とわたしはいつものように頬を軽く合わせるだけの、エアーキスをした。「なんだか顔色がよくないわね。具合でも悪いの？」

「この夏は、これまでいろいろと大変だったの。まさかここでお母さまに会うとは思わなかった。どこに滞在しているの？」

「もちろんバルモラルに決まっているわ」

世捨て人の洞窟だと聞かされても、これほど驚きはしなかっただろう。

「バルモラル？　お母さまが陛下や王妃さまと親しくしているなんて、知らなかった」

「わたしじゃなくてマックスなの。去年の冬、ボヘミアの森にあるロッジでの狩りに皇太子を招待したので、今度はそのお返しというわけ。それに、マックスは王族とつながりがあるの。ザクセン＝コーブルク＝ゴータ家の血を引いているのよ」

「本当に？　マックスに王族の血が流れているなんて知らなかった。それじゃあ、本当は殿下って呼ばなきゃいけなかったの？」

マックスは英語がほとんど話せないので、これまで実際には一度も呼びかけたことはなかったから、気にする必要はなかったのだが。

「いいえ。ザクセン＝コーブルク＝ゴータ家は母方の血筋なの。だから彼はただのミスターよ。残念だわ。公爵夫人でいるのはなかなかいいものだったから。そういうことが重要視されるパリでは、とても手厚くもてなしてもらえるのよ」

「お母さまのまわりには、その気のある公爵が大勢いるはずだけれど」

「問題は、わたしがマックスをとても気に入っているということなの。もちろん欠点はあるわ――英語が話せないとか、ドイツで暮らしたがるとか。でも彼って、抱きしめたくなるくらいかわいいんですもの。そう思わない？」

ハイイログマは抱きしめたくなるほどかわいいと言っているのも同然だったので、返事は控えた。「それでお母さまは、王家の狩りに参加するつもりなの？」

「それもあるけれど、自分のエンジンがどんな結果を出せるかを見たいとマックスが言うものだから」母はくすくす笑った。「彼個人のエンジンの性能は、あの年にしては素晴らしいんだけれど」

母はこびるような笑みを浮かべ、近づいてくるマックスに手を差し出した。

「娘のジョージアナを覚えているでしょう、マックス？」

マックスはかかとを揃え、小さく頭をさげた。

「殿下と狩りをするためにいらしたそうですね」わたしは一語一語ゆっくりと発音した。

「そうだ《ャー》。殿下と狩り。彼、上手」

「冬には殿下があなたのロッジに行かれたんですって？」

「ヤー。わたしたち、イノシシ撃った。大きな歯」

「牙よ、マックス。イノシシにあるのは牙」母が彼の手を叩きながら、言った。「彼の英語、素晴らしく上達したと思わない？」

「本当ね」わたしは答えた。

パウロと若いアメリカ人が近づいてきて、再びエンジンと推進力の話が始まった。

「こうなると、わたしは退屈でたまらないのよ」母が言った。「部屋に戻って少し横になろうかしら。バルモラルではだれもうたた寝なんてしないみたいだけれど。みんなエネルギーに溢れていて、ずっと外にいるんですもの」

数カ月ぶりに会ったというのに、わたしとゆっくり過ごそうともしない母の言葉を聞いて、わたしはばかばかしいほどがっかりしていた。いいかげん、慣れてもいいはずなのに、いまだに慣れることができずにいる。

「かわいそうなビンキーを元気づけてあげたらどうかしら」彼の事故のことを話した。

「あのうんざりするような奥さんに会わずにすむなら、行ってもいいわ。あなたのお兄さんは昔からかわいかったもの」

そう言って母は離れていった。ビンキーは実の息子ではないけれど、短いあいだではあったものの義理の親子だったし、ビンキーは母が好きだった。

わたしは、母と会うたびにいつも襲われる空しさと切望を抱きながらそのうしろ姿を見送ったが、話などしたくもない三人の人間といっしょにその場に残されたことにふと気づいた。態度の悪いふたりの男性と、ものすごくきれいで色気たっぷりの色黒の若い女性。彼女がわたしの代わり？　ダーシーがわたしを見ていることはわかったけれど、あえてそちらを見ないようにした。話をしたい相手がほかにいるふりをして、さりげなくその場を離れようとしたところで、ガッシーに捕まった。

「久しぶりじゃないか、ジョージー。元気にしていたかい？」

「ええ、それなりに」わたしは冷ややかに答えた。最後に会ったとき、わたしのパンティーを脱がせようとする彼を撃退しなければならなかったことを忘れたのかしら。

ガッシーが体を寄せてきた。「このあいだ中断したところから、また始めたいと思っていたんだ」忘れていないことがよくわかった。

「それって、わたしが〝放して〟と言ったのに、あなたが無視したときのこと？」

ガッシーは笑って言った。「女性はみんなノーと言うのさ。だが本気じゃないんだ。自分の良心をなだめているだけだ。そうすればあとになって〝わたしは抵抗したのに、彼の力が強すぎた〟って言い訳できる」

「わたしは本気で言っていたの」

「おやおや、ジョージー」彼の顔がうっすらと赤くなった。「だれだってたまには昔ながらのお楽しみがしたくなるものさ。だってほら、あれはすごく気持ちがいいからね、そうだろう？」わたしの顔を見ながら言う。「きみはそう思わないのかい？　したことがない？」

「あなたには関係のないことよ」わたしはつんと顎をあげて答えた。「どうしても聞きたいっていうなら言うけれど、わたしは心から愛して尊敬できる人と出会うまで待つことにしているの」

「なんとまあ」ガッシーは、正体不明の珍しい動物を見るかのようにまじまじとわたしを見つめた。「そんな相手が見つかったときには、教えてほしいね。もし見つからなくて、そして気が変わったときには、ぼくが喜んでお相手するよ」

ダーシーと色黒の娘がその場を離れていき、わたしはふたりの姿を目で追った。

「きみのルールにそぐわない女性がいるよ」ガッシーが言った。

「彼女はだれ？」

「名前はコンチータ。スペイン人だ。それともブラジル人だったかな。父親が農園をいくつも経営していて、腐るほど金を持っている。今回の試みに投資してほしいと、パウロが彼女を口説いたのさ。彼女とアメリカ人が資金を提供して、パウロが操縦するっていうわけだ」

「あなたはなにをしているの？」

「ぼくは刺激を求めて来ただけだよ。父さんには、新聞のコラム用の記事を書くと約束した。おや、ヒューゴが戻ってきたんだね。そのうち戻ってくるだろうとは思っていたよ」

ヒューゴ・ビーズリー＝ボトムがだれかを探しているようにきょろきょろしながら、人ごみの中を移動しているのが見えた。「彼は前からここにいたのね？」

「そうだよ。いつもうろうろしていた。ほんの数日前までは、ぼくたちといっしょにいたんだ。戻ってきたのは知らなかった」

「いまはラノク城にいるの」

「本当に？　どうして滞在場所を変えたんだろう？　ぼくたちの仲間が彼にいやな思いをさせたはずはないし、食事だって悪くないし、酒もたんまりあるのに」

「兄をうまく丸めこんで招待させたんだって言っていたわ。ラノク城のことは散々こきおろしたくせに。とにかく古ぼけているって言うのよ」

「だが本当じゃないか」

「それはそうだけれど、それならどうしてわざわざそこに滞在しようとするの？」

ガッシーは、ヒューゴの姿を目で追いながら言った。

「彼がここでなにをしているのか、ぼくたちはみんなわかっているんだ。滞在したいところは別にあるけれど、招待されていないことも」

「どこなの？」バルモラルが頭に浮かんだ。

「パジェットの家さ、もちろん」

「パジェット？」

「そう、パジェット少佐夫妻の家。バルモラルの敷地のはずれに住んでいるんだ。正式な肩書は知らないが、地所の責任者だかなんだかということになっている。長年、王室に仕えた人だよ。かつてはかなり重要な地位にいて、ヴィクトリア女王、のちにはエドワード国王のお気に入りだった。いまはほぼ引退して、祭典行事のときくらいしか顔を出さないけれどね」

「そう言えば、会ったことがある気がするわ。でもどうしてヒューゴはそこに滞在したいの？」

「ロニーがいるからに決まっているじゃないか。彼女に〝首ったけ〟なんだ。彼女のほうはまったくその気がないんだが、ヒューゴはあきらめていない」

「ああ、そうよね、ロニー・パジェット」わたしの中で、ようやくふたつが結びついた。「飛行場で彼女に会ったわ。実家がこっちにあるって言っていたのに、彼女がバルモラルにいる少佐の娘だとは考えもしなかった」

「彼女はいまここに来ているんだ。あの小さな飛行機でちょくちょくやってくる。湖に着水するんだよ。だから湖畔でピクニックするときは、帽子に気をつけたほうがいい。恐ろしいほど低空を飛ぶからね」

わたしは笑った。少なくともガッシーは、わたしと同じ世界の住人だ。楽しい人だし、自分の立場を知っている。彼を魅力的だと思えないことが残念だった。彼にとってわたしは望ましい結婚相手だろうし、わたしは贅沢な暮らしを満喫できただろうに。あたりを見回した。ダーシーと色黒の娘の姿はない。けれどヘリーズ巡査が、高いところにある道路からじっとこちらを監視しているのが見えた。わたしはガッシーに断って、巡査のところへと歩いていった。

「ごきげんはいかがですか、巡査？」わたしは声をかけた。

巡査はヘルメットに触れた。「おかげさまで。公爵殿の事故はお気の毒でした」

「本当に。その件について、なにか捜査はしているのかしら？」

「捜査ですか？」

「ラノク城の敷地にだれが罠を仕かけたのかについての捜査よ」

巡査は頬ひげを生やした赤ら顔をわたしに近づけて言った。

「地所に住むだれかがウサギを捕まえようとして罠を仕かけたものの、ああいうことになったので名乗り出ることができなくなったんでしょう」

「わたしたちに恨みのある何者かが、わざと仕かけたものだとしたら？」

彼はぎょっとしたような顔になった。「いったいだれがそんなことを？」

「ウィリー・マクドナルドという若者が最近仕事をクビになったと聞いたわ。彼と話はしたのかしら？」

「彼と話をするのは難しいですよ。彼は王室海軍に入隊したんです。この地を去るほど素晴らしいことはないと言っていましたよ。おかげで自由に世界を見に行けると」

「それはよかったわ」わたしは答えた。これでまた振りだしだ。

14

スコットランドのとある湖のほとり
八月一八日
さわやかな天気（スコットランドでは強風が吹き荒れていることを意味する）

わたしたちは大きなヨーロッパアカマツの木陰でピクニックをした。母はラノク城でビンキーと会ったあと、ピクニックに加わった。

「ビンキーったら本当に気の毒に。ひどく顔色が悪かったわ。リビエラにあるわたしのさわやかな家で養生したらって勧めたのだけれど、そうするだけのお金がないんですって」

「そのとおりよ。お兄さまにはお金がないの。お父さまが亡くなったあと、莫大な額の相続税を払わなければならなかったんですもの」

「あなたのお父さまはそういう人よ。まったくの役立たずのうえ、自分のことしか考えない。あの人がもし本当にわたしを愛してくれていたなら、わたしだって出ていったりはしなかったわ。でもあの人は家にいてわたしと過ごすよりも、狩りだとか釣りだとか、野外での野蛮な娯楽のほうが好きだったの」母はそこで口をつぐみ、わたしの腕に触れた。「あの素晴らしくハンサムな金髪の若者はどなた？」

「彼？　ヒューゴ・ビーズリー＝ボトムよ」

母はどっと笑い崩れた。「なんて気の毒な名前かしら。彼のことを教えてちょうだい」

「いろいろな人のお世話になっているわ。このあいだまではスピードボートのグループといっしょだったし、いまはラノク城に滞在中よ」

「お金がないっていうことね？」

「お母さまのタイプではないわね。若すぎるし、貧乏ですもの」

「ジョージー、人は年を取ると若い人が好きになるのよ。自尊心を満たすにはとてもいいの。あの年では持久力に欠けるけれどね」

「どういう意味？」

母は妙な顔でわたしを見た。「若い人はロケットみたいに速いのよ。わたしは子供の頃のあなたに、性教育をしなかったのかしら」

「お母さまはいつだっていなかったもの。わたしの知識はどうしようもなく穴だらけよ。仲良くしてくれる森番だって見つけられなかったし」

母はまた笑った。「これからその埋め合わせをするべきね。それらしい人はいないの？」

「いまはいないわ」どこかにダーシーはいないかとあたりを見回したが、彼とセニョリータはどこかに消えてしまっていた。

「残念ね。早く見つけられることを祈っているわ」母は気のない調子で言うと、ヒューゴに視線を移した。「わたしも昼食を呼ばれようかしら」

「マックスにやきもちを焼かせちゃいけないんじゃない？　あんなにきれいなパリ仕立てのドレスを買ってもらっているのに」

「マックスがエンジンの話をしているときは、飛行船が頭の上に落ちてきても気づかないわ」母は一番上等のラグマットに腰をおろすと、大きく伸びをした。「なにを食べているの？　まさか、ミセス・マクファーソンがパイを焼いてくれたなんてことはないでしょうね」

アメリカ人たちはいぶかしそうに母を見ている。

「わたしのことは気にしないでちょうだい」母は優雅に手を振った。「スズメと同じくらいしか食べないから」

「お目にかかるのは初めてじゃないかしら」ベイブが母の隣にやってきて座った。

「わたしの母よ。前ラノク公爵夫人」わたしがあわてて紹介すると、母は顔をしかめた。わたしほどの年齢の娘がいることを知られるのがいやなのだ。

「あの有名な女優のクレア・ダニエルですよね？」フォン・ザウアー伯爵夫人が言った。

「昔は、少しばかり名を知られていたこともありましたわ」母は見事なほどに謙虚なふりをした。

その後はもちろん、母が輪の中心になった。

あいにく、ちょうど風が出てきて、食べ物の上にほこりと松葉を撒き散らしていたうえに、スピードボートのエンジンをテストしているらしく、時折、神経を逆なでするようなけたたましい音が響いていたので、話をするのが難しかった。母はなんなく全員の注目を集め、ヒューゴに対してはありったけの魅力を振りまいた。あっと言う間に手なずけられてしまったので、わたしは彼のことがいささか気の毒になった。アメリカ人たちはと言えば、まるで目の前に女神がいるかのような顔をしている。

　わたしは、母が座ったラグに残されたほんの五センチほどの隙間に座り、会話に加わることができないまま、湖の向こう側をぼんやりと眺めていた。心配事が頭の中をぶんぶん飛びまわっている。サー・ジェレミーの命令にビンキーの罠にダーシーと謎めいた色黒の女性。わたしはなにをするべきなの？　だれもわたしのことなど気にも留めていないのに、どうしてわたしはほかの人を助けなければならないの？　湖のほとりを見つめていたわたしは——無意識のうちにダーシーの姿を探していて、彼が本当にコンチータといっしょにいるのかどうかを確かめようとしていたのだと思う——ぎくりとして座り直した。だれかが樅《もみ》の木立のあいだから、わたしたちの背後にこっそりと忍び寄っている。姿を見られたくないらしく、木の陰から別の木の陰へと素早く移動していた。ビンキーの罠と王位継承者たちの身に起きた事故の数々が脳裏をよぎった。

　どうにも我慢できなくなった。恐ろしい事故をいくつも画策し、兄の散歩道に罠を仕かけた卑怯な人物があそこにいるのなら、いまここで捕まえるまでだ。立ちあがり、時折からだをかがめてヒースの小枝を拾いながら、何気ない様子でぶらぶらと歩いていく。当てもなく歩いているように見せながら、実は樅の木立に確実に近づいていた。充分近づいたところで、一番近くにあった松の木の陰に身を隠し、その怪しい人影と同じように木から木へと移動していく。男の姿が再び目に入ったのは、彼が大きな松の木陰に移動したときだった。

そうよ、動かないで。男はかなり音を立てていた。あれでは、鹿も捕まえられないだろう。一方のわたしは密やかに移動していたから、すぐ背後にいることに男はまったく気づいていなかった。

「捕まえた！」わたしは男のジャケットの襟をつかんで叫んだ。「さあ、顔を見せてもらうわよ。この哀れな卑怯者！」

実を言えば、彼が哀れな卑怯者であったことにほっとしていた。飛びかかった相手が、銃かナイフを持った身長一八〇センチを超える大男だったらどういう事態になっていたことか。だがその男はか細い悲鳴をあげながら逃げようとして、危うく尻もちをつきそうになっただけだった。

「湖畔に巡査がいるわ。わたしが叫べば、二秒で駆けつけてくれる。だからさっさと白状するのね」

「お嬢さん、わたしはなにも悪いことはしていませんよ。お願いです、放してください」

その声に聞き覚えがあることに気づいたのと、ふたりしてよろめきながら明るい場所に出たのが同時だった。

「ミスター・ビヴァリー！」驚いて叫んだ。「なにをなさっているの？」

「お嬢さん！　なにもしていません。本当です」襟をつかんでいた手を放したけれど、彼はひどく狼狽していた。「わたしはただ――その、ばかげていると思われるでしょうが、昔からその、あなたの美しいお母さんに憧れていまして。彼女を見かけて、自分の幸運が信じられない思いでしたよ。それで、できればもう少し近くで彼女を見たいと思ったんです。それだけです」

「母をスパイしていたのね。話を盗み聞きして、あなたのコラムに書くつもりだったんだわ。あなたたち新聞記者がどんなことをするかくらい、わたしだって知っているのよ」

「いや、違います。本当ですったら」

「あなたはゴシップ記事を書いている。そうでしょう？」

「それはそうですが……」

「つまりあなたはそのための取材をしていて、それを記事にするつもりだったということね」

彼は顔を赤くして、しぼんだ風船のようにしゅんとなった。「わたしはその……」

「あなたを警察に引き渡さないことを感謝してもらいたいわ。そうしてもかまわないのよ。だれかが地所内に罠を仕かけたの。第一容疑者はあなたかしら」

「とんでもない。わたしは乱暴なことは一切しません」ミスター・ビヴァリーは必死で両手を振って否定した。「暴力は嫌いなんです」

「わかったわ。今回だけは見逃してあげる。でも今度わたしたちをスパイしているところを見つけたら、問答無用で警察に引き渡すから」

「素晴らしく美しいあなたのお母さんに引き合わせていただくなどというのは、無理なお願いでしょうかね？　わたしはずっと昔から彼女の大ファンなんですよ」彼は散歩に連れていってほしいと訴える犬のような目でわたしを見た。

わたしは、ラグの上で一行の注目の的になっている母に目を向けた。

「いいわ」彼の手を引いてそこまで連れていく。

「お母さま、こちらがあなたの大ファンの方よ」ひとり娘をないがしろにしたのだから、これくらいの罰を受けてもらってもいいはずだ。

ゴドフリー・ビヴァリーは一歩前に出ると、中世の臣下のようなお辞儀をした。

「お会いできて光栄です、奥方様——本当はもう〝奥方様〟でないことは知っていますが、わたしはいまでもあなたを高貴な方だと思っているんです」

「あら」母は口をきつく結んだ。「ごきげんいかがかしら。ミスター・ビヴァリーですわね？」

「覚えていてくださったんですか。うれしいですよ」

「忘れるはずがないでしょう。あのウィットにとんだコラムは……」

わたしはふたりを残してその場を離れた。しばらくすると、母がやってきて隣に立った。ひどく怒っているようだ。

「よくもあの憎むべき小男とふたりきりにしてくれたわね」

「あら、お母さま、彼は無害よ。お母さまに夢中なんですって。だから彼を喜ばせてあげようと思ったの」

「確かに喜んだみたいね。無害かどうかだけれど、あの男はわたしが知るかぎりもっともたちの悪い卑劣な男よ。自分のコラムに載せるために、わたしのちょっとしたゴシップを探り出そうとしている。次になにを書くつもりなのか、わかっているでしょう？」

わたしがなにも答えないでいると、母は言葉を継いだ。

「彼は、わたしたちがバルモラルに滞在していることを嗅ぎつけたの。なにを言うかと思ったら、結婚していないふたりを城に滞在させるとは陛下たちはなんて心が広くて現代的なんだろう、ですって。とんでもなく鼻もちならない男ね。殺してやりたいわ」

母は激しいストレスにさらされると、本来の母に戻ってしまう。母の祖母は市場で魚を売っていたことを思い出した。

「茂みからわたしたちを見ているかもしれない」わたしは笑いたくなるのをこらえながら言った。「取り乱しているところを見せないほうがいいわ」

「きっとそうやって、性的興奮を得ているのよ。茂みからのぞき見して。これまで一度として女性とつきあったことがないに違いないわ。あるいは男性かもしれないけれど。暇な時間には刺繍《ししゅう》かなにかをしているに決まっている」

母が相当怒っていることがわかった。「お城に戻ってお茶でもどう？」わたしは誘った。

母は首を振った。「あんな人と会ったせいで、頭痛が始まりそうよ。少し横になって休まないと、夕食の頃にはひどい有様になっているに違いないわ」

母はアメリカ人たちのところに戻り、城に帰ると告げたが、彼らもいいかげんうんざりしていたらしく城に戻りたがっていた。強風と吹きつけるほこりに耐えられなかったのかもしれない。ボートを整備していた人たちが防水シートをせっせとかぶせているあいだに、ガッシーがこちらにやってきて言った。

「こんな強風じゃあ、今日はもう無理だ。エンジンに泥が入ってしまう」

この風は今日だけのことではなく、スコットランドのこのあたりでは午後になると毎日こんな調子なのだとは言えなかった。ヘブリディーズ諸島からの強い偏西風が、グランピアン山脈のあいだを吹き抜けていくのだ。そもそも、スピードボートの世界最高速度に挑戦するというのに、なぜこの湖を選んだのかが疑問だった。一番いい時期でも、決して穏やかとは言えない湖なのに。

「こうしたらどうかしら」母が、ヒューゴを含めたファンクラブの面々を見渡して言った。「今夜の夕食は、全員でラノク城にお邪魔したらどうかと思うの。食べる物はたくさんあるはずよ。いつだってそうだったし、昔ながらの友人と会えばビンキーも喜ぶわ。いっしょに食事をしてもいいわね」

だれもがそれはいい考えだと思ったようだ。少なくとも六人が夕食に押しかけてくることを聞いたら、フィグはどんな顔をするだろうと想像してみた。母を脇へと引っ張っていく。

「どうしてそんなことを言いだしたの？　フィグのことはよくわかっているでしょう？　ヒ

ステリーを起こすわよ」

母はにんまりした。「でしょうね。わたしに失礼なことをしたらどうなるか、思い知るといいんだわ」

「いつの話？」

「さっきよ。お城に着いたら、ちょうど彼女が階段から降りてくるところだったの。これ以上はないくらい不作法な調子で、なんの用かって訊かれたわ。わたしは昔、ビンキーの母親だったのよって答えたら、彼女がなんて言ったと思う？〝そうね、でもたいして長くは続かなかったんじゃないかしら？〟ですって。本当に口の悪い女よね。突然のディナー・パーティーくらいが、彼女にはちょうどいい罰なのよ」

「お母さまはそれでもいいわよ。その話を彼女にするのは、お母さまじゃないんだから」

母はくすくす笑って言った。「かわいそうなビンキーのことを考えてあげて。気分を盛りあげるものが必要だわ」

「さらに大勢の人間が自分の食料を食べているところを見て、ビンキーの気分が盛りあがるとは思えないけれど」そう言いかけたところで再びエンジン音が轟き、わたしたちは振り返った。

「今日はもう、あのいまいましいボートはおしまいだと思ったのに」

母は言ったが、その音がボートからではないことにすぐに気づいた。山と山のあいだから、小さな飛行機が近づいてきている。轟音と共にわたしたちの頭上を越え、一番高い松の木の天辺《てっぺん》をかすめそうになりながら湖へとおりていき、湖面で数回はずんだあと、水しぶきをあげて着水した。

「いいぞ。ロニーだ」ヒューゴが叫んだ。その瞬間、母のことはきれいに頭から消えたようだ。

わたしはロニーの飛行機を見て呆気に取られていた。このあいだ見たものと同じ飛行機かもしれないが、車輪の代わりにフロートがついている。

ロニーの飛行機が止まるのを眺めていた伯爵夫人が不意に金切り声をあげた。

「見て。怪獣よ！」

大きな黒い波がこちらに向かってくるのを見て、岸辺で悲鳴があがった。恐怖にかられ、人を押しのけて逃げようとしている。ヘリーズ巡査の朗々とした声が響いた。

「怪獣ではありません。山あいから吹きおろす風が、独特の波を起こしているだけです。今日の午後は風がひときわ強く吹いているようです。この手の波はこれまで何度も見ていますし、いずれまた現れることでしょう。みなさん、どうぞ落ち着いてお帰りください。この湖に怪獣はいません」

人々は興奮にざわつきながら、その場をあとにした。波の合間に突き出ている頭を見たと断言している人もいたけれど、わたしはどちらとも言えなかった。ベイブと伯爵夫人は車に戻りながら、甲高い声で語り合っている。

「あれが陸地にあがってきたらどうなるかしら？　船を呑みこんでしまったら？」伯爵夫人

が言った。「フリッツィ、あなたがわたしを守ってくれるわね」

彼女の息子は、巨大な怪獣とぜひとも戦いたいと思っているわけではなさそうだった。

「レディ・ジョージアナをいけにえにして、怪獣の怒りをなだめればいいんじゃないかな」

ヒューゴが言い、全員がどっと笑ったので緊張がほどけた。わたしは顔を真っ赤にしながら、ひとりで考えていた。だれが見ても、わたしは処女だってわかるのかしら?

15

ラノク城に戻る
八月一八日
午後遅く

思ったとおり、夕食の人数が増えるという知らせをフィグは歓迎しなかった。

「何人ですって？」その声は悲鳴に近くなっている。淑女というものは決して声を荒らげてはいけないと常にたしなめる家庭教師が、彼女にはいなかったらしい。「ここに来るの？　今夜？　あなたったら、どうして止めてくれなかったの？」

「止めたりすれば、ひどくけちな家だって思われるのよ。それとも、この城ではいま黒死病が流行しているって言えばよかったの？　いっしょに過ごす時間がとても楽しいから夕食もいっしょにしましょうって、あの人たちが勝手に決めてしまったのよ」

「どこかほかの場所で夕食をいっしょにすればいいのよ」フィグが辛辣な口調で言った。

「ビンキーを慰めたいんですって。彼も連れてきて食事をしようって言っていたわ」

「どうせあのいまいましいアメリカ人たちが言いだしたんでしょう?」(言いだしたのが母であることがわからないように、わたしはうまく言葉を濁していた)「あの人たちったら、まるでここが自分の家みたいに振る舞うのよ。ベイブとかいう女は今朝、お湯が足りないってハミルトンを叱りつけていたの。お客さまに失礼じゃないかですって。まったくどういう神経をしているのかしら。だいたいあの女はバスルームに長くいすぎなのよ。不健康だわ」

フィグは明らかにいらだっている。

「大丈夫よ。お腹がふくれるように、ボリュームのあるスープかなにかを最初に出せばいいわ。ミセス・マクファーソンなら作ってくれるわよ」

「あなたが彼女に伝えてくれる、ジョージアナ? わたくしはとても彼女に会う勇気がないわ」

「いいわ」子供の頃のわたしは、ミセス・マクファーソンのお気に入りだった。

「あなたがいてくれて本当によかった」フィグがまた言った。何度聞いても、その言葉には驚いてしまう。

思ったとおり、ミセス・マクファーソンはフィグよりずっと冷静にこの知らせを受け止めたけれど、歓迎していないことも確かだった。

「夕食が八人増えるっておっしゃいましたか? 奥様はわたしをなんだと思っているんでしょうね? 奇跡の料理人? 手品師? 帽子からウリギを何匹か出せるとでも?」

気の毒そうに笑うほかはなかった。

「奥様からいただくお金じゃ、普段の人数分の料理さえ作るのがやっとなのに、なにもないところから晩餐を用意しろっていうんですか？」

「できるかぎりのことをしてもらえないかしら、ミセス・マクファーソン。急な話だっていうことはわかっているから、だれも高級フランス料理は期待していないわ」

「高級フランス料理なんて、ここでは出ませんよ」彼女は不機嫌そうに言った。「わたしが作るのは、ごく当たり前の家庭料理ですからね。おぞましいフランスの食材なんてものは使いません。ニンニクをまぶしたカタツムリなんてものは」さもいやそうな顔をした。「地元の牛肉と、川で獲れたスコットランドの新鮮なサーモンのどこがいけないんです？」

「全然いけなくなんてないわ。あなたは素晴らしい料理人よ、ミセス・マクファーソン。みんなそう言っている」

「やめてくださいよ」ミセス・マクファーソンは恥ずかしそうに笑った。「今夜はニープス・アンド・タティーズで我慢してもらわないと。ほかになにもないんですよ」

「ニープス・アンド・タティーズ？」ジャガイモとカブを使った、スコットランドの伝統料理だ。お腹はふくれるけれど、見た目はいいとは言えない。

「そうですよ。わたしは手品師じゃないんですから。ひとりにひと切れかふた切れ分くらいのローストはありますが、どうにかして満腹にしなきゃいけませんからね。いいじゃありませんか。伝統的なスコットランド料理を味わえるんですから。このあいだのラムの残りで、スープを作っておいてよかった。あれをちゃんとしたスープに仕上げましょうかね。でも魚のコースはどうすればいいでしょうね？　これから魚を配達してもらうんじゃ間に合わないし。一二人分の食料を二〇人分には分けられませんよ」

「魚のコースはなくてもいいんじゃないかしら」

「バルモラルでは出るんですよね？」

「いまバルモラルに滞在しているのは、わたしの母とヘル・フォン・ストローハイムだけなの。ほかは、アンガス卿のところよ。あそこにはちゃんとした料理人がいないんだと思うわ。だからここであなたの手料理を食べられるという話に飛びついたのよ」

ミセス・マクファーソンの態度が和らいだ。「全員分のスモーク・トラウトがあるかどうか見てみましょう。昼食のサラダ用に置いてあったんだけれど、また手に入るでしょうし。それにクランブルを作るためのベリーが籠いっぱいあるから、なんとかなると思いますよ。いつもそうですからね」

「あなたって本当に親切ね、ミセス・マクファーソン。フィグもきっと喜ぶわ」

彼女は鼻を鳴らした。「奥様が喜ぶのは、わたしが節約できたときだけですよ。以前の旦那様が生きていらした頃は、こんなにけちけちすることもなかったんですけどねえ」

「父は破産したのよ」わたしは指摘した。

「今日、奥さまにハギスを作ってくれって言われたんですよ。それも節約のためなんですか？」

わたしは笑った。「違うわ。ハギスでぎょっとさせて、アメリカ人を追い払うつもりなのよ。このままじゃ、あの人たちに財産を食いつぶされるって言っていたから」

「あらまあ、そういうことなんですか？」彼女は豊かな胸をゼリーのようにゆさゆさと揺らしながら笑った。「腕によりをかけて、このあたりで最高のハギスを作ると奥様に伝えてくださいな。きっとあの人たちもお気に召して、お代わりをくれって言いますよ。羊の内臓はすでに茹でてありますから、明日には作れます」

わたしはすっかり明るい気分になって、部屋に戻った。家はやっぱりいいものだ。いとこと王子たちもそれぞれの野外活動から戻ってきて、全員が大広間でお茶を飲んでいる。昼食の頃に吹き始めた風は悪天候の前触れだったようで、雨が窓を叩き、煙突を吹きおりる風がうなっていた。客たちはみな寒そうに、物欲しげなまなざしで空の暖炉を眺めている。フィグは少しも寒くなく、火をおこす必要などないといったふりをしていた。母と同じくらい優れた女優であることがよくわかった。だが本音を言えば、大広間は悲しくなるくらい寒かった。部屋からもう一枚カーディガンを持ってきたいところだったけれど、フィグを裏切るわけにはいかない。一匹の犬が脚に寄り添ってくれているのがありがたかった。

フィグを眺めているのは楽しかった。とっておきの〈フォートナム・アンド・メイソン〉のジャムをアールがたっぷりとスコーンに塗っているのを見て、相当いらだっている。玄関ホールから荒々しい声が聞こえてきたのはそのときだった。厳格なわたしの曾祖母よりもさらに厳しい顔つきをしたミセス・シンプソンが大広間に入ってきた。いつもの非の打ちどころのない髪型は風に乱れ、シルクの服は雨に濡れている。

「まあ、ウォリスったら、ひどい格好じゃないの」伯爵夫人が立ちあがった。

ミセス・シンプソンは、そう言われてもちろん喜ばなかった。自分がひどい格好なのはよくわかっていたから、だれかに指摘してもらう必要はないのだ。

「着替える前に、まずお紅茶を飲んで温まるといいわ」伯爵夫人が彼女の腕を取り、こちらに連れてきた。

「本当にひどい一日だったわ」ミセス・シンプソンが言った。「嵐なんてかわいいものよ。恐ろしいことが起きたの。命が助かったのは運がよかったとしか言いようがないわ」

「どういうこと？」ベイブが尋ねた。

「ここに戻るのに山道を走っていたの。そうしたらどこからともなく大きな石が飛んできて、わたしたちにぶつかったのよ。ボンネットに落ちたのは、本当に幸運だった。あと数十センチずれていたら、デイヴィッドもわたしも押しつぶされていたところよ。一瞬、心臓が動きを止めたみたいだった。デイヴィッドはとても落ち着いていたわ。ハイランドではよくあることなんですって。〝だったらどうしてこんなところで過ごそうなんて思うのか、わたしには理解できないわ。そもそも、こんな人里離れた侘《わび》しい場所なんて見たことがない〟ってわたしは言ったの。デイヴィッドはそれが気に入らなくて、喧嘩になった。まったく癪《しゃく》にさわる一日だったわよ」

彼女は差し出されたティーカップを受け取り、ありがたそうに口に運んだ。ほかのアメリカ人たちは大騒ぎをしている。彼女の夫さえ、優しく声をかけていた。けれどわたしの頭の中では、またぐるぐると考えが巡っていた。皇太子が亡くなっていたかもしれない事故がまた起きた。新たな考えが浮かんだのはそのときだった。わたしたちは間違っていたのかもしれない。ターゲットは王子ではなく、何者かがミセス・シンプソンを亡き者にしようとしているのかもしれない。アメリカのギャング映画は何本も観ていたから、敵を排除するために他人を雇う人間がいることは知っている。王族のだれかが、皇太子の人生から彼女を永久に追放したがっているとしたら？　それとも妻の裏切りに腹を立てたミスター・シンプソンが、離婚手当を払うことなく彼女を追い払いたいと思っていたとしたら？

皇太子がほかの事故に遭ったとき、ミセス・シンプソンがどこにいたのかを調べようとわたしはひそかに心を決めた。彼女が部屋を出ていくと、ラハンとマードックが面白がっているような視線を見交わした。ふたりも立ちあがり、失礼するといって出ていった。ひとりまたひとりと部屋に引き取っていくのは、夕食前に体を休めるためだろう。ベイブはまたお風呂に入るのかもしれない。わたしは、その石が車のどこに当たったのかを確かめに行くつもりだった。だれかがうまい具合に石を落とすことは可能かしら？　山から石が落ちてくるのは珍しいことではないけれど、それが車に当たる可能性はごく低い。それでも、事故ではないと言い切ることはできなかった。

夕食用の服に着替えるために部屋に戻った。上の階のトイレに入ると、話し声が聞こえてきた。これだけははっきりさせておく必要があるけれど、わたしに他人の話を聞く趣味があるわけではない。実は、ラノク城の配管設備はいささか変わっている。城が建てられて数百年たってから設置されたものなのだが、ある場所にいる人の声がパイプを伝ってまったく別の場所で聞こえるという風変わりな性質があるのだ。ふたりの男が、スコットランドなまりとおぼしき言葉で声で話をしていた。

「彼女に話すのか？」ささやき声が聞こえた。

「ばかを言うな。放り出されるぞ。この期に及んで邪魔されるわけにはいかない。この場所は目的のためには理想的だ。おまえにもわかるだろう？」

「だれかに見られたら？」

「そのときは知らなかったと言えばいい。そんなつもりじゃなかったってな」

笑い声がパイプを伝ってきた。

16

八月一八日
夜

雨と風が吹きつけていることにも気づかず、わたしはその場に立ちつくした（ひょっとして、トイレの窓は常に開けっ放しにしておくことが、ラノク城の伝統だって話していなかったかしら？　訪れる客はみなそのことに驚き、慣れるのにもひと苦労するようだ。タータンの壁紙、さらにはパイプのうなりときしみがそこに加われば、なおのことだろう）。やっぱり陰謀だったんだわ。この城にスコットランドの国粋主義者がいるかもしれないとは、想像すらしたことはなかった。アイルランドのような自治を望んでいるのか、あるいはかつてのように、スチュアート家の血を引くドイツ系の王室を取り戻したいと考えているのかもしれない。けれどラノク城は、そういった感情にふさわしい場所とは言えない。わたしたち一家は祖母を通じて現王室とつながってはいるものの、父方の先祖はスチュアート家の人間だったのだから。

物思いにふけりながら自分の部屋に戻ると、メイドのマギーが夕食のための着替えを手伝いにやってきて、城内でのうわさ話を聞かせてくれた。わたしは喜んで耳を傾けた。

「わたしがいないあいだに、だれか新しい使用人は来た？」

「お嬢さまは、ほんの数カ月留守になさっていただけじゃありませんか」マギーはくすくす笑った。「ここではなにも変わりません」

「いまこの家では何人くらい働いているの？　ハミルトンとお兄さまの従者、フレデリック、下働き。これだけ？」

マギーは妙な顔でわたしを見た。「ええ、そんなところです。あとは靴の手入れや、重いものを地下室から運ぶのを手伝ってくれる庭師の息子がいますけれど」

「地所全体ではどう？　何人くらいの男の人がいるのかしら？」

マギーは声をあげて笑った。「地元で結婚相手を探すつもりですか？」

「違うわ。ちょっと確かめたいことがあるだけ。馬丁に庭師に狩猟案内人も何人かいるんでしょう？」

「森番と農夫と羊飼いも忘れないでくださいね。それからトムじいさんも」

それなりの数はいるようだが、城のなかに入ることを許されている人間は四人しかいない。もっとも、ときどき入ってくる人はいるけれど。なにかの行事の折には、ファーガスがバグパイプを吹くためにやってくるし、庭師は薪《まき》を運んでくる。猟場の管理人と案内人は魚や鳥を持ってきてくれる。けれどそのなかのだれかが、城のトイレでこっそり会おうなんてするかしら？　考えにくい。

「ここにいるだれかが、自治政府に興味を持っているなんていうことはある？」

「どういう意味でしょう？」

「国王と王妃さまから離れて、スコットランドを独立した国にしたいと考えることよ」

「どうしてそんなことがしたいんです？」マギーは当惑していた。

「そんなふうに思う人もいるの」

「このあたりにはいません。わたしたちは、国王さまと王妃さまが大好きなんです。それに、このあたりの人間にはみんな、バルモラルで働いている知り合いか親戚がいますし、おふたりのことはすごく尊敬しているんです」


夕食におりていくとビンキーもそこにいて、尊敬すべきわれらが曾祖母ヴィクトリア女王を乗せたことがありそうな年代物の車椅子に、ゆったりと座っていた。座の中心となって、すでに到着していた客たちと言葉を交わしている。そのなかにダーシーがいるのを見て、わたしは落ち着かない気持ちになった。セクシーな真紅のドレスに房飾りのある黒いスペイン風ショールをまとった、色黒で色気たっぷりのコンチータもいる。それからロニー・パジェットも。暗緑色のディナー・ドレスに白いシルクのストールを羽織り、肘まである白の手袋をはめた彼女は、驚くほど女性らしく洗練されていた。ダーシーのそばにはいたくなかったので、わたしはまっすぐに彼女に近づいて話しかけた。セニョリータ・コンチータが彼に色目を使ったからってどうということはないわと自分に言い聞かせてみたものの、うまくいかなかった。恋を終わらせるのはそれほど簡単ではないらしい。

「今日の午後、あなたが湖に着水するのを見たわ。飛行機が水の上におりられるなんて知らなかった」わたしは言った。

「ここに飛んでこられるように、モスのための安定板を作ってもらったの。着陸できるような平らな場所は、このあたりには湖しかないんですもの」

「空を飛ぶのって、さぞかし気持ちがいいでしょうね」

「よかったら、乗せてあげるわ。都合のいいときを教えてちょうだいね。しばらくここにいるつもりなの。少なくとも、あのボートの性能を見るまでは」彼女はわたしに顔を寄せて言った。「ここだけの話、わたしが世界記録を作りたかったわ。外国からきたあんな間抜けのパウロより、絶対にわたしのほうがうまいのに。でも仕方ないわね。彼にはお金があるけれど、パジェット家は教会のネズミみたいに貧乏なんですもの」

「本当に？」わたしは驚いて訊き返した。

「ええ。父はバルモラルの地所の一部の管理を任されているの。責任ある立場だったこともあるのよ。ヴィクトリア女王とエドワード国王への功績が認められて、ナイトの称号をもらえることになっていたんだけれど、体調を崩して療養のためにここに送られたの。それからずっとここにいる。母は寂しいみたいだけれど。人里離れた、本当に辺鄙《へんぴ》なところですもの」

「ご両親はロンドンには行かれないの?」

「めったには。もうロンドンに家もないし、わたしの家はふたりが滞在するには狭すぎるのよ」

ロンドンの自宅のことに彼女が触れると、なにかがわたしの記憶の中でうごめいた。

「そういえば、メイドの話を聞いたわ。お気の毒だったわね」

彼女はうなずいた。「ええ、恐ろしい話よね。かわいそうに。あの子はいつまでも田舎娘のままだったの。自動車のことがよくわかっていなかった。いつもまわりを見もせずに、ふらふらと道路に出てしまうの。ロンドンでもそうだった。ただあの夜、クロイドン飛行場でなにをしていたのかはよくわからない。ロンドンの家でわたしからの指示を待つようにって言ってあったし、二、三日は帰らないつもりだったから」ロニーは言葉を切り、好奇心にかられたようにわたしを見つめた。「事故のことをどこで聞いたの?」

「警察から。事故に遭ったとき、彼女のバッグの中にわたし宛ての書きかけの手紙があったらしいの」

「あなた宛ての? 妙ね――そこにはなんて?」

「わからない。溝に落ちて、インクのほとんどが流れてしまったんですって。でもレディ・ジョージアナ宛てであることは読み取れたし、ロンドンでその名前の人間はわたし以外にはいないはず。わたしのところで働きたがっていたんじゃないかって警察は考えているみたい」

「あなたのところで？　どうしてそんなことを？」

「クビにするってあなたが彼女を脅したからかもしれない」

「クビ？」

「彼女にそれらしきことを言っていたでしょう？」

ロニーはわたしを見つめ、笑いだした。「わたしはいつもあんな調子なのよ。あの子にもわかっていた。あれがわたしなの。それにあの子のことはけっこう好きだった。なにも知らない子だったけれど。あの子を轢いた人間を捕まえたいと思っている。この手で絞め殺してやりたいわ」

「あなたが言ったみたいに、彼女がふらふらと道路に出てきたのなら、モーターバイクは避けられなかったかもしれない」

「それなら、どうしてあの子を見殺しにして逃げたの？　どうして警察を呼んで、自分が轢いたんだって堂々と言わなかったの？」

「怖かったとか？　以前にも無謀運転で捕まったことがあって、今度事故を起こしたら運転免許を取りあげられると思ったのかもしれない」

ロニーはうなずいた。「かわいそうなメイヴィス。わたしも不便で仕方がないわ。メイドがいないんですもの。いるのは、革のジャケットにアイロンをかけようとしたばかな田舎娘だけ」

ヒューゴが近づいてきた。「ロニー、今日、きみが湖に着水するところを見たよ。きみは本当に素晴らしい。いったいいつぼくを空に連れていってくれるんだい？」

「気をつけていないと、空に放り出されてしまうかもしれないわよ」ロニーは笑いながら応じた。「わたしはバレルロール（敵の銃撃などをかわすために、進行方向を変えずに横に一回転すること）が好きなの。あれは、しつこく言いよってくる男を追い払うのにうってつけなのよ」

お互いに惹かれあっているわけではないらしい。

「飛行機の維持費はどうしているの？」淑女がお金の話をするべきではないことを思い出す前に、わたしは尋ねていた。

ロニーは肩をすくめた。「スポンサーがいるの。それに、あのくだらない航空レースに出る理由のひとつが、賞金をたっぷり現金でもらえるっていうことよ。今年の秋には、オーストラリアへの単独飛行を試みるつもり。まだ女性で成功した人はいないの。もしうまくいったら、『デイリー・メイル』が高額の小切手を切ってくれることになっている」

「成功の可能性は高いの？」

「まあまあというところかしらね。越えなければならない砂漠がたくさんあるの。アラビア砂漠の真ん中におりたりしたら、大変よ。水がなくなる前にだれかが発見してくれる可能性はまずないわ」ロニーは部屋の中を見回した。「そういえば、喉が渇いたわ。シェリーより強いものはないのかしら？」

そう言うと、わたしをその場に残してどこかに行ってしまった。彼女のことがうらやましいのか、それとも気の毒だと思っているのか、自分でもわからない。あれほど大胆に生きて自立しているのはもちろん素晴らしいことだけれど、孤独や砂漠で死ぬ可能性を思うと、彼女ほどの度胸がなくてよかったという気がした。

まだそのあたりにいたヒューゴが、わたしににじり寄ってきた。

「この古い城はなかなか興味深いね。歴史がつまっている。教えてくれないか、ここには〝城主の耳〟はあるのかい？　聞いたことはあるんだが、まだ本物を見たことがない」

「ええ、あるわ」

「それはどういうものなんだ？　城主が客の様子を探ることのできる場所なんだろう？」

「そのとおりよ。壁の内側に小さな秘密の部屋があって、城主はだれかが自分に対して陰謀を企《たくら》んでいないかどうかを、そこの小さな穴を通して知ることができたの」

「面白い話だ。その秘密の部屋に連れていってもらえないかい？」

わたしは憤慨した顔を彼に向けた。「あなたはロニーに興味があるんじゃなかったの？　今度はわたしを秘密の部屋に連れこもうっていうの？　わたしがあなただったら、相手はひとりに絞るわ」

「そうじゃない。ぼくは本当にスコットランドの歴史に興味があるんだ」

わたしは笑った。「本当にスコットランドの歴史に興味があるなら、明日使用人に案内させるわ」そう言い残し、マックスと若きアメリカ人ディグビー・フルートと話をしているベリンダとパウロに近づいていく。

ベリンダのほうがこちらにやってきて言った。「ジョージー、なにか当たり前の話をしてちょうだいな。今度〝トルク〟だとか〝推進力《スラスト》〟だとかいう言葉を聞いたら、叫びだしてしまいそうよ。いままでは〝ぐっと突く《スラスト》〟っていう言葉を聞くとぞくぞくしたものだけれど、ボートのエンジンの話をしているときは全然興味がないわ」

「それじゃあ、あの人たちはまだその話をしているのね？」

「ずっとよ」ベリンダはため息をついた。「そういえば、あなたとダーシーはなにがあったの？　親密な間柄のようには見えないけれど」

「そのとおりよ。彼は——わたしが許せないことをしたの」

「あのきれいなセニョリータのこと？　あら、ダーシーは彼女といっしょにいたわけじゃないわよ」

「そうじゃなくて、彼はロンドンで——」この話をするわけにはいかなかったから、わたしは言葉を呑みこんだ。「とにかく、いまは彼のことが好きになれないの」

「残念ね。せっかく同じ場所にいられるっていうのに。それにここはとてもロマンチックなのに。ロマンスといえば、ほら、ミセス・シンプソンを見てごらんなさいよ。もうひとり来るはずのだれかを待っているみたいね」

ベリンダの視線をたどって、ビンキーを取り巻く人々のほうに目を向けた。ミセス・シンプソンはビンキーの近くに立ってはいるものの、心ここにあらずといった感じで不安そうに入口のほうをちらちらと見ている。それともいらだたしげにと言うべきかしら？　ラハンとマードックもそこにいて、ハイランドの正装に身を包んだふたりはなかなかに格好よかった。

なにかを話しこんでいるふたりを見るうちに、その言葉にかすかなスコットランドなまりがあることを不意に思い出した。わたしがトイレで聞いた話し声は彼らのものだったの？　まさかふたりが、王位継承者を殺そうとするスコットランドの国粋主義者じゃないでしょう？　けれど彼らはスチュアート家の血を引いている。わたしはふたりに近づいた。

「今日は一日見かけなかったけれど、どこに隠れていたの？」明るい声で尋ねる。

「きみの兄貴から聞いた、素晴らしく見事な牡鹿を追いかけていた」ラハンが笑顔で応じた。「その話はだれにもしていない。なにもかも台無しにされてしまうからな。あの連中は象の群れみたいにワラビの茂みを踏みしだいて、数キロ四方にいるあらゆる生き物を警戒させるのがおちだ」

「それで、牡鹿は見つかったの？」

「ああ」マードックが答えた。「ベン・アルダーの山腹で」

ベン・アルダーの山腹。山中の道路を見張っていて、車がやってきたときにだれかに合図を送るには絶好の場所だ……。ラハンの日に焼けた陽気そうな顔といきいきした瞳を眺め、彼が英国の王位継承者を次々に亡き者にしていく様を想像してみた。ありえないと思えたけれど、わたしは以前にもだまされたことがある。犯罪者がいかにも悪人面をしているわけではないことは、すでに学んでいた。

ハミルトンが飲み物を載せたトレイを持ってあらわれると、ラハンとマードックは一直線に歩み寄った。ふたりを眺めているところに、ダーシーが近づいてきた。

「そうやっていつまでもふくれて、ずっとぼくを無視しているつもりかい？」低い声で尋ねる。「ずいぶんと子供じみていると思うよ」

「あなたがわたしをどう思っているのか、気を揉《も》むのはもううんざりなの。何週間もどこかに消えてしまうし、ほかの女の人といちゃいちゃするし。ひょっとしたら、それ以上のことをしているのかもしれないしね」

ダーシーの唇が面白そうにぴくりと動いた。「ありのままのぼくを受け入れてもらうしかないね」

「わたしはもっと頼れる人がほしいの」

スコッチをなみなみと注いだラハンが、こちらを振り返って訊いた。

「ジョージー、きみはなにがいい？」

「シェリーがいいわ。ありがとう、ラハン」

「シェリー？　そいつはばあさんが飲むものだ。ほら、ピンキーのシングルモルトを一杯やろうじゃないか」

ラハンはわたしの肩に手を回した。おとなしくダーシーから離れようとしたそのとき、タイミングよく皇太子の到着を告げる声がした。ミセス・シンプソンがそわそわしていたのは、そういうわけだったのだ。

ここには彼女の夫がいるから、厄介なことになったと思っているはずだ。フィグはシープドッグのように人々のあいだを駆けまわって、ディナーの席順を決めようとしていた。

「移動するのはバグパイプ奏者が来てからですが、このようにお並びいただきます。ビンキーは歩けないので、皇太子さまにわたくしをエスコートしていただきます。ジョージ王子はレディ・ジョージアナを、ジークフリート王子はフォン・ザウアー伯爵夫人をエスコートしてください。ヘル・フォン・ストローハイムは――」

母を見ながら言葉につまったのは、いまの名前を思い出そうとしているからだろう。テキサスの億万長者の夫が離婚を認めようとしないので、正式にはいまもまだミセス・クレッグだが、フィグはそのことを知らない。フィグは慌ただしく、残りの人々に声をかけていった。ダーシーにエスコートされることになったミセス・シンプソンは、明らかに気に入らないようだった。

「古臭い妙な習慣だと思わない？」あたりの人に聞こえるような声で、友人に言った。「時代遅れよ。イギリスが世界の進歩に取り残されるのも無理ないわね」

「彼らは世界の半分を支配しているのよ、ウォリス」ベイブが指摘した。

「血族結婚を繰り返してきた家系と、そのばかげた習慣を考えれば、よくそんなことができたと思うわ。あの女がわたしの前にいるのを見ると、本当に頭にくる」ミセス・シンプソンは身を乗り出して、列の前にいるわたしの母をにらみつけた。「あの人はもう公爵夫人じゃないんでしょう？」

もちろん、母に聞かせるつもりで言ったのだ。母は振り返り、あでやかな笑みを浮かべて言った。

「あら、わたしはちゃんと別れてから次の人とつきあうようにしているけれど、あなたは違うの？　いまの人と別れるつもりなんでしょう？　それとも、彼に多額の慰謝料を請求されるのが怖いの？」

ほかの女性たちがざわついたが、ミセス・シンプソンは、落ち着いた様子でマックスに向き直って華奢《きゃしゃ》な手を彼の腕にからめた母をにらみつけただけだった。ダーシーがわたしを見て、いたずらっぽくウィンクをした。わたしはうっかり笑みを返してから、彼とは口をきかないと決めていたことを思い出した。

17

ラノク城
八月一八日
夜。外は強風。家の中もたいして変わらない

突然、城内に恐ろしくも物悲しい音が響きわたった。伯爵夫人はジークフリート王子の腕にしがみついた。「あれはなに？　幽霊？　ラノクの白い貴婦人？」

「いやいや、ただのバグパイプですよ」マードックが応じた。「ああやってディナーに案内するんです」

キルトとボンネットをまとったファーガスはとても堂々として見えた。わたしたちは彼のあとについて廊下を進み、宴会場へと向かった。でこぼこした石の壁とアーチ形の大きな窓のあるこの部屋は、普段はいたって簡素なのだが、今夜は蠟燭が灯されている。銀の食器に反射したその明かりが、長いテーブルを覆う糊《のり》の利いた白いテーブルクロスをいちだんと際立たせていた。フィグはできるかぎりのことをしたようだ。わたしはラハンとジークフリート王子にはさまれる形でテーブルの中央に座った。向かいの席のベイブは、ラハンのハイランドの衣装にすっかり魅了されている。

「スコットランドの男性はキルトの下になにもつけないという話は本当なの？」

「テーブルの下で手を伸ばせば、自分で確かめられるさ」ラハンが答えると、ベイブは甲高い声で笑った。

「伝統料理のハギスをお出ししたかったのですが、残念ながら――」フィグが切りだした。

「残念ながら、今日の狩りでは捕まえられなかったんだ」マードックがそれを遮って言った。

「捕まえる？　ハギスはソーセージかなにかだと思ったが」ヒューゴが言った。

「もちろん。捕まえたあとは、そうやって食べる」ラハンが真面目な顔で説明した。「肉をミンチにしてソーセージを作るんだ。だがもともとは、抜け目のない小さな獣だ。大きさのわりには凶暴でね」

「まあ。どんな獣なの？」

「毛むくじゃらで、小さな尖《とが》った歯がある。ヒースの茂みに潜んでいて、大きな動物の足首にかみつくんだ。ピンキーがかかった罠をこの目で見ていなかったら、ハギスの群れに襲われたと思ったところだ」

事実を知っているわたしたちは笑いをこらえていたが、ベイブと伯爵夫人はおおいに興味をひかれたようにラハンを見つめていた。

「よかったら、明日、ハギス狩りに案内しよう。今日荒れ地でハギスの足跡を見たんだ」

だれかが笑って冗談だと言いだすのを待ったけれど、だれもなにも言おうとはしなかった。

「ところで、今日の登山はどうだったのだね？」皇太子が尋ねた。ミセス・シンプソンは彼とはかなり離れた席に座らされたので、当然ながらむっつりしている。「どこかの頂上に旗を立てて、そこはイギリスのものだと宣言してきたかい？」

「ここはスコットランドだから、そいつはあまりいい考えだとは言えないな」ジョージ王子が答えた。「それに残念ながら、頂上まで行けなかった。間抜けなことにロープと登山道具を持っていかなかったんだ。あの大きなオーバーハングを見るまで、必要だとは思わなかった。ロープもハーケンもなしではとてもあそこをのぼれないから、断念せざるをえなかった」

「ジョージアナを連れていくといい」ビンキーが言った。「このあたりのマンローには、だれよりもくわしい」

「マンロー？」ガッシーが尋ねた。「マンローってなんだ？」

「九〇〇メートル以上の山を地元ではそう呼ぶんだ。ジョージーは昔から、シロイワヤギみたいにここらのマンローをのぼっていたものだ。そうだろう？」

珍しいものを見るような目つきで、全員がわたしを見つめた。

「お兄さまったら、そんな言い方をしたらまるでわたしが野蛮な女みたいじゃないの」

ミセス・シンプソンがアールの脇腹を突き、何事かをささやくのが見えた。

「レディ・ジョージアナ、明日われわれに同行してもらえませんか？」ジークフリート王子が言った。「あなたの経験はとても役に立つ。今度こそロープを持っていけば、神のご加護のもと頂上に立つことができるでしょう」

モンブランの話をしているような口ぶりだったけれど、目指しているのはただよじのぼればいいだけの、ほんの九〇〇メートルの高さしかないスコットランドの丘だ。

ディナーはそれなりに満足のいくものだった。スープはおいしかったし、充分な量のビーフがあって、ニープス・アンド・タティーズですら評判は悪くなかった。話題はスピードボートから怪獣へと及んだ。観光客を呼び寄せるために、だれかが古い言い伝えを持ち出したのだろうというのがビンキーの意見だった。

「わたしは生まれてからずっとここで暮らしているが、最近になるまでそんな話を聞いたこともなかった。もちろん見たこともない」

「でも、湖の水が突然動いたのは事実だわ。まるで大きな生き物が泳いだときみたいに」伯爵夫人が言った。「あの波紋はどうなの？　なにかが波を起こしたはずよ」

「あれは飛行機が着水した直後だったわ」わたしは指摘した。「それにちょうどあのあたりは湖が急に深くなるところなの。だから風の状態によっては、妙な波がたつこともある」

「間違いなく頭を見たわ。とても大きな頭を」

「きみたちのスピードボートをスパイしていた潜水艦かもしれない」皇太子がディグビーとパウロに向かって言った。「世界新記録を狙っているライバルかもしれない」

ディナーの締めくくりはベリーのクランブルの生クリーム添えで、そのあとにウェルシユ・レアビット（チーズに香辛料・牛乳・ビールなどを加えたソースをかけて焼いたトースト）が出された。食事を終えると、女性陣はフイグに連れられてコーヒーが待つ応接室へと移動した。コンチータがやってきてわたしの隣に座った。

「まだ紹介してもらっていなかったわ」濃い色の目を輝かせながら切りだした。「この家の娘さんなんでしょう？」

「現公爵の妹でもあるわ。ジョージアナ・ラノクよ」

「わたしはコンチータ・ダ・ガマ。ブラジルから来たの」

「スコットランドへはどうして？」

「イタリアでパウロと知り合ったの。彼はボートのためのお金が必要だった。わたしは、お金はたっぷりあるから。父がブラジルでゴム農園を経営しているんだけれど、そこから石油が出たの。運がいいと思わない？」

ダーシーが彼女に興味を持つのも当然だ。彼もわたしと同じく、お金には困っている。彼にとってはこのうえなく魅力的な相手だろう。

あたかもわたしの頭の中を読み取ったかのように、コンチータが言った。

「ミスター・ダーシー・オマーラだけれど」その視線が入口のほうへとさまよった。「とってもハンサムだと思わない？　それに貴族の息子でカトリック教徒なのよ」

話がどう流れていくのかがわかったので、わたしは言った。

「でも残念ながら、お金はないわ」

「問題ない」コンチータは手を振った。「わたしには、したいことをするだけのお金があるもの。でも彼ったら、意中の人がいるっていうのよ。理解できないわ」

希望がむくむくと湧き起こったけれど、それがわたしなのかどうかを改めて考えてみた。ロンドンでわたしに見せる態度を考えれば、違うとしか思えない。やがて男性たちも――少なくともその一部が――応接室にやってきた。ミスター・シンプソンの姿は見当たらない。ウォリス・シンプソンが犬でも呼ぶように椅子の肘掛けをぽんぽんと叩くと、皇太子はそそくさと応じた。ダンスをしようとだれかが言いだした。大広間の絨毯が片付けられ、蓄音機が用意されて、まず流れてきたのはいつものごとく、スコットランドの舞踊曲〝ゲイ・ゴードンズ〟だった。ダンスをしようと言いだした人間は、そんなつもりではなかっただろう。ラハンが誘いにきて、わたしは喜んで応じた。たまには注目の的になるのもいいものだ。スコットランドのダンスは、わたしがそつなくこなせる数少ないもののひとつだ。

次の〝ダッシング・ホワイト・サージャント〟は男性ひとりに女性ふたりで踊る曲だったので、ラハンはロニーを引っ張ってきた。マードックはベリンダとフィグをフロアに連れ出したが、ほかの人々はハイランドのダンスを知らないらしく、ただ見ているだけだ。目立たない場所からダーシーがわたしを見つめている。彼の言う意中の人ってわたしのこと？　それとも、ただコンチータをはぐらかすために言ったことなのかしら？　これまで見るかぎりでは、ダーシーはそれほどはっきりと彼女を拒否しているわけではなさそうだ。わたしったら、彼に好きになってほしいの？　どう考えても、彼は結婚相手としてふさわしくない。そもそも、カトリック教徒である彼とは結婚が許されないかもしれない。イギリス国王の継承権を持つ人間には。

曲が終わった。ポール・ジョーンズという方法でパートナーを決めることになり、全員がフロアに出た。女性だけで輪を作って時計まわりに移動し、男性はその外側を反時計まわりに動いていく。音楽が止まり、わたしはまたラハンと踊ることになった。今度はワルツだ。彼はしっかりとわたしを抱き寄せた。ダーシーの相手はコンチータで、恥ずかしげもなく媚《こび》を売っている彼女と踊りながら、わたしたちの脇を通り過ぎていった。わたしはラハンを見あげ、挑発するような笑顔を作った。彼の手にいっそう力がこもった。

「ジョージー、きみは本当にきれいになったね。ほっそりしたウェスト、しっかりした手足、体型も悪くない。厳密には、おれたちはいとこではないよね?」

「違うわ。たしかお祖父さん同士が兄弟だったはずだから、はとこになるんじゃないかしら」

「そいつはよかった」ラハンはめまいがしそうなくらい勢いよくわたしを回した。「あなたは、牝牛と同じ基準で女性を評価するんだと思っていたわ」わたしが言うと、彼は大声で笑った。

ワルツが終わり、再びポール・ジョーンズになった。男性と女性がまたそれぞれ反対方向に移動し、わたしの前に立ったのは今度はアールだった。彼が腰に手を回そうとしたところで、ダーシーがいきなり現れた。「相手はぼくだ」そう言うと、啞然としているアールからわたしを強引に奪い取った。

「あなたの辞書にフェアプレーの文字はないのかしら」彼に抱き寄せられると、落ち着かない気分になる。

「フェアプレーっていうのは退屈だからね」彼の唇がわたしの顔からほんの数センチのところにあった。「ぼくはもっとエネルギッシュなスポーツのほうが好きだ」スロー・フォックス・トロットを踊りはじめる。「きみはまたぼくと口をきいてくれるようになったわけだ」

「そうだったかしら」顔を背けた。

ダーシーはわたしを強く引き寄せた。彼の心臓の鼓動が直接伝わってきたし、頰に当たる彼の顔の温かさもよくわかった。

「ずっとぼくに腹を立て続けているつもりかい？」

「わからない。コンチータにわたしのことを恋人だって言ったの？」

「うむ、なにか言わなきゃならなかった。彼女につきまとわれていてね」

「つまり、わたしはまたただの言い訳だったっていうことね。都合のいいときだけ、わたしはあなたの人生に顔を出すんだわ」彼から離れようとしたが、背中の真ん中に当てられた彼の手はぴくりともしなかった。そのうえ彼ときたら、くすくす笑っている。「毛深いいとこのほうが、ぼくよりましだと言いたいのかい？」

「そうかもしれない」

「ばかばかしい。きみは彼には繊細すぎる」

「繊細？　よく言うわね。あなたは好きなときに現れて、好きなときにいなくなるじゃないの。だいたいあなたは――」わたしは口ごもった。彼は愛しているなんて言ったことがあったかしら？　記憶になかった。

「ぼくはいつもきみのそばにはいられないんだ、ジョージー。そのことはわかってもらわなきゃならない」ダーシーが耳元で囁《ささや》いた。ひとこと喋るたびに唇が頬をかすめる。そのあいだも彼は、ダンスフロアの端のほうへと少しずつ移動していき、やがてフォックス・トロットのステップを踏みながら一番近くにある通路に入った。フィグの経済対策の一環として、照明は灯されていない。

「ほら、ここのほうがずっといい。そうだろう？」ダーシーはわたしを引き寄せ、唇を近づけてきた。わたしも彼にキスをしたかったけれど、怒っている理由を忘れるわけにはいかない。

「まずは、ロンドン警視庁の恐ろしく気取った副総監に電話をして、あのばつの悪い夜のことを話したのがあなただっていうことを認めてもらうわ」顔を背けて彼の唇を逃れ、ようやくのことでそう言った。

「頼むよ、ジョージー。いまはやめよう。ぼくとキスしたくないのかい？」

「だめよ、先に……」彼の唇が耳に押し当てられ、喉のほうへとおりていくと、それ以上なにも言えなくなった。

「先に？」ダーシーは囁きながら、顎へと唇を滑らせていき、羽根のように軽いキスをした。

しよう。

「恋愛と戦争は手段を選ばないものなんだ。知らないのかい？」唇をついばむ合間にダーシーが言った。ぴったりと押しつけられた彼のからだのぬくもりが伝わってくる。ああ、どうしよう。

「こんなのずるい」

「どうだい、キスしてほしい？　それともいやかい？」

「わかったわよ、いいからもう黙ってキスしてちょうだい」わたしは彼に顔を向けた。

時間も空間も、すべてが頭から消えた。顔を離したとき、わたしたちはふたりとも息をはずませていた。

「ジョージー、すきま風が吹きこむ寒い廊下じゃなくて、もう少し居心地のいい場所はないのかい？」

「ラノク城には居心地のいい場所なんてないのよ。暖かいって言えるのは、リネン用戸棚くらい。子供の頃は、本と懐中電灯を持ってよく潜りこんだわ」

「リネン用戸棚か。そそられるね」ダーシーの顔に挑発的な笑みが浮かんだ。「そこはふたりで入れるくらい広い？」

「ダーシー！」わたしの半分はショックを受けていたけれど、もう半分はわくわくしていた。

「見せてくれないか」ダーシーはまたわたしを引き寄せると、首筋に鼻を押しつけた。「それとも、スコットランド女王メアリが生まれたか、聖マーガレットが死んだかした有名な寝室でもいい」

ぎこちなく笑ったのは、わたしの中で礼節と情熱がせめぎあったせいだ。

「どっちもないわ。言っておくけれど、ラノク城の寝室はスコットランド中で——ううん、文明社会の中で一番寝心地が悪いの」

「それでよくラノク家に子供ができたものだ」

「母がわたしを身ごもったのはモンテカルロよ。ビンキーのことは知らない。ラノク家の人間はいつも、その目的を果たすためにどこかに行っていたんだと思う」

「それならやっぱりリネン戸棚を見せてもらわないと」

ダーシーはわたしの腰に腕を回すと、しっかりと抱き寄せながら裏の階段のほうへと歩きだした。わたしたちは階段をあがる途中も、何度か足を止めてキスをした。心臓が狂おしいほどどきどきしている。想像していたとおり、ダーシーとふたりきりなんだわ。今度こそおじけづいたりしない！

ふたつ目の階段をあがろうとしていたとき、つんざくような悲鳴が響いた。そしてもう一度。上の階から聞こえてくる。わたしたちはぱっと離れ、それぞれに階段を駆けあがった。ダーシーが先に立ち、一段おきに階段をあがっていく。ほかの人たちが下の階からやってくる足音が聞こえていた。

ふたつ目の階段の途中で会ったのは、よろめく足でこちらにおりてくる伯爵夫人だった。恐怖そのものの表情を浮かべている。「見たの」あえぎながら言う。「ラノクの白い貴婦人！あの廊下をふわふわと歩いていたの」

わたしたちは全員でその廊下へと向かったが、もちろんそこにはなにもなかった。幽霊は観客が来るのを待ったりはしないものだ。男性たちはひとつずつ順番に部屋のドアを開けていったが、幽霊らしきものはいなかった。

階下へ戻ろうとしていると、フィグがわたしを脇に引っ張って言った。

「よくやったわ、ジョージアナ。本当に見事だったわね」

「確かに見事ね。でもわたしがしたことじゃない」

18

ラノク城
一九三二年八月一八日　夜遅く
および八月一九日早朝

　階下の応接室に集まった人々は、いつになく静かだった。フォン・ザウアー伯爵夫人はブランデーを飲みながら、相手かまわず何度も恐怖の瞬間を語った。

「廊下をわたしのほうに近づいてきたの――白い顔と淡い色の髪と手だけしか見えなかった。ふわふわと浮いているようだったわ。わたしは悲鳴をあげたんだと思う。そうしたらそれは――ふっと見えなくなった。消えたの。恐ろしくて、もうここではとても眠れないわ。フリッツィ、ホテルを探してちょうだい」

「こんな真夜中に、こんななにもないところで？」フリッツィは不安そうだ。「こうしよう。今夜はぼくが母さんの部屋の床にマットを敷いて寝るよ。朝になったら、ホテルを探すから」

「ご心配には及びませんよ、伯爵夫人」ビンキーが言った。「ジョージアナとわたしは生まれてからずっとここで暮らしていますが、悪意のある幽霊など一度も見たことがありませんから」

「それはあなたたちがこの家の人間だからですわ」伯爵夫人が訴えた。「先祖の幽霊は、よそ者にしか害を及ぼさないことくらい、だれだって知っているでしょう」

「わたしが思うに、だれかのいたずらでしょう」皇太子が皆を見回して言った。「ここにいるだれかであれば、潔くいまここで名乗り出てもらいたい」

人々は顔を見合わせたが、だれも名乗り出る者はいなかった。

「そういうことなら、伯爵夫人が悲鳴をあげたとき、だれが部屋にいなかったかを思い出してみよう」皇太子はさらに言った。

「ミスター・シンプソンがいなかったわ」母は口を出さずにいられなかったらしい。

「あら、あの人は頭痛がするといって部屋に引きあげたの」ミセス・シンプソンは穏やかな笑みを浮かべた。「それに、いくら薄明かりの中だと言っても、あの人を白い貴婦人に見間違えることはないんじゃないかしら。かなり背が高いし、髪も黒いわ」彼女の視線がわたしに向けられた。「でも、レディ・ジョージアナは部屋を出ていったわね……ミスター・オマーラといっしょに」

「ぼくたちは、幽霊のふりじゃなくて、もっと別のことをするつもりでしたから」ダーシーが答え、わたしは女学生のように顔が赤らむのを感じた。

部屋を見回して尋ねる。「ヒューゴはどこ？」

「本当だ。どこに行った？」だれかが言った。「ついさっきは、ポール・ジョーンズで踊っていたのに」

階段をおりてくる足音が聞こえ、全員がそちらを見た。ヒューゴだ。彼の髪はとても淡い色だったし、長さもかなりある。

「どこに行っていたんだ？」アールが尋ねた。

ヒューゴは当然のごとく、困惑した表情になった。「男は許可を得てからでないと、用を足しにも行けないのかい？」

「どのトイレを使われました？」フィグが尋ねた。

「ぼくがトイレに行ったことがなんだって注目を浴びるんだろう？」ヒューゴはにやりとした。「一番近いトイレですよ。その廊下の先を左に行ったところの」

「あれは本物の幽霊だったわ」伯爵夫人が言い張った。「人間は消えたりできないもの」

ヒューゴはほかの客たちにすんなりと交じり、何事もなかったかのように話を始めた。確かに彼の髪の色は淡く、背もそれほど高くない。彼のいたずらなのかしら？　それとももっと深刻ななにかなの？　彼から目を離さないようにしようと決めた。それから間もなくパーティーはお開きになった。浮き立った気分はすっかり消えて、もう一度ダンスをしようと言いだす人間はいなかったからだ。客たちは帰っていき、あとに残ったのはこの城に滞在している人間と、すぐに帰るつもりのなさそうな皇太子だけになった。フリッツィは、ひと晩中ベッドの脇で見張りをすると母親に約束し、残った者たちもひとりまたひとりと部屋に引きあげていった。

「まったく妙な話だ」客全員がいなくなり、身内だけになったところで皇太子が切りだした。「今日という日が妙だった——大きな石にわたしの車が押しつぶされたかと思うと、今度はこれだ」

「ビンキーの足が罠にはさまれたことも忘れないでいただきたいわ」フィグが心配そうな顔でビンキーを見た。「だれかがわたくしたちを傷つけようとしているのかもしれない」

とうとうフィグがその疑念を口にした。わたしはふたりの王子に、それからスコットランドのふたりのいとこに順番に目を向けた。皇太子が声を立てて笑いだした。

「わざわざ罠をしかけたり、車に石を落としたりするような共産主義者や無政府主義者がいるとは思わないね。銃弾の一発ではるかに簡単にやってのけられることじゃないか」

彼の言うとおりだ。王子や王位継承者を排除することが目的なら、成功の可能性が小さい事故を起こすより、銃や爆弾を使うほうがはるかに確実だ。ヨーロッパのある王室では、これまで幾度となく行われてきたことなのだから。

「全部いたずらのつもりなのかもしれない」ビンキーが言った。

「だとしたら、ずいぶんとひねくれたユーモアのセンスの持ち主ね」フィグが苦々しげに応じた。

ふたりのいとこに目をやると、にやりと笑い合ったのがわかった。本当に彼らのいたずらなのかしら？　その後、ベッドに横になったわたしは、改めて考えてみた。自ら認めているようにふたりは貧乏だから、ビンキーを亡き者にして、この地所を自分たちのものにしたいと考えるのは理解できた。けれど、彼らは皇太子とはなんのつながりもないし、そもそもいったいだれが伯爵夫人を怖がらせようとするだろう？　とは言え、伯爵夫人の件について説明するのはそれほど難しくはない気がした。彼女は臆病な性格だ。湖で怪獣を見たと言い張ったのは彼女だった。トイレに行こうとするヒューゴを見かけて、幽霊だと思いこんだだけなのかもしれない。

当然のことながら、次に考えたのはヒューゴのことだった。アンガス卿のところのほうがはるかに居心地もいいし、同じような若者が大勢いるというのに、どうしてラノク城に来たがったんだろう？　ロニー・パジェットにのぼせあがっていて、あとを追いかけまわしているというのは本当かしら？　彼がわたしたち家族に恨みを抱いているなんていうことはある？　すべてがあまりにばかばかしく思えた。そのあとわたしは重ねられたダーシーの唇の感触と、リネン用戸棚への甘い期待を思い出し、笑みを浮かべながら眠りに落ちた。

この世のものとは思えない恐ろしい物音で目を覚ました――首を絞められたときの悲鳴のような、ぞっとするうめき声のような。外から聞こえた気がしたから、ベッドから飛び出して窓に駆け寄った。まだ薄暗い。さらに近いところからその音が聞こえてきて、わたしはすぐに音の正体を悟った。この六〇〇年間行われていたとおりに、ファーガスが朝を告げるバグパイプを吹いているのだ。部屋着を羽織り、廊下に出た。アメリカ人の部屋がある階段の向こう側から声がする。

「あなたも聞いたのね？　ぞっとするような声だったわ。魂が苦しんでいるのよ。着いたときから、ここが呪われているのはわかっていたわ」

踊り場を横切ると、ベイブとアール、伯爵夫人とフリッツィが寝間着姿で身を寄せ合っているのが見えた。伯爵夫人は顔をあげてわたしに気づくと、悲鳴をあげた。「白い貴婦人！」

アールにしがみつく。

「わたしです、伯爵夫人」

「レディ・ジョージアナだ」アールが言った。「きみも聞いたんだな？　聞いたことのない物音で目が覚めた。あれはなんだい？　動物が苦しんでいるとか？」

「いいえ、ただのバグパイプよ。朝の巡回を再開したのね。奏者はここのところ具合が悪かったんだけれど、元気になったみたい」

「バグパイプだって？」

「そうよ。ここはスコットランドですもの」

「だがまだ夜も明けていない」

「そのとおり。夜明けのバグパイプが、この城の伝統なの」

「これから毎朝、あれを聞かされるっていうこと？」ベイブは愕然《がくぜん》としている。

「毎朝よ。それに、ファーガスが戻ってきたから、夕食の席でも演奏してもらえるわ」

「ああ、なんてことかしら」ベイブは額に手を当てた。「頭痛薬はどこかしら、アール？

それから氷枕が欲しいわ」

「氷枕?」わたしは訊き返した。「いまは夏よ。氷なんてないわ」

「スコットランド中、どこにも氷がないっていうのかい?」アールが言った。

「ええ、そうよ」

「アール、わたしはもう我慢できそうもないわ」ベイブが訴えた。「ウォリスのためならなんだってするつもりだけれど、これは人間の我慢の限界を超えている」

「同感よ」伯爵夫人が同意した。「みなさん、わたしといっしょにアドラースタイン城にいらっしゃって。オーストリアの湖畔にあるの。あそこのほうがずっと過ごしやすい」

「とてもいい考えだわ。どう思う、あなた?」わたしはこっそりとその場を離れてベッドに戻った。計画は素晴らしくうまくいったようだ。

19

ラノク城と山腹
一九三二年八月一九日
朝

次に目を覚ましたのは、マギーが紅茶を運んできてくれたときだった。

「気持ちのいい朝ですよ、お嬢さま。いい一日をお過ごしください」

思い出してうんざりした。ふたりの王子を山のぼりに連れていかなければならないんだった。ふと、いたずらっぽい考えが浮かんだ。ふたりがのぼりたがっているマンローは、わたしたちにとっては気持ちのいい散歩程度の丘にすぎないけれど、湖からのルートを採れば、かなり険しい岩山が立ちはだかる。そちらをのぼろうと思った。ふたりは、おおいに感動するだろう。あとはわたしがまだルートを覚えていて、体力も衰えていないことを祈るだけだ。

細身のズボンとシャツ、ウィンドブレーカーという登山用の格好で朝食におりていくと、これからエベレストに挑もうとするかのような装いのジークフリート王子が待っていた。

「わたしたちは今日のぼるのだね、レディ・ジョージアナ？」どこか不安そうだ。「頂上まで？」

「もちろんですわ」

「準備は万端だ。ロープにハーケン」

「ピッケルは？」わたしは笑いながら尋ねた。

彼は真顔で首を振った。「夏にピッケルはいらないだろう。昨日、氷は見かけなかった」

まったくユーモアのかけらもないんだから。装備なんてなくても簡単にのぼれると言おうとして、思いとどまった。ちょっとした岩山を、ロープでつながったジークフリート王子とジョージ王子がのぼっていくところを想像するほうが面白い。

「それじゃあ、朝食を終えたら出発しましょうか」わたしは言った。

「残念なことに、殿下はいっしょに行けなくなった。バルモラルに呼ばれたのだ」

「なにかあったのかしら？」

「お父上から話があるそうだ。ギャンブルの借金のことらしい」

ジョージ王子の品行の悪さが少しずつ明るみに出てきているということかしら？　わたしは本当にジークフリート王子と山でふたりきりになりたい？

「殿下が戻ってこられるまで、登山は延期します？」

「殿下は、ロンドンに送り返されるかもしれないと言っていた。殿下が戻ってきたときに備えて、正しいルートを知っておきたいのだ。そうすれば次はわたしが殿下を案内できる。わたしは充分な経験を積んでいるのだよ。アルプスやドロミテにものぼったことがある。わたしはなにも恐れない」

「わかりました。それじゃあ、あのオーバーハングにものぼってみましょうか」

ジークフリート王子の顔が青ざめ、それでなくても色白の顔からさらに血の気がなくなった。「あそこは無理だ」

「ちゃんとしたロープとハーケンがあれば大丈夫ですわ。しっかりロープで確保してあれば、三〇〇メートルくらいの崖などなんでもないでしょう？　それでは、朝食のあとで」

彼の顔が緑がかって見えた。こんな愉快な気分になったのは、本当に久しぶりだ。

アメリカ人たちもあまり調子がよさそうではなかった。とりわけベイブがげっそりしている。そしてミセス・シンプソンも。「美しさを保つには充分に眠らなきゃいけないのに、真夜中に起こされるのは困るわ」

「ごめんなさいね」わたしは応じた。「あなたはたっぷり眠る必要がありそうですものね」

ミスター・シンプソンがにやりとしたのが見えた。彼のことがまた気の毒になったけれど、少なくともユーモアのセンスがあることはわかった。

朝食をとっているあいだに、ラハンとマードックがやってきた。わたしはベイブとミセス・シンプソンがそれぞれにグレープフルーツを半分とトーストを一枚、食べるのを眺めながら、いつものベーコンと卵とスモークしたタラを口に運んだ。

「さあて、用意はできているか？」ラハンがそこにあるものすべてを皿に載せながら尋ねた。

いいかしら、アール?」

「あら、面白そうじゃない」ベイブはラハンの広い肩を見つめて言った。「行きましょうよ。

「わたしは遠慮するわ。乱暴なことはごめんよ」伯爵夫人があわてて答えた。

「ハギス狩りに行きたいって言っただろう?」

「なんの用意?」


「きみがやりたいなら、なんでもいいさ、ベイビー」

「あの愉快なヒューゴはどこにいるの? いっしょに行きたいんじゃないかしら」

「さっき出かけるのを見たわ」ミセス・シンプソンが告げた。「スピードボートのお友だちのところに戻ったんじゃないかしら。ああ、そう言えば、バルモラルでは明日狩りをする予定だって、事情を知っている知人から聞いたわ。どなたか、行きたい人がいるんじゃなくて? わたしは一番近い町まで買い物に行くつもり。町があればの話だけれど。マニキュア液が残り少なくなっているのよ」

「ぼくたちは買い物じゃなくて、狩りに行こう、ベイブ」アールが言った。「ぼくが射撃を好きなことは知っているだろう? ずっと楽しみにしていたんだ。ここでは毎日狩りができるってウォリスが約束してくれたのに、まだ一度も行っていない」

「兄は好きで罠にかかって、足を切断されかかったわけじゃないわ」わたしは冷ややかに告げた。まるでわたしたちがそこにいないかのように、わたしの親戚や家の話をしているその口ぶりに、いささかいらだちを覚えていた。

「もちろんさ。気の毒に。それで、今日のささやかな冒険には銃を持っていったほうがいいのかい？」

「いらないだろう」ラハンが答えた。「きっと当たらないだろうから、あいつらを怒らせるだけだ」

ラハンがどっと笑いだすか、だれかが本当のことを切りだすのを待ったけれど、だれも口を開こうとしなかったのでわたしも黙ったままでいた。彼らには腹を立てていたし、だまされているのを見るのは愉快だったから。彼らには勝手に準備をさせることにして、わたしはジークフリートといっしょに出発した。彼の装備が仰々しかったことと新しい登山靴が足に合っていなかったせいで、地所を横断してブレオール山の麓《ふもと》に行き着くまで、かなり時間がかかった。

くねくねと延びる峠の道を振り返り、どこから石を落とせば、車にぶつけることができるだろうと考えてみた。とてもできそうもない。事故現場だという地所の近くでは、道路は比較的平坦で、両脇には木がずっと生えている。落ちてきた石はまず木に当たるはずだ。道が狭まっている峠のもっと上のほうであれば、成功する可能性は大きくなるだろうけれど、皇太子の車に石が当たったというのはそこではなかった。興味深い。

ようやく岩山の下までやってきた。ここから見る岩山は六〇メートルほどの高さに垂直に切り立っていて、確かにかなり手ごわそうだ。

「さあ、のぼりましょうか。わたしが先に行ったほうがいいかしら。それともあなたが？」

「レディ・ファーストだ」山ほどの装備を背負っているせいで、彼はすでに汗ばんでいた。

わたしは岩山をのぼりはじめた。指と爪先が確実なルートを覚えている。つかまる場所さえ覚えていれば、それほど危険なものではなかった。ジークフリート王子と交代できそうな場所までのぼったところでハーケンを打ち、合図を送った。彼は額に汗を浮かべ、肩で息をしながらわたしを抜いてのぼっていった。そんなふうにして頂上近くまでのぼり、彼にオーバーハングを迂回《うかい》するルートを教え、わたしたちは岩山をのぼりきった。大きな岩に腰かけて、そこからの眺めを楽しんだ。顔に当たる風はさわやかだったし、眼下の湖には山がきれいに映っている。わたしは大きく深呼吸をし、この景色のすべてを堪能した。隣にいる人間を除いて。

「わたしたちは、なんの問題もなくのぼりきった」ジークフリート王子はとてもうれしそうだ。この話はうんと脚色されて、ヨーロッパの宮廷で繰り返し語られるのだろう。

「上出来ですわ、殿下」

「ジークフリートと呼んでくれないか。わたしもふたりきりのときは、きみをジョージアナと呼ぼう」

そんな事態にたびたびならないことを願った。

「ジョージアナ、考えていたことがあるのだ。わたしたちが結婚するというのは、悪い考えではないと思う」

しっかりした石の上に座っていてよかったと思った。そうでなければ、まっさかさまに崖から落ちていたかもしれない。

「でも、殿……ジークフリート、わたしがあなたを愛していないように、あなただってわたしを愛してはいないはずです」わたしは如才なく言った。〝あなたが男性のほうが好きなことは知っています〟というのがその言葉の本当の意味だったけれど、〝あなたが宇宙でただひとりの男性だったとしてもお断りよ〟とスコットランド中に聞こえるような声で叫ぶよりはずっといい。

「そんなことはどうでもいいのだ。わたしたちのような高貴な生まれの人間は、愛のために結婚するわけではない。ヨーロッパの名家同士のつながりを確かにするために結婚するのだ。ふさわしい妻を選ぶことが重要だ。わたしはいつか王になるかもしれない」

「あなたのお兄さまとお父さまが暗殺されたら、ということかしら？」

「可能性はある」

「どうしてあなたは同じ目に遭わないと言い切れるんです？」

「わたしは兄や父とは違い、公正で人気のある王になるつもりだ。きみはわたしにふさわしい配偶者になるだろう。きみの家族はこの話に賛成するだろうし、これ以上の良縁はないはずだ」

地元の森番のほうがずっとましだわ、そう言いたくなるのをぐっとこらえた。

「きみに求めることはそれほどない」片手をひらひらさせながら言った。「跡継ぎを産んでくれれば、あとは好きなだけ愛人を作ればいい。人目につかないようにさえしていれば」

「そしてあなたも愛人を作って、人目につかないようにするんですね？」

「そうだ。そういうものなのだ」

「わたしはだめです、ジークフリート。わたしは愛する人と結婚したい。世間知らずなのかもしれないけれど、いつか愛する人といっしょに本当の幸せを見つけられると信じているんです」

彼は相当頭にきたようだ。「だがきみの家族はこの縁組を望んでいる」

「ごめんなさい。でもわたしは家族に、一ペニーだって生活費を出してもらっていません。あの人たちに、わたしの幸せに口を出す権利はないわ。あなたがふさわしいお相手を見つけることを願っています」

「よかろう」彼は立ちあがった。「では下山するとしよう。先におりたまえ」

「ロープで安全を確保すれば、オーバーハングをおりられます。わたしが先におりましょうか？　ロープを繰り出してもらえます？」

「そうしろというのなら」ジークフリート王子はよそよそしく、冷淡で、礼儀正しかった。拒絶されることに慣れていないのがよくわかる。わたしはハーネスを調節し、うしろ向きに絶壁をおりはじめた。航海中の帆船を連想させる音が聞こえたのは、ほんの数メートルおりて、オーバーハングの一番の難所を越えたときだった。引っ張られたロープの悲鳴。ロープが切れかけていると脳が考えるより早くロープが切れ、わたしは落下した。

手がかりになる岩をつかんだけれど、落ちる勢いに負けて指が離れた。岩壁が目の前を上向きに通り過ぎていき、頭の中で「死ぬんだ」という声が響いた。どういうわけか、処女のまま死ぬことがものすごく腹立たしかった。

スローモーションで落ちている気がした。崖下に叩きつけられる覚悟を決め、衝撃に備えた。不意にがくんと上向きに引っ張られたかと思うと、あたりの風景がさかさまになった。気がつけばハーネスをつけたまま、足の下に空を、頭の上に地面を見ながらゆらゆらと揺れている。死は免れないと思ったのにどうして助かったのか、自分でもわからなかったけれど、ロープがとがった岩かなにかに引っかかったに違いない。だとすれば、またいつ切れてもおかしくない。わたしはさかさまのまま、くるくると回り続けていた。どうにかして体勢を正そうとしたけれど、いきなりロープを引っ張るのは避けたかった。

そういうわけで、わたしは風に吹かれながら、ただそこで揺れていた。簡単なルートを見つけて岩山をおり、助けを呼びにいくだけの分別がジークフリートにあることを祈るほかはない。あとどれくらいこうしていられるだろう？　すでに頭に血がたまりはじめているのか、耳鳴りがしている。この体勢のままでいれば、いずれ気を失うことはわかっていた。風がわたしを揺らしながら、吹き抜けていった。出てきた雲が、高い山の頂上を隠している。すぐにわたしの姿も見えなくなるに違いない。

「助けて！」わたしはあてもなく叫んだ。「だれか、助けて」

耳鳴りが轟音に変わりはじめた。目の前でいくつもの黒い点が躍る。徐々に意識が遠のいていった。

20

ラノク城近くの山腹
八月一九日

　目を開けると、ふたつの白い顔が心配そうにわたしをのぞきこんでいた。ほんの一瞬、ここは天国で、天使は本当に金髪だったんだわと思ったけれど、すぐにそのうちのひとりが魚のような口をしていて、もうひとりが「よかった、意識が戻ったぞ」と言ったことに気づいた。魚のような口をした顔はジークフリート王子のもので、もうひとりはヒューゴ・ビーズリー＝ボトムだとわかった。

「ここはどこ?」わたしは尋ねた。「わたし、落ちたの?」

「きみはスコットランド中で最高に運のいい女性だよ」ヒューゴが言った。「悲鳴が聞こえたんで駆けつけてみたら、崖のほうを狂ったように指し示す王子がいたんだ。すぐにきみが宙吊りになっていることに気づいた。岩から突き出た小さな木にロープが引っかかっていたんだが、どうやっても届かなかった」

「それじゃあ、どうやってわたしをおろしたの?」わたしはからだを起こそうとしたけれど、目の前がぐるぐると回りはじめたので、おとなしくまた横になった。

「きみのいとこのラハンが来てくれた。崖をのぼって、きみに別のロープをつないでハーケンで固定したんだ。それでようやくきみが引っかかっていた枝を折って、おろすことができた。なかなかに大変な作業だったよ」

「ありがとう、本当に」わたしはお礼を言った。「ジークフリート、そのロープをどこから持ってきたのかは知りませんけれど、古くなっていたんですね。最初に確かめるべきだったんだわ」

「ロープは古くなかった。ジョージ王子がバルモラルから持ってきたのだ。広げて確かめたが、なにも問題はなかった。悪くなっているところはなかった」

「どこかがおかしかったはずです。そうでなければ切れたりしない」

ヒューゴの表情に気づいたのはそのときだった。警戒しているような妙な顔。だいたい彼はここでなにをしていたの? それにラハンも? ここはハギス狩りをしにくるような場所じゃないし、ヒューゴは湖にいる友人のところに行ったとだれかが話していたことを思い出した。

そこにラハンが姿を見せた。「おやおや、目を覚まして話をしているぞ。よかった。おれがきみを城まで連れて帰るよ、かわいそうなジョージー。戻ったら、気つけにブランデーを飲むといい。殿下、ひと足先に戻って、おれたちのことを話しておいてくれませんか。そうすれば、湯たんぽを入れたベッドを用意しておいてもらえる」

「よかろう」ジークフリート王子が答えた。「ふたりで彼女を抱いて帰れるというのなら」

「ふたりで？」ラハンが笑った。「彼女は羽みたいに軽いですよ」そう言うと、ひょいとわたしを抱きあげた。

「それじゃあ荷物はぼくが持とう」ヒューゴが言った。

ラハンはわたしに重さなどないような足取りで、急な斜面をおりていく。

だんだん頭がはっきりしてきた。「ハギス狩りはどうなったの？　まさかあの人たちをここまで連れてきたわけじゃないでしょう？」

ラハンはにやりと笑った。「中止になった。連中ときたら、地所の管理人のひとりにその話をしてしまってね。そいつは大笑いしたよ。ほんの冗談だったのに、彼らはいまかんかんだ」

「わたしは面白い冗談だと思ったけれど」

「おれもだ。だがマードックとおれはきみの兄さんからたっぷりと説教されたよ。今度、ばかないたずらをしたら、家に帰されてしまう」

「ほかにもばかないたずらをしたの？」

「え？　いいや、なにもしていないさ」

その表情から、彼が嘘をついていることがわかった。あの罠を仕かけたのが自分だって、ビンキーに打ち明けたのかしら？　白い貴婦人が彼でないことは確かだ。彼ほど大柄で男以外の何物でもない人物を、女性の幽霊と見間違えるはずがない。

城に近づいていくと、使用人たちが駆け寄ってきた。ジークフリート王子が大げさな話をしたか、あるいはドラマチックな物語に仕あげたらしく、だれもが怯えた顔をしている。

「ああ、お嬢さま。よくぞご無事で」ハミルトンが言った。「お嬢さまを助けてくださってありがとうございます、ミスター・ラハン。お部屋はすぐにお休みになれるようにしてあります、お嬢さま。勝手ながら熱い紅茶とブランデーを用意させていただきました」

「ありがとう」つかの間の身の安全と大切にされているという思いに、頬が緩んだ。ラハンはわたしを抱えたまま階段をあがり、ベッドに寝かせてくれた。「さて、あとは大丈夫そうだな」そこに、ひどく狼狽した表情のフィグがやってきた。「危うく死ぬところだったそうじゃないの、ジョージアナ。山のぼりなんていいことはなにもないのよ」

「のぼるのはなんの問題もなかったの。おりるときにロープが切れたのよ」

「ロープを管理していたのはだれなの？　即刻、くびにします」

「フィグ、ロープはジョージ王子がバルモラルから持ってきたものだったの。広げて調べたときには、なんともなっていなかったってジークフリートが言っていたわ」

「それじゃあ、尖った岩で切れたのね」

フィグはマギーを脇へ押しやると、わたしの横に湯たんぽを置いた。寒気がしはじめていたのでありがたかった。紅茶を載せたトレイが運ばれてきて、フィグはカップにたっぷりとブランデーを注いでくれた。わたしはアルコール入りの熱い紅茶をふうふう言いながら飲み、ベッドに横になった。

「ゆっくり休むといいわ。あとで昼食を運ばせるから。そういえば、聞いたかしら？　アメリカ人たちがかんかんになって戻ってきたの。あなたのいとこが、本当にあの人たちをハギス狩りに連れていこうとしたんですって？　まったくあのふたりときたら、とんでもない人たちね」

「あら、夜明けにバグパイプを吹かせた人からそんな言葉を聞くとは思わなかったわ。あなたも同じようなものだと思うけれど」

「それでアメリカ人を追い出せるなら、文句を言うつもりはないわ。今夜のディナーがハギスだって言ったら、あの人たちどんな顔をするかしら。もう準備はできているの」

「素晴らしいわ」わたしは目を閉じた。フィグはマギーを連れて部屋を出ていき、わたしはひとりになった。まったくなんていう朝だったんだろう。とても現実とは思えない。ジークフリートに結婚を申し込まれ、その直後に崖から落ちるなんて。そのふたつにはなにか関係があるんだろうかとふと思った。断られた腹いせに、彼がロープを切ったのかしら？　外国の人は感情的だというし、彼の祖国では報復が日常的に行われている。

いつしかうとうとしていたらしく、ドアがきしみながら開く音で目を覚ました。ラノク城にあるドアはどれもきしむ。それから床板も。きっと、城にはきしむドアがなくてはならないんだと思う。目を開けると、ヒューゴ・ビーズリー＝ボトムが部屋に忍びこんでくるところだった。

「ヒューゴ！　ここでなにをしているの？」

わたしが眠っていると思っていたらしく、彼はぎくりとした。

「すまない。ぼくはただ――その、きみと話がしたかったんだ」

「いまはお喋りをするような気分じゃないわ。目を覚ましたところなの」

「ふたりきりで話ができる機会を待っていた。いまがいいチャンスだ。きみのまわりにはいつも大勢の人がいるから」

ヒューゴはベッドに近づいてきた。わたしはあわててからだを起こし、いかにも乙女らしく布団を首まで引きあげた。「ミスター・ビーズリー＝ボトム、ここはわたしの寝室よ。あなたを招いた覚えはないわ」

彼はにやりとして言った。「男というものは、チャンスを逃してはいけない。ぼくたちは学校でそう教わったよ」

「出ていって」

「ちょっとだけ時間をくれないか。話がしたいだけなんだ。きみを襲うつもりはない。まあ確かに、そそられはするが……」彼は一度言葉を切った。「なにから言えばいいのかよくわからないんだが、きっときみは……」

そのとき寝室のドアが勢いよく開いて、いかにも腹を立てている親戚といった顔でラハンが入ってきた。「あんたはいったいここでなにをしている？　いますぐ出ていってもらおう。彼女には休息が必要だっていうことがわからないのか？」

「ぼくはただ彼女と話がしたかっただけだ」ヒューゴが言った。

「きみはこいつと話がしたいのか？」ラハンはわたしに尋ねた。

「いまはしたくない」

「そういうことだ、出ていけ」ラハンはヒューゴを捕まえようとしたが、ヒューゴはそれを察して自分からドアのほうへと歩きだした。

「まただれかが来るといけないから、今夜はおれがドアの外で眠るよ」

「ラハン、わたしの純潔を守ってくれる必要なんてないのよ」ここで笑うべきかしら？

彼は部屋を横切り、ドアを閉めた。「そういうことじゃない。きみのロープをよく調べてみた。摩耗して切れたわけじゃない。刃物で切ったようにおれには見えた。少し力が加われば切れるくらいにまで、切り込みが入れてあったんだ」

「そう」わたしは大きく息を吸った。「それが、あなたたちお得意のいたずらじゃないってどうしてわかるの？」

「いたずらにしては度が過ぎるだろう、ジョージー。あの高さからまっさかさまに落ちていたかもしれないんだぞ。そうしたらいま頃は、きみの通夜をやっていただろうな」ラハンはわたしに顔を寄せて言った。「だからおれはあのヒューゴとかいう男を見張っていたんだ。あいつはどうしてあんなに早くあの場に現れたんだ？　おれはそいつが知りたい。きみといっしょにのぼっていたわけじゃないんだろう？」

「違うわ。朝から一度も見かけなかった」

「それならどうして、きみが宙吊りになっているときに都合よく現れたりした？　まるできみの身になにが起きるかを知っていたみたいじゃないか」

「なんてことかしら。彼が部屋に入ってきたときは、ものすごく不安になったの。あなたが来てくれて、本当にうれしかった」

ラハンは毛布ごしにわたしの脚を軽く叩いた。

「もう心配ない。おれが部屋の外にいるよ。だれも入らせない」

「ありがとう、ラハン」

彼は部屋を出ていきかけて、振り返った。

「ジョージー、おれのいたずらの話だが――皇太子とミセス・シンプソンの車に岩がぶつかった話は知っているだろう？」

「あなたの仕業なの？」

「おれじゃない。マードックだ。事故だったんだ。あいつはハイランド・ゲームの練習をしようと考えた。このあたりには競争相手もいないし、練習するにはいい場所だ。ハンマー投げをしようとしたんだが、ここにはハンマーがない。そこでやつは大きな石にロープを巻いて、代用品を作った。ところが頭の上で振りまわしているときに結び目がほどけて、石があらぬ方向に飛んでいってしまったんだ。恐ろしい音と悲鳴が聞こえて、それがあのシンプソンという女だっていうことがわかると、おれたちはこっそり逃げた」

「よかった」わたしは笑いたくなるのをこらえながら言った。「少なくとも、だれかが故意にしたわけじゃないっていうことね。まさかビンキーがかかった罠も、あなたがたまたま置いたものだなんてことはないでしょうね？」

「冗談じゃない。おれは絶対に親戚を傷つけたりはしないよ。キャンベルの人間には、まあ、そうしたくなることもあるかもしれないが、いったいだれがビンキーを傷つけたいなんて思う？　世界中のどこにも彼の敵なんていない。ちょっと軟弱なところはあるし、あまり頭がいいとも言えないが、意地の悪さはかけらもない」

「そのとおりね」

ラハンは身を乗り出してわたしの額にキスをすると、肩を叩いて言った。

「よくおやすみ、ジョージアナ。今日は立派だったよ。ばかみたいなヒステリーを起こさなかった。ラノク家の人間にふさわしい振る舞いだった」

ラハンは部屋を出ていき、あとには考えるべき事柄が残された。彼は本気でわたしと結婚することを考えているの？　自分では貧乏だと言っているけれど、ビンキーに言わせれば、彼とマードックの農園はうまくいっているらしい。けれどラハンは次男だから、相続できるものはなにもない。

「ばかばかしい」わたしは声に出して言った。もちろんわたしは彼との結婚など考えてはいない。その気になれば、国王になるかもしれない人とだって結婚できたのだから。ガッシーのような人とだったら、いつだって結婚できた。ただわたしがそうしたくなかっただけ。自分がだれを求めているかはわかっていたけれど、彼は形あるものをなにひとつ差し出してはくれない。とにかく、一日のあいだにふたりもわたしに興味を持つ人が現れたのだ。悪くない。明るい話もいくつかあるということだ。

もちろんそれ以外は暗いところばかりだけれど。今日、だれかがわたしを殺そうとしたことは間違いない。それともわたしではなくて、わたしたちのうちのだれかだったのかもしれない。ジークフリートの国の人たちなら、窓から爆弾を投げ込むといったもっと直接的な方法を取るだろうと考えたところで、最初からわかっているべきだったあることに気づいた。あのロープはバルモラルにあったものだ。つまり狙いはジョージ王子だったということだ。何者かが、また王位継承者の命を狙った――今度は順位が六番目の継承者を。こんなところで寝ている場合ではなかった。手遅れになる前に、犠牲者が出る前に、行動を起こさなくてはいけない。

21

ラノク城
八月一九日

　しばらくうとうとしたらしく、目が覚めると部屋はうっすらと夕焼け色に染まり、外からざわめきが聞こえていた。いくつもの声。男の人が叫んでいる。起きあがって、そっとドアを開けた。まず目に入ったのは、階段の上に立っているアールだ。「どこにも見当たらない」

　部屋の外に出て尋ねた。「なにがあったの？」

「ベイブだ。姿が見えない。どこにもいないんだ」

「ディナーの前に散歩に行ったのかもしれないわ」

「散歩ならさっきいっしょに行った。戻ってくると、食事前に風呂に入りたいと彼女が言ったんだ。風呂に入ったあと、彼女がまた散歩にでかけるなんていうことは絶対にない。わたしはほかのことをしていた。手紙を書き、ロンドンに電話をかけようとした——念のために言っておくと、つながらなかったが。それから部屋に戻ってみると、ベイブがいなかったんだ。わけがわからない」

そこにフィグがやってきて、わたしたちはいっしょに上の階にあるアールとベイブの寝室に向かった。

「ほらね」ベイブの夕食用のドレスが、ベッドの上に着るばかりになって広げられていた。「彼女はガウン姿でバスルームに行った。それに化粧道具入れもない」

「バスルームを調べてみた?」わたしは尋ねた。「バスタブの中で眠ってしまったのかもしれないわ。それとも気を失っているとか」

「わたしもまずそれを考えた。だがバスルームは空だった」

わたしたちは一番近いバスルームを調べた。アールの言うとおりそこは空で、ベイブが使った形跡もない。鏡が曇っていれば、ついさっきまでだれかがここを使っていたという証拠だけれど、それもなかった(もちろんラノク城では開いた窓から風が入ってくるから、鏡が長い時間曇ったままであることはないのだが)。

「違うバスルームを使ったということはないかしら」フィグが言った。「ここがふさがっていたから、別のバスルームを使おうと思ったのかもしれない」

そこでわたしたちは踊り場を渡り、シンプソン夫妻とフォン・ザウアー親子が泊まっている部屋がある、階段の向こう側の廊下に向かった。バスルームは使用中だったけれど、邪魔をしないでと冷たく告げるいらだたしげな声はミセス・シンプソンのものだった。

「下の階におりて、わたしたちのバスルームを使ったとか?」わたしの部屋の階にひとつと、フィグとビンキーの寝室の側にもバスルームがひとつある。下の階を調べることは考えつかなかった。

「彼女が、ガウン姿で階段をおりるとは思えないが。ともあれ、可能性のあるところは全部確かめよう」アールが応じた。

階段をおりて、わたしのバスルームを調べたがそこも空だった。最後に残ったのが、フィグとビンキー、ジークフリート王子、そしてジョージ王子の部屋があるもっとも立派な廊下だ。バスルームのドアは閉まっている。ノックをしたけれど返事はなかった。アールがどんどんとドアを叩いた「ベイブ、いるのかい?」やはり返事はない。「ああ、どうしよう。バスタブで溺れているのかもしれない。ドアを壊さないと」

「ドアを壊してはいけません」フィグが言った。「鍵を持ってこさせます」

使用人に命じて、ハミルトンに合鍵の束を持ってこさせた。いくつか試したあとで、ようやくバスルームのドアが開いた。そこの窓は城の裏側に面しているので、中はすでに暗くなっていたけれど、白い人影が床に倒れているのはわかった。

「ああ、ベイブ!」アールが駆け寄り、フィグが明かりをつけた。

電球の強烈な明かりに、便器の脇で水と血だまりのなかに横たわるベイブの姿が浮かび上がった。まわりには粉々に砕けた水洗タンクが散乱している。便器の上の壁の高い位置に取りつけてあったものがはずれたに違いなかった。タータン柄の壁紙が、その箇所だけ色鮮やかに残っている。なんとも気まずいことに、タンクが落ちてきたときベイブは便器に座っていたらしかった。短いネグリジェのようなものを身につけているだけで、小さな白いお尻が哀れっぽくむき出しになっていた。

その後は大混乱だった。ハミルトンは命じられて、医者と救急車を呼ぶために電話をかけに行き、アールはまず自分の上着でベイブのお尻を隠してやってから、彼女の横にひざまずいて死なないでくれと祈っている。そこに伯爵夫人が現れてヒステリーを起こしはじめ、ぶつぶつと文句を言う息子にどこかに連れていかれた。「思ったとおりよ、ここは恐怖の館だわ。そう言ったでしょう？　これ以上恐ろしいことが起きる前に、だれかわたしをここから連れ出してちょうだい」

彼女と入れ替わるようにして、黒いアイマスクを額に押しあげたシルクの部屋着姿のジークフリートがやってきて、せっかくひと眠りしようと思っていたのにこの騒ぎはなんなのだと文句を言った。冷静さを失っていないのは、フィグとわたしだけだった。フィグはガール・ガイド（ガールスカウトのイギリス版）の団員だったことを常々自慢していたけれど、応急手当の訓練はこの場では確かに役に立った。彼女は血だまりのなかに膝をつくと、ベイブの脈を確かめた。しばらくしてから顔をあげてうなずく。

「生きているわ。ここを拭くためのタオルと、彼女にかける毛布を取ってきてちょうだい。お医者さまに診ていただくまで、彼女は動かさないほうがいいわ。頭蓋骨にひびが入っているかもしれない」

わたしは、彼女の上に飛び散った水洗タンクの破片をどけていった。

「チェーンを引っ張ったときに落ちたのね」

「おかしいわね。そんな話、生まれてこのかた聞いたこともないわ」フィグが言った。「相当勢いよくチェーンを引っ張ったのね」

「壊れかかった家に客を泊めるとは、いったいどういうつもりだ」アールは声を荒らげた。

「この家には危険が満ちている。今朝もベイブにそう言ったんだ」

「なんていう一日かしら」タオルと毛布を抱えてやってきて、床を拭きはじめたメイドたちに場所を譲りながらフィグが言った。「あなたが崖から落ちて死にかけたと思ったら、今度はこれよ。この城には呪いがかかっていると思われても仕方がないわ。ラノク家が呪われているなんていう話、聞いたことがある？」

「湖に身を投げた魔女がいたわ。でも呪いをかけるための時間は六〇〇年もあったんだから、その気があるならもうとっくにかけていたと思う」

フィグはため息をついた。「これで終わりにはなりそうもないわね。あのアールという人は、きっとわたくしたちを訴えるわ。アメリカではみんなそうするものなんでしょう？　これで破産だわ。無一文よ。どこかの小屋で暮らさなきゃならなくなって……」

「ほら、ヒステリーなんて起こさないの」わたしは彼女を落ち着かせようとして、肩に手を乗せた。「思い出して、ラノク家の人間は絶対に取り乱したりしないのよ」

「ラノク家なんてどうだっていいわよ。この家に来てから、つらいことしかなかった。村の聖ステパノ教会の若くて素敵な牧師さまと結婚すればよかったんだわ。公爵夫人になりたがったばかりに……」ヒステリーを起こす寸前のフィグを見たのははじめてだった。

幸いにも、ちょうどそのとき医者と救急車が同時に到着し、フィグは公爵夫人としての務めを思い出したらしく、冷静さを取り戻した。ベイブを診察した医者は険しい顔で言った。

「楽観はできない。頭蓋骨にひびは入っていないようだが、これだけ長く意識を失っているところを見ると、ひどい脳震盪を起こしていることは間違いない。できるだけ揺らさないようにしながら、病院に運ばなくてはいけない。慎重に運んでもらいたい。わたしも同行する」

ベイブはストレッチャーに乗せられ、運ばれていった。アールとフォン・ザウアー親子が付き添った。一番近い病院はパースにあるのだが、そのそばにあるホテルに部屋を取るつもりらしい。だがミセス・シンプソンはいっしょに行こうとはしなかった。

「もちろん、大切なベイブを力づけてあげたいわ。でも彼女に面会できるまで、陰鬱な待合室だかホテルの部屋だかで待っていても仕方がないでしょう？　それにスコットランドのホテルの部屋にいるところをだれかに見られたりしないほうがいいと思うの。ゴシップの種になるかもしれないでしょう？」

つまり彼女は、親友よりも皇太子を選んだというわけだ。ミスター・シンプソンはうんざりしているようだった。彼の存在のおかげでいまは体面が保たれているけれど、それもあとどれくらい続くだろうとわたしは思った。それでもふたりは食事に出かけていき、ヒューゴもあとに続いたので、仰々しいバグパイプの音と共にハギスが運ばれてきたディナーの席にいたのは、家族とジークフリート王子だけだった。当然のことながら、わたしたちはおいしく食べているふりをしなくてはならなかった。まずかったわけではないが、フィグの言葉を借りれば、好みではないからだ。だが料理人にあれだけの手間をかけさせたことを考えれば、食べないわけにはいかなかった。そこでわたしたちは雄々しくハギスに立ち向かったが、ジークフリートだけは皿を脇へ押しやり、動物のどの部位が使われているのかわからないようなものは食べられないと宣言した。

大喜びしていたのは、マードックとラハンだけだった。舌つづみを打ちながら、むしゃむしゃと食べている。わたしはちらりとラハンを見やり、ハギスに舌つづみを打つような人とは絶対に結婚できないと考えた。

今夜は、愉快に楽しもうと考える人はだれもいなかったので、コーヒーを飲んだあとはすぐにベッドに入った。くたくただった。一日のうちに、あれほどの出来事がふたつもあったのだから無理もない。ベッドに横たわり、風のうなりを聞きながら、頭にこびりついたイメージをどうにかして消そうとした。宙吊りになりながら見た、ゆらゆらと揺れるさかさまの景色。散乱する水洗タンクの破片と水と血だまりのなかに横たわるベイブと、むき出しになった小さな白いお尻。悪意のある人間――だれかを殺そうとしているのかもしれない――がわたしたちの中にいる。それが何者かを突き止めるのがわたしの任務だったはずなのに、これまでなにもしていない。いい加減、行動を起こすべきだろう。こんなことはやめさせなければならない。

22

ラノク城
一九三二年八月二〇日
いいお天気になりそうな日

ドアをノックする音で目を覚ました。白っぽい朝の光がすでに射しこんでいる。夜明けのバグパイプには気づかず眠っていたらしい。今朝も吹いていたのならの話だけれど。紅茶を持ったマギーのあとから、当惑したような顔のハミルトンが入ってきた。

「起こして申し訳ありません、お嬢さま。実は……」

「どうしたの、ハミルトン？」

「玄関にお嬢さまと話がしたいという人物がおります」

「どんな人？」

「労働者階級の男です、お嬢さま」

「その人がわたしになんの用なの？」

「できるだけ急いで来たと伝えてくれと。それから自分が来たからもう大丈夫《ボブズ・ユア・アンクル》と。ボブはお《ボブズ・》嬢さまの叔父《ユア・アンクル》さまではないですよね？」

わたしは笑いながらベッドの上でからだを起こした。

「ロンドンの下町の言い回しなのよ、ハミルトン。その人はわたしの祖父よ」

「お嬢さまの――おじいさま？」ハミルトンが息を呑んだのがわかった。

「わたしの母の父なの」と言い添える。

「それはつまり、彼がここに滞在なさるということでしょうか？　この城に？」あわてたらしく、ハミルトンは〝お嬢さま〟と言い添えるのを忘れた。

「あら、まさか。地所にある空き家に泊まってもらうの。ばあやの隣のコテージがとてもよさそうだったから」

ハミルトンの顔に安堵の色が広がった。「それがよろしゅうございます、お嬢さま。お嬢さまがいらっしゃるまで、どういたしましょうか？」

「モーニング・ルームに案内して、紅茶と新聞を持っていってちょうだい。祖父は行儀がいいから大丈夫」

「お嬢さま、決してそんなつもりでは……」ハミルトンは口ごもった。

「すぐに行くと伝えておいて」

わたしはベッドから飛び起きた。ハミルトンが部屋を出ていくと、最初に目についた服を持ってくるようにとマギーに告げる。ひどく興奮していたので、マギーにボタンを留めてもらっているあいだもじっとしていられないほどだった。おじいちゃんがいれば、きっとなにもかもがうまくいく。もうなにも心配することなんてない。だっておじいちゃんは、どうすればいいかをわかっているもの。階段へと向かっているあいだに、厄介な問題に気づいた。夜行列車に乗ってきたのなら、祖父はきっとお腹が空いているだろう。でも朝食の席で、ほかの人たちにどうやって祖父を紹介すればいいのかわからなかった。フィグに会わせるわけにはいかない。祖父なら互角にやりあえるだろうけれど、フィグはいかにも見くだしているような態度を取るだろうし、祖父をそんな目に遭わせたくなかった。でもひょっとしたら、まだ時間が早いから食堂にはだれもいないかもしれない。

わたしは階段を駆けおりた。祖父はモーニング・ルームにいて、手に紅茶のカップを持ち、錦織と金メッキの椅子の隅っこに居心地悪そうに座っていた。わたしの足音を聞きつけると立ちあがり、顔いっぱいに笑みを浮かべた。

「やあ、来たか」カップを置いて、両手を大きく広げる。「おまえに会えてうれしいよ。まったくここはでかいばかりの重苦しい城だな」

「おじいちゃんはラノク城に来たことがないの？」

「一度も招待されたことはないよ。こんな北の果てまで来たいと思ったこともなかったしな。わしらロンドンの人間にとって、文明社会はバーミンガムの南の端までなんだ。わしが来たのは、おまえが来てほしがっているような気がしたからだよ」

「そのとおりよ」わたしはぎゅっと祖父を抱きしめた。フィグは決して、こういう過剰な愛情表現を認めようとはしないだろう。甥のポッジがどうやって生まれてきたのか不思議だったけれど、目を閉じてイギリスのことを考えていなさいと教わっていたのかもしれない。

「こんなにすぐに来てくれて本当にうれしい。あと何日かは会えないだろうって思っていたのに」

「本当に、今日来てもよかったんだろうか？　泊まるところはあるのかい？」

「もちろんよ。空き家があるの。このあいだ、見てきたわ」

「それなら、その空き家を見に行こうじゃないか。ここはどうも落ち着かなくていかん」

フィグが現れたのは、ちょうど大広間を横切っていたときだった。心配そうな顔をしている。「みんなバルモラルに行ったわ。今日はわたくしたちだけよ。ありがたいわ」そこまで言ったところで、祖父に気づいた。「あら、わたくしったら……」

「こちらはわたしの祖父よ、フィグ。しばらくスコットランドに滞在するの」

「おじいさま？　あなたのお母さんのお父さま？」

「真夜中に胸壁でバグパイプを吹いている元公爵の幽霊ではないと思うわ」わたしはにっこりと応じた。「もちろん、母のお父さんよ」

フィグは手を差し出した。「はじめまして」自分より下の階級の人間に対する、いつもの冷ややかな態度だ。

祖父はその手を心をこめて握り返した。「お会いできてうれしいですよ」

「どこかに行かれる途中なのかしら？」上流階級特有の冷ややかさもそのままに、フィグが尋ねた。

「違うわ。しばらく滞在するの」わたしはフィグの顔を眺めながら答えた。「もし、それでもよければ」

ロンドンの下町育ちの祖父が王子たちと同じテーブルについているところを、フィグが想像しているのがわかった。何度か口を開きかけ、そのたびになにも言わずに閉じた。

「空いているコテージのひとつに」

フィグの顔に安堵の表情が広がった。「空いているコテージね。ばあやのいい話し相手になってくれると思うの」

「ええ、もちろんですとも」ヒステリーを起こしかけているような笑い声をあげる。

「これから案内するところよ。失礼するわね」

わたしは玄関から祖父を連れ出し、階段をおりた。

「なんとまあ」祖父が言った。「あれがおまえの義理の姉さんか？」

うなずいた。

「臭いものでも嗅いでいるような態度じゃないか」

「そのとおりよ」

「おまえが逃げ出したくなるのも無理はないな」

前庭を横切るとき、狩猟用のワゴン車に銃や鞄が運びこまれていることに気づいた。バルモラルで行われる狩りの準備だ。気の毒なアール――狩りを楽しみにしていたのに。これで、ラノク城から参加するのはジークフリート王子、わたしのいとこたち、そしてヒューゴ・ビーズリー＝ボトムだけになった。シンプソン夫妻も招待されているのだろうかと考えてみた。ありえない。

「お友だちのミセス・ハギンズは、おじいちゃんがここに来ることをなにか言っていた？」

「ちょうど都合がよかったんだ。ヘッティの娘がケントの海岸沿いにあるリトルストーンという村にコテージを借りたもんで、ヘッティに来てほしがっていてな。〝行って楽しんでくるといいよ、アルバート。あんたのからだにはすごくいいから〟そう彼女に言われたもんで、こうやって来たというわけだ」

「来てくれてうれしい」わたしは祖父に微笑みかけた。

今朝は霧が出ていて、大きな楡の木にとまったミヤマガラスたちがけたたましい声で鳴いていた。数軒のコテージが霧のなかにぼんやりと浮かんで見える。ここと決めていた一軒に入った。家具にかかっていたほこりよけの布をはずし、ほうきを見つけて掃除をはじめた。

「なんとまあ、ほうきをうまく使うじゃないか」祖父が笑った。「城の人間にそんなところを見せるんじゃないぞ。ひきつけを起こしかねないからな」

「これで生計を立てているんですもの。かなりうまくなったと思うわ。そうでしょう？」

「そうとも。素晴らしいよ」祖父は、わたしがたてた埃の雲の中で咳きこんだ。

「さてと、次はベッドを整えないと……」リネン用戸棚を見つけ、ふたりでベッドを整えた。

「厨房から食料を届けさせるわ。本当はいっしょに食事ができるといいんだけれど、でも……」

「つまらないことに気をもまんでいい。わしのほうも、お高くとまった連中の中では居心地が悪いというもんだ。このささやかなコテージになんの不満もないさ。おまえさえちょくちょく顔を見せてくれればな」

「もちろん来るわ。実を言うと、おじいちゃんの力を貸してほしいの」

「なにがあった？」祖父は心配そうな顔をわたしに向けた。「なにかおかしなことが起きたんだな」

だれにも口外しないと約束したことは覚えていたけれど、祖父にならなんでも話せる気がした。だから話した。列車での出会いから、その後起きた様々なアクシデントまですべてを。

「ロープはジョージ王子を狙ったものだとしか思えない。それから、気の毒なあの女性の上に落ちてきた水洗タンクも。あのバスルームはビンキーとフィグも使うけれど」

「おまえの考えすぎということはないのか？」

「あのロープは間違いなく、だれかが切ったのよ、おじいちゃん。それに伯爵夫人が見たっていう幽霊はどうなの？　ビンキーの足がはさまれた罠は？　一度にこれだけのことが起きるなんておかしい。サー・ジェレミーの話を聞いたあとではなおさらよ。立て続けにアクシデントが起きて、巻きこまれたのはみんな王家の人間なのよ」

祖父はうなずいた。「おまえの言うとおりだろうな。それで、なにか考えはあるのかい？」

「なにもない」

「わしがロンドン警視庁で働いていた頃、当時の警部補はまずこう訊いたもんだ。得をするのはだれだ？　と」

「わからないわ。次の王位継承者？　でもここにはそれに当てはまる人なんていない」

「本当にそうか？　おまえがいっしょに山をのぼったジークフリートとかいう男はどうだ？」

わたしは笑って答えた。「彼は自分の国の世継ぎよ。それに、わたしたちとはまったく血縁はないはず。なにより、わざわざわたしを山に連れていって、そこでロープを切るような面倒なことをどうしてする必要があるの？　山のぼりなんてしなくても、ラノク城にはだれかを突き落とす場所ならたくさんあるのに」

「それじゃあ、いつか王冠をかぶりたいと願っている人間が、ここにはほかにいるかね？」

わたしはぎこちなく笑った。「おじいちゃん、わたしの継承順位は三四番目なの。わたしより前にいる人たちなら、みんなよく知っている。つまり、三四人の人間を追い落としたがっているだれかっていうことになるわ。そんなのばかげている」

「王家の人間に恨みを抱いているだれかかもしれない」

「たとえば共産主義者とか？　でもサー・ジェレミーはその可能性を調べたうえで、外部の人間ではありえないって言ったわ」

「それなら、ここに滞在している人間のなかに、自分の素性を偽っているやつがいるのかもしれん。そのロープの件はどうだ？　共産主義者たちは、おまえたちみんなの目を盗んで細工ができたっていうことだろう？　そして王家の人間をもう少しであの世行きにするところだった」

まっさきに思い浮かんだのがヒューゴだ。昨日、奇跡のように現れてわたしを助け出したかと思うと、眠っているあいだに寝室にこっそり忍びこんできた。とどめを刺しにきたのかしら?

「まずは、継承順位を確認したほうがいいみたいね。それから、ヒューゴ・ビーズリー＝ボトムについて、ピンキーと話してみる」

「なんとまあ、妙な名前だな。その男が怪しいと思うのか?」

「宙吊り状態から助けてもらったとき、彼がその場にいたのよ。あんな山の中でいったいなにをしていたわけ? それに彼のことはなにひとつ知らない。どこからともなく現れて、ラノク城に押しかけてきたのよ」

「押しかけてきた?」

「ピンキーの学生時代の友人なの」

「それなら彼のことは兄さんに訊くといい。ロープに細工がしてあったのなら、だれにそのチャンスがあったのかを調べることだ。どこにしまってあったんだ?」

「ジョージ王子がバルモラルから持ってきたってジークフリートが言っていたわ」

「なるほど。ジョージ王子というのは?」

「国王の末の息子よ。継承順位は六番目」

「ここにいるのかい?」

「いたわ。バルモラルに呼び戻された」

「つまり、何者かが彼を亡き者にしようとしたか――」明るい色の小さな瞳をきらめかせながら、祖父はわたしを見つめた。「――あるいは、自分が狙われているように見せかけるために、彼自身がアクシデントを演出したのかもしれない」

「いったいなんのために？」

「そいつはわからない。だが彼はロープを持ってきたくせに、どうしてのぼらなかったんだ？」

「バルモラルに呼び戻されたからよ」そう答えるわたしの声は尻すぼみに小さくなった。

「そして、問題のトイレも使わなかった」

わたしはうなずき、それからぶんぶんと首を振った。「そんなのばかげている。彼にはそんなことをする動機がないわ。そもそもここには、彼より前の継承順位の人はいないのよ。それに、いずれ王になる必要がなくて本当によかったって言っていたもの。お兄さんはかわいそうだって」

「とにかく、なにかしなきゃならないとおまえが思うのなら、ロープのほうはわしが調べよう。ほかにできることはあるかね？」

「いまはないわ。おじいちゃんは少しくつろいでいて。ばあやに紹介するから。ばあやはすごくおいしいスコーンを焼くのよ。それから、地所を散歩してきたらどうかしら。このあたりの地形を見ておいて」

祖父はわたしの肩に手を乗せた。「いいかい、おまえは自分の心配をするんだ。おまえに危ないことはしてほしくない。そのサーなんとやらがおまえを巻きこんだのは、どうにも気に入らないね」

「でもおじいちゃん、どっちにしろわたしは巻きこまれているのよ。昨日宙吊りになったのはわたしだし、足首を罠にはさまれたのはわたしの兄よ。だれかが殺される前に、なんとかして阻止しないと」

祖父は舌を鳴らした。「それなら、その仕事は訓練を受けた専門家に任せればいい――公安課のその男たちに。やつらはどうしてここに来て、仕事をしないんだ？」

「していると思うわ。少なくともひとりは。バルモラルにだれかが待機していて、その人が接触してくるって聞かされたの」そう言いながら、頭では別のことを考えていた。ダーシーがその人だっていうことはあり得るかしら？　それ以外に彼がここにいる理由がある？

「それなら早いところバルモラルに行って、その男を見つけるんだ。おまえには二度と危険なことはしてほしくない。犯人はどうも、悪意に満ちてひねくれた心の持ち主のようだ。人が苦しむのを見て喜ぶ類の人間だよ。あの罠がいい例だ――まったく卑劣極まりない」

「わたしのことは心配しないで。充分に気をつけるから」

せいいっぱい朗らかに答えたけれど、城に戻りながら考えた。危険がどこに潜んでいるかわからないのに、そしてだれを信じていいのかもわからないのに、どうやって気をつければいいのだろう？

23

バルモラル城
八月二〇日

祖父が居心地よく過ごせることを確かめてから小屋をあとにし、城に戻ってみると、狩猟用のワゴン車はバルモラルでのライチョウ狩りにすでに出発していた。朝食がまだだったことを思い出した。食堂にはだれもいなかったので、人目を気にすることなくベーコン、キドニー、揚げパン、さらにフランク・クーパーズ・オックスフォード・ママレードを塗ったトーストを二枚たいらげた。田舎の空気は驚くほど食欲を増進させる。

それから書斎に行き、紙とペンを持って腰をおろした。まず、このあたりに滞在中の人間のリストを作り、彼らが英国の王家とつながりがないかどうかを確かめていく。ベイブが行方の知れなかった親戚のひとりなのではないかと想像していたが、そうではなかった。ダーシー同様、ガッシーも母方の遠い親戚であることがわかった。けれど、継承順位が一〇〇番以内の直系の人間はだれもいない。

間違っていたのかもしれないと思った。ひょっとしたら、個人的な恨みなのかもしれない。たとえば、ジョージ王子はかなり奔放な人たちとつきあっている。もし彼が麻薬や、なにか違法なことに関わっているとしたら？　昨日のアクシデントはどちらも彼を狙ったもののように思える。けれど、それ以前にもアクシデントはあった。皇太子のポニーにつけていた鞍の腹帯が壊れていたこと、彼の車のハンドルが利かなくなったこと……。

それ以上考えるのをやめて、首を振った。本当にひとりの人間がこれだけのことを目論《もくろ》んだのだとしたら、その人物はとんでもないリスクを冒したことになる。外部の人間が皇太子のポニーの腹帯や彼の車のハンドルに細工ができるものだろうか？　サー・ジェレミーの言葉が答えだ――外部の人間には不可能。やったのはわたしたちのうちのだれか。ありえないように思えたとしても、ラノク城に滞在しているだれかがあの水洗タンクに細工をしたのだ。二階にあがって調べてみたけれど、あいにく見るべきものはなにもなかった。メイドたちが見事な掃除の手腕を発揮していて、水洗タンクがなくなっていることを除けば、バスルームはまったく普段どおりだった。どちらにしろ、チェーンを引っ張れば落ちてくるくらいにタンクを不安定な状態にしておくのは、それほど難しいことではなかったはずだ。

そこから廊下を進んで、ビンキーの寝室に向かった。フィグもそこにいて、ゆで卵を食べているビンキーを見守っている。わたしが入っていくと、ビンキーが顔をあげた。

「まったくおかしなことが起きるものだな、ジョージー」彼が言った。「壁の水洗タンクが頭の上に落ちてくるなどという話を、聞いたことがあるかい？」

「ないわ。でもあれはアクシデントだとは思えないの。だれかが細工したのかもしれない」

「どうしてそんなことをするのだ？」

「わからない。でもお兄さまはどうして罠にかかったの？　どうしてわたしが使っていたロープが切れたの？」

「意図的にしたことだというの？」フィグが口をはさんだ。「なんて恐ろしい。いったいだれがそんなことを？」

「わからない。わたしだって見当もつかない。なにひとつ筋が通らないんだもの」

「あなたのあのいとこたちが、面白がってやっているということは考えられない？」フィグが訊いた。「あの人たちが豚に赤ん坊の格好をさせて教会に連れていって、洗礼を受けさせようとしたときのことを覚えているでしょう？」

「いたずらと悪意は違う」ビンキーが答えた。「一連のアクシデントはどれも、ひとつ間違えば命を落とすようなものだった。だれかが死んでいたかもしれないのだ。それで、そのアメリカ人女性の容体はどうなのだ？」

「幸い、よくなっているそうよ。救急車が病院に着く前に意識を取り戻したのだけれど、様子を見るために入院しているわ」

「それはよかった。ここに戻ってくるのだろうか？」

「ホテルに泊まるほうが安全だと考えているようね」フィグは、勝ち誇ったとしか表現のしようのない表情を浮かべている。招かれざる客を追い出したいあまりに、彼女が水洗タンクに細工をしたのかもしれないという考えが、ふと脳裏をよぎった。

「わたしたちのささやかなハウス・パーティーも縮小しつつあるというわけか。シンプソン夫人はここに留まるつもりなのだろうか？」

「車で行けるところに皇太子がいるあいだはね」わたしは答えた。

ビンキーはにやりとして言った。「おまえはどうなのだ？　昨日は大変な目に遭ったと聞いた。もう大丈夫なのか？」

「ええ、大丈夫よ。あのときはすごく怖かったけれど。もうだめかと思ったわ」

「ロープを確認しなかったことについては、ハリスによく言っておかなければならないな」

ハリスは狩猟案内の責任者だ。「問題ないことを確かめておくのが、彼の仕事だ」

「でもあのロープはジョージ王子がバルモラルから持ってきたものなのよ。車を使わせてもらえるなら、今日はバルモラルに行ってこようと思うの」

「問題ないと思うが。どうだろう、フィグ？」

フィグは、彼女のガソリンをわたしが使うべきではないもっともらしい理由を考えていたが、結局うなずくほかはなかった。「ええ、もちろんよ。行って、狩りをしてくるといいわ。きっと楽しいでしょうね。わたくしも女主人としての仕事がなければ、行きたいところよ」

「ああ、そうだわ、ビンキー。もうひとつ訊きたいことがあるの」わたしは戸口で立ち止まった。「ヒューゴ・ビーズリー＝ボトム。彼のことを教えてくれないかしら」

「あまり話せることはない。わたしが監督生だったとき、寄宿舎に新入生としてやってきたのだ。ひどくいじめられていたので、かばってやった。とても感謝していたよ。だが卒業以来、まったくの音信不通だったから、ここに滞在したいという手紙をもらったときには驚いた。とは言え、旧友を拒絶することなどできないからね」

わたしは自分の部屋に戻り、バルモラルを訪れるのにふさわしい服に着替えた。ラノク家のタータンチェック（赤と黄色と茶色の趣味の悪い柄だった）のスカートと白いブラウス。ガレージに行く前に、狩猟案内の責任者であるハリスを探した。ハリスはもじゃもじゃの白髪頭と茶色い革のような肌をした老人で、釣り道具をせっせと手入れしているところだった。

「こいつを見てくださいよ」ハリスは、ねじれた釣り糸の束を見せながら言った。「まったく滅茶苦茶にしてくれて。あのアメリカ人たちときたら、生まれてこのかた、釣りをしたことがないみたいじゃないですか」

「したことがないのかもしれないわよ」わたしは応じた。「それより昨日、山のぼりのときに切れたロープのことが訊きたいの」

「ああ、そのことなら聞いています」ハリスは真面目な顔でうなずいた。「本当に恐ろしい話ですよ、お嬢さま」

「そうなの。そのロープは、前の夜ここに置いてあったのかしら？」

「ここから持ち出されたロープはありませんよ。お嬢さまの登山道具をだれが準備したのかは知りませんが、あっしじゃありません」

彼にお礼を言ってから、ガレージに向かった。運転手は狩猟用ワゴン車に乗っていってしまったので、ベントレーではなくステーションワゴンに乗ることにした。もう長いあいだ運転していなかったから、ハンドルを握り、窓を開けてさわやかな風を顔に感じながら、走り慣れた道を走るのは楽しかった。今日は桟橋に人気《ひとけ》がない。まだ霧に包まれていたし、狩りに招待された人もいるのかもしれない。たとえばマックスとか。湖の向こう岸の直線道路に出たところで、アクセルを踏みこんだ。速度があがり、ぞくぞくする感覚が湧き起こる。

少しスピードを出し過ぎていたことは確かだ。けれど急カーブを曲がった先には、わたし以上にスピードを出している車がいた。すらりとした流線形のなにかが突進してきていることしかわからなかった。とっさにハンドルを切る。わたしの車は土手に乗りあげ、大きく揺れ、ひっくり返りそうになったものの、なんとか元に戻った。車が完全に止まったときには、心臓は激しく鼓動を打ち、スポーツカーが猛スピードで遠ざかっていくのがバックミラーに見えるだけだった。

「なによ、馬鹿野郎」霧の中に消えつつあるその車に向かって叫んだ。淑女たるもの〝馬鹿野郎〟などという言葉を使うべきでないことはわかっているけれど、いまは緊急時だ。それに、あたりにいるのはハイランド牛だけで、牛たちはだれにも喋らない。そのとき霧が切れて、湖畔を走り去るドライバーの姿が見えた。パウロだ。同乗者はいない。

当然ながら、様々な考えが猛烈な勢いで頭の中を駆け巡った。彼はわざとわたしに向かってきたの？　それともいつもの無謀さで、スピードを出し過ぎていただけ？　パウロがわたしを殺したがる理由などまったく考えつかなかったけれど、クロイドン飛行場でバイクに轢き逃げされたロニーのメイドのことを思い出した。あれもパウロの仕業で、そのときもブレーキをかけようとしなかったのかしら？　パウロはただの向こう見ずな若者で、わたしたちがそのとばっちりを受けただけという可能性ももちろんある。裕福なイタリアの伯爵が、英国王家の人間を傷つけたがる理由などあるかしら？

ベリンダに忠告すべきだろうかと考えた。彼女はわたしの親友だし、パウロはどこをとっても彼女にはふさわしくない。スピード狂の無謀なドライバーだというだけでなく、別の女性と婚約しているのだから。彼女に傷ついてほしくなかった。けれど恋愛中の女性は、自分の好きな人についての悪い話を聞きたがらないものだ。彼女に話をするのなら、言葉を選ぶ必要がある。

その後はバルモラルの正門まで、ずっと慎重になって車を走らせた。八角形をした小さくて奇妙な小屋から門番が出てきて、わたしがだれであるかを見て取ると、敬礼をしながら門を開けた。わたしは優雅に会釈をして、その前を通り過ぎた。ラノク城周辺の殺伐とした荒れ地とは大違いの緑濃い森を抜けて走る。やがて、再びちゃんとした道路に出たと思うと、広々とした芝生の向こうにバルモラル城が姿を現した。印象的な塔と蔦《つた》に覆われた壁がある、古くて威厳に満ちたほかのスコットランドの城と同じように見えるけれど、こちらはヴィクトリア女王のために一八五〇年代にいまの形に改築されたものだった。わたしだったら、もっと居心地がよくて、気品があって、本物の城らしくない城を建てていただろうに。

城の裏手に回り、アーチをくぐって馬小屋やそのほかの離れ家があるほうへと向かった。

目立たないところに車を止め、狩猟案内人の姿を探したが、手の空いている者は全員が狩りの勢子《せこ》（狩場で鳥獣を駆りたてる者）として駆り出されていることに、すぐに気づいた。こっそり調べるいいチャンスだ。馬具収納室がいくつもあって、きちんと束ねたロープが何本も吊るされていることがわかった。わたしが簡単に入れたのだから、ほかのだれでも姿を見られることなく忍びこめるだろう。もちろん、城の敷地内に入ることができればの話だけれど。道路の反対側にある丘を徒歩で越えてくれば、見とがめられることなく敷地内に入ることは可能かもしれない。

　吊るされているロープを調べてみたが、どれもまったく問題はなさそうだった。ジョージ王子とふたりでロープを広げて長さを確かめたが、傷などなかったと言っていたジークフリートの言葉を思い出した。何者かが切れ目を入れていたとしたら、そのときに気づいたはずじゃないかしら？　それはつまり、ロープに細工をしたのはラノク城に来てからだということ？　山のぼりをした前の夜に？

　答えを知るすべはなかったから、それ以上の詮索は諦めてジョージ国王陛下とメアリ王妃陛下に挨拶に行くことにした。馬小屋の前の庭を歩いていると、子供の声が聞こえてきて、家庭教師とおぼしき女性に手を引かれたふたりの幼い王女が現れた。ふたりは驚いたようにわたしを見つめていたが、やがて年上の王女の顔にうれしそうな笑みが浮かんだ。

「思い出した。親戚のジョージアナね。違う？」

「そうよ。あなたはリリベットね。そしてこの子はマーガレット」わたしはふたりに微笑みかけた。

「マーガレット王女って言わなきゃいけないのよ」三歳の王女は小さな鼻に皺《しわ》を寄せた。

「だって、あたしは王女さまだから」

「それなら、わたしのことはレディ・ジョージアナって呼ばなきゃいけないわ」わたしは笑いをこらえながら言った。

マーガレットは当惑したらしかった。「レディのほうが王女さまよりえらいの？」家庭教師に尋ねる。

「王女は、いつかレディになることを期待されています」家庭教師はしかつめらしく応じた。

「ふーん」マーガレットはそれっきり黙りこんだ。

「ポニーを見に来たの」姉のリリベットこと、エリザベスが言った。「おやつを持ってきたのよ」ぱっと彼女の顔が輝いた。「いいことを思いついた。あなたと馬に乗ればいいんだわ。馬丁は轡《くつわ》を持ったまま放してくれないから、ゆっくり歩かなきゃいけないの。でもあなたといっしょだったら、ギャロップができる」

「わたしはかまわないわ。お父さまたちがいいっておっしゃったら」

「きっといいって言ってくれる。あなたは親戚だもの。ねえ、いつ行ける？」

「今日は無理ね。あなたたちのおばあさまにご挨拶しなければならないから」

「みんな狩りに行ったのよ。でもおばあさまは行っていないと思う。うるさいのが嫌いだから。犬たちだってかわいそうだと思わない？　犬はきっと鉄砲の音が嫌いよ。だってすごく耳がいいんだもの」

「犬は、鉄砲の音にも慣れているんじゃないかしら」

「新しいコーギーの子犬を見に来てね。すごくかわいいのよ」エリザベスは目をきらきらさせていた。

「さあ、そろそろ行きましょう。昼食の前に手を洗わなければいけません」家庭教師は王女たちに告げ、わたしに向かってうなずいた。「これ以上、レディ・ジョージアナのお邪魔をしてはいけませんよ」

「きっと行くわ。約束する」

王女たちは、名残惜しそうに振り返りながら帰っていった。あの子たちにも危険が迫っているんだろうか、だれかがちゃんとあの子たちを守っているんだろうかと思いながら、わたしは三人を見送った。だれに相談すればいい？　サー・ジェレミーの部下はいったいどこにいるの？

城は物憂げな静けさに包まれていた。聞こえるのは、遠くの部屋で鳴る時計の音だけだ。タータンチェックの絨毯の上に立ち、どこに行けばいいのだろうと考えていたとき、左側の廊下から人の声らしきものが聞こえた気がした。いくつもの黒大理石の像に見つめられながら、そちらに向かった。バルモラル城内はラノク城よりはるかに凝った装飾が施されている。その声は、左手にある開いたドアの向こうから聞こえてきたので、ノックをしてから中に入った。大きな出窓の下に置かれたテーブルに王妃陛下が座っているのが見えた。手紙を書いているようだ。火の入っていない暖炉を囲んで、年配の女性数人がお喋りをしている。わたしに気づいて話がやんだ。

「ジョージアナ！」陛下は驚きの声をあげた。「来ていたなんて知りませんでしたよ。来週だとばかり思っていましたから」どこかいらだったような口調だ。陛下は不意をつかれることを嫌う。

「兄が事故に遭ったもので、早めにこちらに来たのです、陛下」わたしは答えた。「ハウス・パーティーを主催するのに、義理の姉ひとりに任せておくわけにはいきませんでしたから」陛下に近づき、いつものように頰へのキスとお辞儀をしたが、やはりいつものようにうまくいかなくて陛下の頰に鼻をぶつけてしまった。「一段落したので、陛下にご挨拶をと思いまして」

「来てくれてうれしいですよ」陛下はわたしの手を軽く叩きながら言った。「昼食をいっしょにしてくれるのでしょうね。残念ながら、活気に満ちた食事にはなりそうもありませんが。わたくしたち年配女性以外は皆、狩りに出かけてしまいましたから」

「ありがとうございます、陛下。喜んでお相伴《しょうばん》に預からせていただきます」

陛下は女性たちのほうを見て言った。「みなさん、ジョージアナをご存じかしら？　ヘンリー・ラノクのお嬢さんよ。ジョージアナ、こちらはレディ・ピーブルズ、レディ・マーチモント、レディ・アインスリー、レディ・ヴェリアン」

四つの穏やかな老いた顔がわたしに微笑みかけた。

王妃陛下は自分の隣の席を叩いて言った。「それで、気の毒なお兄さまの具合はどうなのです？　とんでもないことでしたね。息子のジョージから話は聞きました」

「だいぶよくなっているようです。ありがとうございます、陛下」

「よかったこと。本当に今年の夏は妙なことばかりね。国王陛下も体調がよくなかったのですよ。こちらに来て新鮮な空気を吸うようになってからは、ずいぶん顔色もよくなりました。狩りが負担にならなければいいのですが」

昼食を知らせる鐘の音が鳴り響いた。わたしは王妃陛下とご友人たちのあとについて、食堂に向かった。廊下を歩きながら、だれがここに滞在しているのかを調べるにはどうすればいいだろうと考えてみた。使用人たちに訊けばわかるはずだ。その前に、こっそりとこの場を抜け出さなければならないけれど。

昼食はいつも王家の人々が集まるときと同じで、かなりしっかりしたものだった。国王陛下がちゃんとしたイギリス料理を好まれるので、東インドのカレースープのマリガトーニ、ステーキ・アンド・キドニーパイ、そしてカスタードを添えたパンプディングというメニューだ。お腹がくちくなったところで、わたしたちは居間に戻った。

「狩りがどんな具合なのか、見に行きましょうか？」王妃陛下が提案した。「国王陛下が無理をしていないかどうか、確かめたいのです」

狩猟用ワゴン車が用意された。わたしたちが乗った車は緑に覆われた森を抜け、丘の急斜面をのぼり、これ以上は進めないというところまで岩とヒースのあいだを走った。そこから先は、ワラビの茂みのあいだに延びる細い道を歩いていく。あたりにはまだ霧がたちこめていて、吹き抜ける風が時折作る切れ間に、狩場の荒野がぼんやりと浮かびあがるだけだった。

「今日は、あまり成果は出せなさそうですね」王妃陛下が振り返って言った。「こんな霧の中で、どうやって鳥を見つけるつもりかしら？　それに銃声が聞こえないわね。問題が起きていなければいいのですが」王妃陛下はレディ・アインスリーと並んで先を歩き、わたしたちはそのあとに続いた。

「王妃さまは陛下のことを本当に気にかけていらっしゃるのね」レディ・マーチモントが、レディ・ピーブルズに顔を寄せて囁いた。「あれほど愛し合っているご夫婦を見たことがある？」

「本当は陛下のお兄さまと結婚されるはずだったというのにね」レディ・ピーブルズが応じた。「ずいぶん早くお気持ちの整理がついたものだわ」

「あら、あなただって王妃さまの立場だったらそうしていたでしょう？」レディ・マーチモントが鋭く言い返した。

わたしはふたりの会話が聞こえるくらい近くにいたので、振り返って言った。

「その話は聞いたことがあります。クラレンス公爵でしたよね？　なにがあったんですか？　彼は亡くなったんでしょう？」

「結婚式の直前に」

「お気の毒に」

「いいえ、そうじゃないのよ」レディ・ピーブルズが答えた。「だれにとっても喜ばしいことだったの。イギリスにとっては大いなる恵みだったのよ。彼はとんでもない国王になっていたでしょう——モラルというもののかけらもない人だったから。本当にふしだらで、王家の恥だったわ」

レディ・マーチモントがうなずいた。「男娼館にまつわる醜聞があったわね」

レディ・ピーブルズはそのような話題を純情なわたしの前で持ち出すべきではないと言わんばかりに、レディ・マーチモントに目配せをした。

「彼女は、そういったことをなにひとつ知らないかもしれないわね」レディ・マーチモント手をひらひらさせながら言った。「わたくしがあなたくらいの年だった頃は、知らなかったわ。そんな人間が存在するなんて考えもしなかった。だれかが、わたくしの求婚者のひとりを〝パンジー・ボーイ〟（ゲイの男性のこと）って呼んだときには、てっきり園芸が趣味なのかと思ったものよ」

わたしもいっしょになって笑った。

「それじゃあ、クラレンス公爵は本当に同性愛者だったんですか？」

「両刀遣いだったんじゃないかしら」レディ・マーチモントが答えた。「メイドに何度も手を出したというし、娼家を訪れていたといううわさもあったから……」

「切り裂きジャックは彼だったという話も聞いたわ」レディ・ピーブルズは蔑むように鼻を鳴らした。「そんな話は、まったくの論外ですけれどね」

「でも、売春婦のうわさは本当なんじゃないかしら。麻薬やお酒にまつわる話もあったわね。王妃さまはとても運がよかったと思うわ。彼と結婚していたら、さぞ大変な思いをなさったでしょうね。ジョージ国王は退屈な人だけれど、少なくとも信頼はできるもの。それに王妃さまを深く愛していらっしゃるし。イギリスは安泰よ」

「クラレンス公爵はどうして亡くなったんですか?」わたしは尋ねた。

「インフルエンザよ」レディ・ピーブルズが短く答えた。「一九一八年の大流行と同じくらいひどかったわ。あの頃はわたくしも若かったからよく覚えているの。あの年に社交界デビューするはずだったのだけれど、両親が次の年に延ばしたのよ。家族を町に連れ出す危険を冒したくなくて。あれほどがっかりしたことはなかったわ。ただのインフルエンザにどうしてあんなに大騒ぎするのかわからなかった。もちろんいまでは、インフルエンザが簡単な病気じゃないことは、みんな知っているけれど」

「実は亡くなってはいないといううわさを聞いたわ」レディ・マーチモントが声を潜めた。

「精神病院に閉じこめられているという話よ」

「くだらないたわごとよ」レディ・ピーブルズがぴしゃりと言った。「わたくしの父は実際にお葬式に参列したのよ。王妃さまの耳にそんな妙なうわさ話が入らないようにしてちょうだいね」

前方から犬の鳴き声が聞こえて、彼女は口をつぐんだ。

「あそこにいるようね」王妃陛下は、わたしたちを振り返って満足げにうなずくと、足を速めた。その年にしては、王妃さまの足取りは驚くほどしっかりしている。「わたくしたちに気づいたようね」そう言い足したのは、何者かがこちらに近づいてくるのが見えたからだ。その男性はかなりのスピードで走っていて、危うくぶつかりそうになったところを見ると、わたしたちに気づいていなかったことは明らかだ。だれかがそこにいるかもしれないとすら思っていなかったようだ。

「ああ、王妃陛下」走っていたことと決まり悪さのせいで、彼の顔は赤らんでいる。「気づきませんでした。まさかここで……」

「かまいませんよ、ジャック。なにをそんなに急いでいるのです？」

「医者と警察を呼びにいくところです」荒い息の合間に彼は言った。「恐ろしいアクシデントが起こりました。撃たれた人間がいるんです」

24

バルモラルの地所
八月二〇日

レディ・ピーブルズは取り乱した。

「王妃さまをいますぐお城にお連れしなくてはいけません」

「少しくらい血を見たところで、わたくしは卒倒したりはしませんよ、ブランシェ」王妃陛下が言った。「ですが、いったいなにがあったのです？　撃たれたのはだれですか？」

「よくわからないのです、陛下。若い男性です」

「怪我はひどいのですか？」

「見るかぎりはかなり」

「車で城に連れて帰ってはどうですか？　近くに置いてあります」

「動かせないのだと思います、陛下。それができるなら、ワゴン車で連れ帰っていたはずですから。そうする代わりに、わたしが医者と警察を呼びに行くようにと命じられたのです」

「そういうことなら、わたくしたちの車でいっしょに戻りましょう」陛下が言った。「ここに留まっていても邪魔になるだけです。救急車の行く手をふさぐようなことはしたくありません」レディ・ピーブルズは近づいて王妃さまの腕を取ろうとしたが、直前で思い直したらしかった。

わたしは王妃さまたちから離れ、霧のなかの小道を奥へと進んでいった。妙な胸騒ぎがした。若い男性が撃たれた。ダーシーが狩りに同行していたかどうかすら知らなかったにもかかわらず、気がつけば〝ダーシーじゃありませんように。ダーシーじゃありませんように〟と祈っていた。ヒースの茂みや岩やウサギ穴に足を取られながら、走る。霧の向こうにぼんやりした人影が見えてきたが、ぞっとするような沈黙に包まれているのがわかった。どこかでヒバリが鳴いている。

そのとき霧が切れて、一行の姿が見えた。まるで活人画のように、身動きひとつせずその場に立ちつくしている。中央には銃を手にしたままの国王がいて、それを囲むようにして三人の息子たち――皇太子、ヨーク公、ジョージ王子――と義理の娘であるヨーク公夫人が立ち、片側には脇役たちが並ぶ。少し離れたところには、獲物の入った袋と予備の銃を持った使用人たちと犬がいた。犬たちはわたしの姿を見ると、引き綱を引っ張りながら吠えはじめた。そこにいる全員が困惑したような表情を浮かべている。活人画の向こうの地面に横たわる人影が見えた。かたわらに膝をついてしゃがみこんでいる人間がふたりいる。

「そこにいるのはだれだ？」国王陛下の声が響いた。

「ジョージーのようだ」だれかが言った。皇太子だろう。

「ジョージー？」

「ビンキーの妹ですよ、ラノク城の」

わたしは、丘を駆けあがってきたせいでいくらか息を切らしながら一行に近づいた。

「ごきげんよう、陛下」わたしは会釈をした。「王妃さまが陛下のご様子を見にいらしたのですが、医者を呼びに行った使用人と会って、いっしょに車で戻られました」

「残念だがもう医者は必要ない」国王陛下は感情を表わさないようにしながら、歯切れのいい声で言った。

「いったいだれなんです？」心臓の鼓動があまりに激しくて、息ができないほどだった。

「きみのところに滞在している若者だと思う」皇太子が言った。「恐ろしいことだ。わたしなら見ないようにするね。気持ちのいい光景ではない」

わたしは、地面の上のもうひとつの活人画に視線を向けた。そちらに近づいていく途中で、母がいることに気づいた。マックスの腕にしがみついていたが、わたしを見ると駆け寄ってきた。

「なんて恐ろしいことかしら。かわいそうに。あんなにハンサムなのに。こんな怖いことが起きるなんて信じられないわ。からだが震えて仕方がないのに、ブランデーを勧めてくれる人もいないのよ。早く連れて帰ってくれるといいのだけれど。いまにも失神しそう」

「お母さまは雄牛のように丈夫よ。ちゃんと切り抜けられるわ」

「まったくかわいげのない娘だこと」母はわざとらしくため息をついた。「マックス、わたしが失神したら、抱き留めてくれるでしょう？」

「わたしはなにをすればいいのだい、かわいい人《リブシエン》？」

マックスが訊き返した。〝失神〟という言葉は彼の英語の語彙《ごい》には含まれていないようだ。おそらく〝抱き留める〟も。

自分の目で確かめるつもりで、わたしは母の脇を通り過ぎた。そこにはヒューゴ・ビーズリー＝ボトムが横たわっていた。驚愕の表情で空を見あげている。まわりには大量の血が飛び散っていた。かたわらで膝をついていたのはダーシーと、灰色の小さなひげをきれいに刈りこんだ年配の男性だ。わたしに気づいたダーシーが即座に立ちあがった。

「ここでなにをしているんだ？」彼が尋ねた。

「王妃さまを訪ねてきたの。いったいなにがあったの？」

長いあいだしゃがんでいたせいか、年配の男性がどこかぎこちない様子で立ちあがった。長身で軍人のような物腰だ。

「だから、こんな天気の日に狩りに行くべきではないと言ったのだ。霧が立ちこめているあいだは危険すぎる。この若い愚か者は、ふらふらと銃の前に出てしまったのだろう。基本的なルールも知らない新参者を連れてくると、こういうことが起きるのだ。きみはこの若者の知り合いかね？」

「彼はラノク城に滞在していました」わたしはヒューゴを見つめ、同情と嫌悪感を覚えながら答えた。「でもそれ以前に会ったことはありません」

「わたしもほんの数週間前に知り合ったばかりだ。二、三度、わたしの家を訪ねてきた。どうも娘に熱をあげていたらしい」彼はわたしに近づいてきて言った。「わたしはパジェット少佐だ。以前にもきみとは会ったことがある。きみの家族とは何年も前からの知り合いだよ。隣人だ」

「ええ、存じています。ジョージアナ・ラノクです」

「こちらの若者を知っているのかね？」ダーシーを示しながら尋ねる。

「はい」ダーシーとわたしの目が合った。「こんにちは、ダーシー」

「昔、彼の父上とは友人だった。素晴らしい競走馬を何頭も持っていた」

「昔の話です」ダーシーが言った。「いまは貧困者の仲間入りをしていますよ」

「みんなそうだろう？」パジェット少佐の声には苦々しげな響きがあった。「みんなそうだろう？　近頃は、それこそパンの耳で生きていかねばならない。ひどい時代ではないか？」

「ジョージーはここにいてはいけない」ダーシーが言った。「女性にはふさわしくない。ぼくが彼女を城まで連れて帰ろう」

ほかの人が平気ならわたしだって死体を見ても大丈夫だと反論しかけて、ダーシーの表情に気づいた。なにかわたしに話したいことがあるらしい。

「いい考えだ」パジェット少佐が言った。「ご婦人方をまず車に乗せよう。だがわれわれ男性陣は、地元の巡査が来るまでここに残るべきだろう。彼になにかできるとは思えないが

──ちゃんとした男だが、あまり頭はよくない──とにかく、いまは正しいことをするべきだ。事故死であることを正式に認めてもらう必要がある」

わたしは、ついに死人が出たという事実をようやく理解しはじめていた。この数日間というもの、一歩間違えば死ぬようなアクシデントがいくつか続いていたが、今度こそ人が死んだのだ。もちろん今回も事故だった可能性はある。このような天候では、集団からはぐれ、霧のなかで方向を失い、射線に迷いこんで誤射されることはないとは言えない。だがアクシデントが多すぎた。それになぜヒューゴだったのかがまったくわからない。わたしたちの一員でもなければ、これまで会ったこともないというのに。

「わかったわ」わたしは答えた。「ここにいても、なんの役にも立たないでしょうしね。みんなが帰ってくるまでにお茶の準備をしているほうが、よほど有意義ね」

ダーシーはわたしの腕を取り、その場から遠ざかった。

「おかしなことが起きている。ヒューゴ・ビーズリー＝ボトムは、ぼくたちからはぐれて前に出ていたわけじゃないんだ。彼が横のほうにいるのを見たよ。皇太子の隣に」

血の気が引いただけでなく、驚きのあまり、あんぐりと口が開いた。

「それで説明がつくわ。そうじゃない？　だれかが皇太子を狙って、間違ってヒューゴを撃ってしまったのよ。それともヒューゴを皇太子だと思ったのかもしれない。どちらも金髪だし、同じような格好をしているもの」

ダーシーは妙な顔でわたしを見た。「あまり驚いていないようだな」

「いずれはこういうことが起きると思っていたわ」足を止め、彼に向き直った。「あなたがわたしと接触することになっていた人なんでしょう?」

「接触? かわいい人、ぼくはいつだって、きみとあらゆる形の接触をしたいとは思っているが、正直に言ってきみがなんの話をしているのかさっぱりわからない」

「あなたじゃないのなら、いったいだれなの?」思わず口がすべった。わたしはスパイにはなれそうもない。脅されれば、喋ってはいけないことまで喋ってしまうだろう。

「きみの頭がどうかしたのかと思ってしまう前に、説明してくれないか?」

「つまりあなたは、サー・ジェレミーに言われてここに来たわけじゃないっていうことね?」

ダーシーは警戒しているような顔になった。

「知りたければ言うが、ぼくがここに来たのはきみが来るかもしれないと思ったからだ。それにパウロと友人たちがいれば、ただで寝泊まりできて、食事にもありつけることがわかっていたからね。きみも知っているとおり、ぼくはただで食事できる機会があれば絶対に逃さない。それから、ベッドを提供されたときも」ダーシーはいたずらっぽく笑った。「それにぼくが知っているサー・ジェレミーは、内務省のどこかのつまらない部署の長官だ」彼はわたしの表情を読み取って言った。「そいつなのか? きみはぼくのことを、役人の手先かなにかだと思っていたのか?」

ダーシーは手を伸ばし、そっとわたしの腕に触れた。こんな状況であるにもかかわらず、わたしはその感触にどきりとした。

「ジョージー、いったいどういうことなんだ？　何者かが皇太子を殺そうとしていることを知っていたというのかい？」

「ごめんなさい、なにも話せない。秘密を守るって誓ったの」

「ぼくを信用していないのか？」ダーシーの手が離れた。「ぼくは国王陛下と王妃陛下のために銃弾を受けた。それなのにぼくを信用できないと？」

「もちろん信じているわ。ただサー・ジェレミーから、だれにも話すなって言われているの。バルモラルにいる秘密捜査官が接触してくるからって」

「その秘密捜査官がぼくだと思ったんだな？」

うなずいた。

「がっかりさせてすまない。サー・ジェレミーは、狂気にかられた暗殺者から皇太子を守れときみに頼んだのかい？　いったいきみは、どんな訓練を受けているというんだ？」

「そうじゃないわ。よく観察していてほしいと頼まれただけよ。それに皇太子だけでもない。サー・ジェレミーは、何者かが王位継承者を殺そうとしているんじゃないかって考えている。この目で見たいまとなっては、わたしも同じように考えざるを得ないわね」

「だがどうしてきみにそんなことを？」

「外部の人間じゃなくて、わたしたちのうちのだれかの仕業に違いないってサー・ジェレミーが考えているから。わたしなら、内部から観察できるでしょう？」

「なるほどね。それで、ここまでのところなにがわかった？」

「いままでは、どれも単なる事故にしか見えなかったの。意図的に行われたものだとは言えなかった。ビンキーが罠に足をはさまれたこと、ベイブの頭に水洗タンクが落ちてきたこと……」

「その話は彼女の夫から聞いたよ。ものすごく怒っていた」

「自分の妻が空飛ぶ水洗タンクに殺されそうになったら、だれだって怒ると思わない？」

「確かにいい死に方とは言えないな。だが彼女はまたきっとトイレを流せるようになると思うよ」

「笑いごとじゃないのよ、ダーシー」彼の手をぴしゃりとやろうとして思い直した。「ほかの事故のパターンと一致している」

「ほかにはどんな事故があったんだい？」

「わたしがジークフリート王子と山をのぼっていたとき、ロープが切れて――」

「なんだって？」

くわしく話した。「そのロープは故意に切れ目を入れられていたというんだね？」その口調はもうふざけてはいなかった。顔が険しい。

「あのあとでロープを調べる時間はなかったから、故意に切れ目が入れられていたのかどうかはわからない。でもあのロープはバルモラルからジョージ王子が持ってきたものだし、広げて調べたときには問題はなかったってジークフリート王子が言っていたわ」

「それじゃあ、何者かがきみかジークフリート王子の命を狙っているということかい？　ぼくならどっちを選ぶかは決まっているが」ダーシーの言葉にわたしは小さく笑った。

「ジョージ王子がターゲットだったんじゃないかと思うの。ロープを持ってきたのは彼だし、ベイブの上に落ちてきた水洗タンクも、彼が使っているバスルームだったのよ」

「なるほど」ダーシーとわたしは黙ったまま、並んで歩いた。「きみが接触すべき相手というのはいったいだれなんだろう」やがて彼が口を開いた。「サー・ジェレミーは、ぼくが思っていたほど退屈な男ではないらしいな」

「この狩りにはだれが参加しているのか教えてもらえる？」

「国王陛下と三人の息子。ヨーク公夫人。きみの母上とその友人の太ったドイツ人。ジークフリート王子。パジェット少佐と、陛下の侍従だろうと思われる年配の男性がふたり。あとは外部の人間だ。ガッシー、ぼく、ヒューゴ、きみの毛深いふたりのいとこ——ああ、アールとかいうあのアメリカ人も、若いオーストリア人の伯爵といっしょに姿を見せたよ」

「フリッツィね。アールが来ていたなんて意外だわ。てっきりベイブに付き添っていると思っていたのに」

「国王陛下といっしょに狩りをするチャンスを逃すわけにはいかないと言っていたよ。アメリカに戻ったら、死ぬまでその話ができるからね」

「そうでしょうね」わたしはすでにあれこれと考えを巡らせていた。ベイブが入院中だというのに、そこまで狩りがしたいものなの？　愛情深い夫の態度とは思えない。まったく見当違いだったという可能性はあるかしら？　アールが妻の頭に水洗タンクが落ちるように細工をして、ヒューゴがそれを目撃したとか？　ヒューゴに脅迫ができないとは思わない。彼の死は、王位継承順位とは無関係なのかもしれない。

　荒れ地の端に最初の車が到着した。ダーシーはわたしの腕に手を乗せ、自分のほうを向かせた。

「いいかい、ジョージー、今回の一件はどうも気に入らない。きみには一切関わってほしくないんだ。切れたロープのターゲットがきみではなかったことを願っているが、その可能性を排除することはできない。きみも王位継承者のひとりなんだ」

「三四番目よ、ダーシー。だれかが国王になりたいと思ったら、わたしの前にいる大勢の人を殺さなくてはならないわ。一番目の人にたどりつく前に、捕まるはずよ」

　ダーシーはそれでも眉間に皺を寄せている。「いったいどんな動機があるんだろう。自分と王座のあいだに立ちはだかる人間すべてを殺せば、国王になれるなどと本気で考える人間がいるとは思えない。ウィンザー家か王家全般に恨みでもあるんじゃないだろうか。国王が赦免できたのに、しなかったとか？」

「一理あるわね。でもひとつ忘れていることがある。犯人は、わたしたちの知り合いのだれかに違いないっていうことよ。外部の人間がラノク城をうろついていたら、きっと見つかっていただろうし、ここにも近づけないはずでしょう？　地所は塀で囲われているんだし、きっとだれかに見つかっていたはずよ」

「そうともかぎらない。地所に入るのはそれほど難しいことじゃない。荒れ地をくだった先には身を隠せる森林があるし、今日はこの霧だ。近づいて、だれかを撃つことだってできただろう」

「ヒューゴはどこを撃たれたの？」

「背中と首だ。ぼくはあとから駆けつけたんだが、パジェットがそう言っていた」

「ライチョウ用の銃で人を殺せるものかしら。あんな小さな散弾では、人間は死なないんじゃない？」

「一発でも急所に当たれば死ぬだろう。例えば、首の動脈とか。あたりは血の海だったよ」

「それじゃあ、散弾銃で撃たれたのか、それとも普通の銃で撃たれたのかはわかる？」

ダーシーは首を振った。「ぼくたちが見たときには彼はすでに死んでいたから、触らないようにしたんだ。警察が来るまで、現場を荒らしたくなかった」

「それなら、ライチョウ用の銃を持ったグループのだれかなのか、それとも違う銃を使った外部の人間なのか、いずれはわかるっていうことね」

「きみは警察官にでもなるつもりかい？」つかの間、ダーシーの目が愉快そうに躍った。「きみのような育ちのいい上品な娘さんは、銃の話をするだけで気が遠くなるはずだけれどね」

「ばかばかしいったら。あなただってわかっているはずよ。世界大戦のとき、育ちのいい上品な娘たちは志願して看護婦になり、想像もできないような恐ろしいものを見ても、気が遠くなんてならなかったわ」

「確かにそうだ。だがとにかく、この件にはこれ以上首をつっこんだりせずに、家でおとなしくしていてくれたほうが、ぼくはずっと安心だ。少なくとも今後は警察の捜査が行われるはずだからね。なにかぼくたちが気づいていなかったことが明らかになるかもしれない。勢子のひとりに動機があるとか」

「勢子が撃ったのなら、ヒューゴは背中じゃなくて胸を撃たれていたはずよ」わたしは指摘した。

「ぼくの言いたいことはわかるだろう？　だれかが王家の人間を傷つける目的で、潜りこんだのかもしれないっていうことだ」

「使用人の身元調査は念入りに行ったけれど、なにも出てこなかったってサー・ジェレミーは言っていたわ。身内の人間の仕業に違いないって」

ダーシーは首を振った。「ぼくたちはほぼ一列に並んで立っていた。前には勢子たちが、うしろには犬を連れた狩猟案内人たちがいた。そんななかで、いったいだれが人を殺そうとするというんだ？　それにぼくがよく知らないのは、あのアメリカ人とオーストリアの伯爵だけだった」

「だれかがいなくなったら、気がついたと思う？」

ダーシーは首を振った。「気づかなかっただろう。次のライチョウが現れるのを息を潜めて待っているときに、あたりを見回したりはしないものだ」

わたしたちは車の列にたどり着いた。ダーシーがわたしの手を取って言った。

「きみは城に帰るんだ。ぼくは警察が来るまで、狩りのグループといっしょにいなくてはならない。それからジョージー、ひとりになってはいけないよ。王妃さまやほかの女性たちといっしょにいるんだ。いいね？　じきに警察が来る。あとは彼らに任せるんだ」

わたしたちは手を握ったまま、しばし見つめ合った。

「あなたに謝らなくてはいけないわ」わたしは言った。「あの夜のわたしのばかな間違いのことをサー・ウィリアムに伝えたのは、あなたに違いないって思っていたの」

ダーシーは顔を赤らめた。「いや、その、実はぼくだ」

「やっぱりそうだったのね」わたしは手を振り払おうとしたけれど、ダーシーがしっかり握って放さなかった。

「聞いてくれないか、ジョージー。彼に電話をかけたのは、これはとんでもない間違いだったと教えるためだ。万一、新聞記者の耳に入ったとき、活字にしないように命じてもらおうと思ったんだ。ぼくはきみを守ろうとしただけだ」

「なるほどね。それじゃあ、この件を利用してわたしをスコットランドに送りこみ、危険な仕事をやらせようだなんていう悪辣な計画に、あなたは関わっていないのね？」

「もちろんだ。誓ってもいい」

わたしたちは再び見つめ合った。「あなたは本当に、わたしのそばにいたくてスコットランドに来たの？」

ダーシーはにやりとした。「きみが近いうちにバルモラルに来ることはわかっていたからね。チャンスは逃さないようにしようと思った」

　癖のある乱れた黒い髪を風にそよがせているダーシーはなんて素敵なんだろうと、考えずにはいられなかった。その髪に指をからませてみたい。そして――わたしは当面の問題に無理やり意識を集中させた。

「もう行ったほうがいい」ダーシーが言った。「ぼくは本当はあの場を離れるべきじゃなかったんだ。彼らは現場を荒らしかねないからね。気をつけるんだよ、いいね？」ダーシーは身をかがめてわたしにキスをしようとした。

「ああ、よかった。あそこにいましたわ」女性の声が聞こえた。顔をあげると、ヨーク公夫人がわたしの母を連れて丘をおりてくるところだった。「わたくしたちを置いていかないでちょうだい」

　わたしたちは、ふたりが近づいてくるのを辛抱強く待った。

「お城に戻るところなのでしょう？」ヨーク公夫人が言葉を継いだ。「よかったこと。あなたのお母さまは気分が悪くなられているし、わたくしは娘たちのところに戻ってやらなければならないのです。うわさ話が耳に入る前に、わたくしの口から娘たちに話してやらなければなりません。エリザベスはとても繊細な子なのです。動転させたくありません」

　わたしはうなずいた。「少し前におふたりに会いましたわ。いっしょに馬に乗りに行きたいと、エリザベスから言われました」

「時間のあるときにそうしてくれれば、エリザベスはとても喜びます。マーガレットと馬丁の横でのんびりと馬を歩かせるばかりなので、かなり不満だったようですから。あの子は巧みに馬を乗りこなすのですよ」

「では、明日うかがいます。警察がまた来るかもしれませんから、エリザベスはお城にはいないほうがいいでしょうし」

ヨーク公夫人は驚いた顔になった。「警察？　なぜお城に警察が来るのです？」

「死人が出ましたから」

「ええ、それはわかっています。でも狩りでの事故です。あの若者にとっては、運の悪い悲しい事故でしたけれど、警察が口を出すようなことではありません」

ライチョウは飛んでいるところを撃つものだから、ヒューゴに空中浮遊の能力でもないかぎり誤射されるはずがないと言おうとしたが、ダーシーが目配せをしたので口をつぐんだ。運転手がやってきて、後部座席に乗りこむヨーク公夫人に手を貸した。母がその隣に乗った。わたしもそのあとに続きながら、ダーシーを振り返った。

「気をつけるんだ」彼が言った。

25

バルモラル城、のちにラノク城脇の湖
八月二〇日

その日の午後、わたしたちはバルモラル城の居間で静かにお茶を飲んでいた。男性たちは、今日の狩りがすっかり台無しになったと不満を漏らしながら戻ってきた。いったいだれが、狩りのルールすら知らない若者を連れてきたのだと文句を言っている。その中にダーシーがいないことに気づいた。パジェット少佐とアールとフリッツィもいない。そこにいる人たちの顔を眺めた。国王陛下と王妃陛下、ふたりの息子、友人たち、わたしのいとこたち、ジークフリート、ガッシー、母とマックス。このなかのだれかがヒューゴを撃ったはずがないし、わたしに接触してくるはずの公安課の人間でもありえない。

あんな悲劇があったあとでも、彼らの食欲が衰えることはないらしかった。低いテーブルには、いつものようにおいしそうな食べ物が並んでいる——バターを塗った熱々のクランペット、クリームとジャムを添えた温かいスコーン、焼きたてのショートブレッド、ダンディ

ーケーキ（アーモンドで飾ったフルーツケーキ）、ヴィクトリア・スポンジ（間にジャムをはさんだ二層のスポンジケーキ）。メイドがわたしたちのあいだを歩き回っては、カップに紅茶を注ぎ足していく。男性陣はいかにもおいしそうに口に運んでいた。どれもわたしの好物だったし、ここでお茶をするのは久しぶりだったにもかかわらず、ほんの二口、三口しか食べることができなかった。地元の警察がダーシーの言葉に耳を傾け、これが事故ではなく殺人である可能性を認めて、王家の人間にさらなる警護が必要だと考えてくれることを願うばかりだ。

　ダーシーが戻ってくるか、あるいは警察のほうでなにか進展があるかもしれないと思い、わたしはしばらく待っていた。地元の警察は今回の出来事に関わっている人たちを恐れはばかるあまり、事故死としてあっさり処理してしまう可能性がある。それに、本当に事故だったのかもしれない。少なくとも、アバディーンから捜査官を呼ぶことをダーシーが提案してくれていればいいのだけれど。

　居間によどむ息のつまるような空気が、わたしは不意に耐えられなくなった。いとまごいをし、ラノク城へと車で戻った——今回はゆっくり走った。またスピード狂のパウロに出くわすのはごめんだもの。湖に沿って延びる道路までやってくると桟橋に動きがあるのが見えたので、車を止めた。岸から数メートルの水上に数人を乗せた青いスピードボートが浮かんでいる。ベリンダとコンチータが埠頭に座っていた。コンチータはかなり大胆なホルタートップにショートパンツ、ベリンダもやはりショートパンツという格好だ。そろって裸足の爪先をぶらぶらと水に浸している。素晴らしく平和な光景だ。わたしはふたりに近づいた。

「楽しんでいる？」わたしは尋ねた。

「あら、ものすごく楽しんでいるわよ」ベリンダが天を仰いだ。「こんなにわくわくする一日を過ごしたことがないって、コンチータと意見が一致したところなの」

「機械の話しかしない男の人ほど退屈なものがある？」コンチータが言い添えた。「ダーシーとオーガスタスが、かわいそうな小さな鳥を撃ちに行ってしまったと思ったら、パウロとあのアメリカ人とロニーは、モーターだとかプロペラだとかなにか退屈なもののことばかり話しているのよ。お天気がよくなってくれて、本当にうれしかったわ。ベリンダとふたりで日光浴ができると思ったの。でもあの人たちったら、デッキチェアを持ってくるのを忘れたのよ」

「つまりは、またうんざりするような一日だったたっていうわけ」ベリンダが言った。「あなたはバルモラルで狩りに行ったの？」

「王妃陛下にご挨拶はしてきたけれど、狩りには行かなかった。行かなくてよかったわ。恐ろしい悲劇が起きたのよ。ヒューゴ・ビーズリー＝ボトムを覚えている？　彼が撃たれて死んだの」

「まあ」コンチータは胸の前で十字を切った。

「なんて恐ろしいこと。はっきり言って、彼はとんでもなく退屈だし、ちょっとしつこいところはあったけれど、死んでいいはずなんてない。だれに撃たれたの？」ベリンダが尋ねた。

「わからないのよ。霧のなかでふらりと前に出てしまい、誤射されたんじゃないかっていうことなんだけれど」

「ぞっとする」ベリンダは身震いした。「なんてバカな人かしら。ああいうところではほかの人たちといっしょにいなきゃいけないっていうことくらい、常識で考えればわかりそうなものじゃない？」

うなずいた。ベリンダはコンチータに言った。「ロニーはまだ知らないでしょうね」

「聞いたら、ほっとするんじゃないかしら」ずいぶんと無情なコンチータの言葉だった。「いつもじっとりと見つめてくる彼のことをうっとうしがっていたから。だいたい、彼は若すぎるでしょう？　若いツバメとつきあっていると思われるって、彼女は言っていたわ」

「ロニーはどこなの？」わたしは尋ねた。

ベリンダは頭で指し示した。「ボートの上よ。ほかにどこがあるっていうの？　彼女は男みたいに機械類をいじるのが好きなのね。それに、あのいまいましい代物を自分に操縦させてほしいって、パウロを丸めこもうとしているわ」

「操縦は上手なんじゃないかしら」わたしは言った。「彼女が飛行機を着陸させるところを見たじゃない？」

「さぞうまいでしょうね。でもパウロを知っているでしょう？　彼は新しい玩具を人に譲ったりはしないわ。たとえお金を出しているのが自分じゃなくても」

コンチータは立ちあがり、猫のような優雅な伸びをした。「ああ、もううんざりよ。部屋に戻って昼寝をするわ。モーターボートを走らせるのってわくわくするものだと思っていたのに、退屈なだけね。面白そうな男の人もいないし」

「ボートに、あの小柄なアメリカ人が乗っているじゃない」ベリンダが笑いながら言った。

「彼？　本物の女性を相手にしたら、なにをすればいいのかわからないんじゃないかしら。たとえ同じベッドにいたとしてもね。ダーシーならわかっているだろうけれど、彼はわたしに興味がないらしいわ」

「ガッシーがいるじゃないの」ダーシーが、その気満々のコンチータの誘いに乗ろうとしなかったことを知って、わたしはうれしくなった。「彼はお金持ちだし、決まった相手もいないわ」

「それじゃあ、あなたがつきあえばいいわ」コンチータは冷たく言い放った。「イギリス人って恋人としては最低だもの。ベッドのなかでもラグビーをしているみたいなんだから。ぞっとするような声を出すし、女も楽しみたいんだっていうことを考えようともしないの」彼女は思わせぶりに両手を水着の上で滑らせると、わたしたちに背を向けて歩きだした。

「ダーシーが誘いに応じなかったものだから、ふくれているのよ」ベリンダが言った。「今度こそ、彼を逃がしちゃだめよ、ジョージー。彼は本当にあなたに夢中なんだから。絶対そうよ。コンチータみたいな人からあれほどあからさまに誘われて、断る男の人はそういないわ。そのうえ彼女ときたら、いやになるくらいお金持ちなのに」

「わたしだって彼を逃がしたくないわよ。本当よ」さっきまでコンチータが座っていたところに腰をおろした。「あなたはまだパウロに夢中なの？」

ベリンダは肩をすくめ両足で水をぱしゃぱしゃと蹴った。

「夢中になったことはないと思うわ。欲望に我を忘れることはあっても。彼のセックスは素晴らしいし、あのスピードにもわくわくするけれどね」

彼女に疑念を伝えるべきかしら？　わたしはしばしためらった。けれど彼が恐ろしいスピードで車を飛ばしていたことは事実だ。「あのスピードには気をつけたほうがいいわ」わたしはようやくそう切りだした。「今朝、もう少しでぶつかるところだった」

「わかっている。彼は、道路を走る権利があるのは自分だけだと思っているのよ。たいていの男の人と同じで、ものすごく身勝手なの。でも奇妙なカトリック教徒的罪悪感も持っていて、ときどき、懺悔《ざんげ》に行かなくちゃなんて言うし、煉獄で何百年も過ごすことを心配したりもしているの。まったくおかしな人たちよね」

「それじゃあ、もう熱は冷めたっていうことね？」わたしは彼女に微笑みかけた。

「本当のことを言うと、わたしはあとまわしにされるのが嫌いなの。ここに来てからというもの、パウロったらわたしがいることすら忘れているわよ。もちろん夜は別だけれど。でも一日中働きづめだから、一回するだけのエネルギーしか残っていないの。それに、誕生日には婚約者のところに戻らなきゃいけないって言っているし」

「よかった」

「婚約者のところに帰ることが？」

「彼に夢中になっていなかったことが。あなたが傷つくところなんて見たくないもの」

「わたしのことは心配ないわ」ベリンダはわたしの膝を叩いた。「わたしはたくましいのよ、ジョージー。猫みたいに、いつだってちゃんと足で地面におり立つの。あなたのお母さんのようにね」

「あなたには、母みたいになってほしくないわ」

ベリンダは肩をすくめた。「それほど悪い人生じゃないと思うけれど。少なくとも、退屈だけはしていない。退屈ほど恐ろしいものはないわ。結婚したら、どこかの田舎の家に押しこめられて、薔薇を摘んだり、お茶の時間に子供たちが暗誦する得意の詩を聞いたりすることだけが一日の楽しみになるのかと思うと、ぞっとする」

「あなたはどこかのお金持ちと結婚しないとだめね。そうすればあちらこちらに家を持って、家から家へと飛びまわれるわ」

「そしてそれぞれの場所に愛人を持つのね」ベリンダは目を輝かせながら応じたが、わたしの背後の道路に視線を向けると、眉間に皺を寄せた。「地元の警察官が車を持っているなんて知らなかったわ。与えられるのは自転車だけだとばかり思っていた」

「彼は自転車しか持っていないはずよ」わたしは彼女の視線をたどった。「バルモラルの狩りの現場を検証しに来た、アバディーンの私服警察官じゃないかしら」

「それなら、どうしてバルモラルのほうから来たの？」

「あら、それはそうね。わたしと話をするために、ラノク城に行くところなのかもしれない。ここにいるって言っておいたほうがいいわね」

けれどわたしが立ちあがっているあいだに、パトカーは舗装された道路をはずれ、砂利道を桟橋へと走ってきた。降り立ったのはふたりの男性だ。どちらも私服警察官で、伝統に則り、ゴム引きのレインコートを着てトリルビー帽をかぶっている。どちらにも見覚えはなかった――地元の警察にお世話になったことがあるわけではないけれど。〝なにかご用ですか？〟と言いかけたとき、警察官のひとりが叫んだ。

「パウロ・ディ・マルティニ伯爵を探している。このへんにいるかどうか、あんたたち知らないか？」

〝あんたたち〟と呼ばれたことに、いささかむっとした。

「あの青いボートに乗っているわ」わたしは冷ややかに答えた。

「彼になんの用なの？」ベリンダが尋ねたが、ふたりは彼女がそこにいないかのようにその脇を通り過ぎていき、桟橋の突端からパウロの名を呼んで、ボートを岸につけるようにと身振りで示した。

「帰れ」パウロが怒鳴った。「いま取り込み中なんだ」

「ロンドン警視庁のマンソン刑事です」ひとりが叫び、身分証明書を見せた。「いますぐに話がしたいんです。あなたさえかまわなければ、サー」

「かまうね」パウロが言った。

「それではこう言い換えましょう、セニョール・ディ・マルティニ、捜査にご協力願えませんか」

ていたかもしれない。

「知ったことか」

「そういうことなら仕方ありません。パウロ・ディ・マルティニ、あなたを逮捕します」

「なんだって？　いったいなんの話だ？」

ロニーがエンジンをかけ、ボートを桟橋につけていなければ、このやりとりが延々と続いていたかもしれない。

「この茶番はいったいなんだ？」岸に降り立ったパウロが訊いた。

「パウロ・ディ・マルティニ、メイヴィス・ピューに対する故殺罪であなたを逮捕します」

パウロは面白がっているような顔になった。

「メイヴィス・ピューとは何者だ？　聞いたこともない」

ロニーは小さく叫ぶと、彼のあとを追って岸にあがった。

「あなただったのね、パウロ。あなたが彼女を轢き殺したんだわ。なんてひどい人なの。よくもそんなことができたものね」パウロにつめ寄って殴ろうとした。

パウロは身を守ろうとして両手をあげた。「だが、ぼくはそんな人間のことは知らない」当惑し、怯えているような表情に変わった。「どういうことなんだ？　ぼくは無実だ。ベリンダ、ぼくじゃないと言ってくれ。ぼくがだれかを殺したって？　ありえない」

「あなたはモーターバイクを持っていますね？　クロイドン飛行場のあなたの格納庫にあったモーターバイクです」

「ああ。だが……」

「そのモーターバイクから、若い女性が轢き逃げされて死亡した事件につながる決定的な証拠が見つかりました。タイヤとフレームに、彼女の毛髪と上着の繊維が残っていました。あらかじめ言っておきますが、おとなしくご同行いただきたいですね」彼は大きな手をパウロの腕に置いた。

「いやだ。これはなにかの間違いだ。ぼくは人を轢いたことなんてない。一度だってことがあります。あなたには黙秘権があり、供述は不利な証拠として使われるこ

「サー、あなたが本当に無実なら、いずれ明らかになるでしょう」彼はパウロを車へと連れていき、後部座席のドアを開けた。「乗ってください、サー」

「ベリンダ、ぼくを連れていかせないでくれ！」パウロが恐怖に満ちた顔をベリンダに向けたところで、ドアが閉まった。

ベリンダは呆然としている。「なんてことかしら、ジョージー。こんな恐ろしいことが起きるなんて。なにかしなくちゃ。こういうときどうすればいいか、あなたならわかるでしょう？　わたしになにができる？」

「ベリンダ、あなたも彼の運転を見ているはずよ。彼の仕業かもしれないとは思わない？あなたの家の近くで、わたしが彼に轢かれそうになったことを覚えているでしょう？」

「でも轢かなかった。違う？　そこが重要よ。彼はスピードを出すけれど、カーレーサー並みの反射神経の持ち主でもあるの。それにだれかを轢いて、そのまま逃げたりなんて絶対にしない。そんな人じゃない。彼は紳士よ」ベリンダが涙をこらえているのがわかった。彼女が冷静さを失い、取り乱したところを見るのは初めてだ。

「うちでお茶にしましょう」わたしは静かに言ったが、ベリンダは首を振った。

「だめよ、パウロが電話してくるかもしれないから、わたしは戻らなくちゃ」

「あなたが泊まっているところまで、わたしが送っていくわ」ロニーが言った。「わたしの車があるから。ディグビーがボートにカバーをかけておいてくれると思うわ。お願いね」驚きのあまりあんぐりと口を開けて隣に立ちつくしている若いアメリカ人に微笑かけた。

「わたしもいっしょに行きましょうか？」わたしは尋ねた。

ベリンダが答えるより先に足音が聞こえ、道路をこちらに向かって走ってくる人影が見えた。はっきり見えるくらいにまで近づくと、走るという行為にはあまり向いていない体型であることがわかった。ふっくらしていて、背が低くて、脚が短い。ゴドフリー・ビヴァリーだ。

「なんとまあ興奮しますね。あれは本物のパトカーですか？　一キロ離れたところからでも警察官なら見分けがつくと思っていたんですけれどね。私服警察官と呼ばれていますが、彼らは全員がおそろいのレインコートを着ていますよね。連れていかれたのは、本当にあのハンサムなイタリアの伯爵なんですか？　狩りでのアクシデントのことなんでしょう？」

「狩りですって？　なんのこと？」ロニーの声は鋭かった。

「なんとまあ、聞いていないんですか？　今日、バルモラルで誤射された人がいるんですよ。わたしもあのあたりをうろついていたんですが、いまは警察官だらけになっています」

「だれが死んだの？」ロニーが尋ねた。

「どこかの若者だそうですよ。聞いたことのない名前でした。ラノク城に滞在していたという話を聞きましたが。ヒューゴなんとかというそうですね、レディ・ジョージアナ？」

「嘘」ロニーが口を手で覆った。「ヒューゴなの？　なんてこと。彼はわたしに熱をあげていたけれど、わたしはつらく当たっていたの。ああ、わたしったらひどい女だわ」

「警察はそのことで伯爵を逮捕したんですよね？」ゴドフリーは目を丸くしている。「そしてわたしはその現場にいた。なんとまあ、素晴らしい」

「伯爵はそのことで逮捕されたわけじゃないわ」わたしは冷ややかに告げた。「警察は、それとは全然違うことで彼に協力してほしかったの。ロンドンで起きたちょっとしたことで。彼らは地元の警察ですらないのよ」

「なるほど。まあ、どちらでもいいことだ」

ロニーはベリンダに腕を回して言った。

「行きましょうか。もう一秒たりともここにはいられないわ」

「わたしはお城に戻らないと。失礼するわね」わたしは言った。

ゴドフリーがバルモラルのある方向をじっと見つめているあいだに、ロニーとベリンダは、風雨にさらされたロニーのモーリス・カウリーに歩み寄った。

「妙な話ですよ」ゴドフリーが言った。

「なにが？」

「銃が二丁。どうしてひとりの人間が銃を二丁も必要とするんです？」

26

コテージ、のちに湖畔
八月二〇日

城に戻ったわたしは車をガレージに入れ、正面の階段をのぼりかけたところで、祖父に会いに行こうと思い直した。いまわたしに必要なのは、信頼できて、なにがあっても動揺したりしない人だ。ここ数日、刺激的なことが多すぎた。シンプソン夫妻やいとこたちやフィグや様々な喧噪から離れて、コテージで祖父と静かな夕食をとるのもいいかもしれない。塀に囲まれた菜園の向こう側にコテージ群が見えてくると、自然と足が速まった。

祖父は家の外で紅茶を飲んでいるところだった。わたしが近づいてくるのを見て立ちあがる。

「まったく素晴らしいじゃないか。新鮮な空気、おいしいお茶。くたびれた肺がもうよくなっているのがわかるよ」

「よかったわ」

「ポットのお湯はまだ温かいぞ。お茶をどうかね？」

「ええ、喜んで」

祖父はしげしげとわたしを眺めた。「疲れているようだな。まさか、またなにかあったんじゃないだろうな？」

「恐ろしいことがあったの」すべてを祖父に説明した。「だれかが皇太子を狙ったんじゃないかと思うの。ふたりは隣り合って立っていたし、うしろから見たらとてもよく似ているのよ。ヒューゴを殺したいと思う人なんていないはずよ。王家とはまったく関係ないんですもの」

「事故じゃなかったとおまえは言い切れるのかね？」青と白の縞柄の安物の陶器のカップに熱いお茶を注いでいた祖父は顔をあげて訊いた。

「どうやったらヒューゴとライチョウを見間違えるっていうの？ 確かに霧は出ていたけれど、人間の姿くらい見分けがつかないはずがないわ。それにあれだけのことがあったあとだもの、故意に撃ったとしか思えないの。ダーシーも同じ意見よ」

「おや、彼もここにいるのか」祖父はいたずらっぽい笑みを浮かべた。「ふむ、おまえの気分も上向きになっていいはずだがな」

「こんなに恐ろしい状況じゃなかったら、きっとなっていたでしょうけれどね。わたしはしっかり観察していなきゃいけなかったのに、まだなにもしていないのよ。ただ死にかけただけで。公安課がだれかを送りこんでいるとしても、それがだれなのか全然わからない」紅茶をゆっくりと飲んだ。いつも飲んでいるものより甘くて、濃くて、ミルクが多めだったけれど、それがかえって心を落ち着かせてくれた。

「使用人のひとりに扮《ふん》していて、おまえと話をするチャンスがないのかもしれん。それに、警察が呼ばれたんだろう？」

うなずいた。

「スコットランドの警察がまったくの役立たずでないかぎり、なにか犯罪が行われていれば突き止めるはずだ。ありがたいことに、もうおまえの出る幕じゃない。バルモラルで起きたことだから、警察はかなり上の立場にいる人間をよこすだろう。おまえはその人間に会って、これまでのことを話すといい。そのあとの捜査は彼らに任せて、もう手を引くんだ」

「そうね、そうする」

「焼きたてのスコーンを食べるかね？」

「素敵。だれかが厨房から持ってきたの？」

「いいや。軍隊でも養えそうなほどの食料を運んでくれたが、スコーンは隣人からの差し入れだよ。おまえのばあやだ」

「本当に？　親切なのね」

「彼女の料理の腕前はなかなかだ。なにより料理が好きらしいな。今夜はミートパイを振舞ってくれることになっているんだ。外を散歩でもしないと、ぶくぶくと太ってしまうな」

そう言ってから、渋面を作った。「おまえがわしをここに呼んだのは、手を貸してほしかったからだろうが、わしにできることがあるとは思えんな」

「使用人と話をするというのはどう？　狩猟案内人と親しくなれるかもしれない」

祖父は悲しげに微笑んだ。「わしは見るからによそ者だ。スコットランドの狩猟案内人は、ロンドンから来た男と親しくはならないものだよ」

そのとおりだろうと思ったが、祖父はさらに言った。「だがさっきも言ったとおり、もうおまえに責任はない。あとは警察の仕事だ。ようやくといったところだが」

祖父の顔が輝いた。「そうだ、今夜の食事をいっしょにしないかね？」

「でも招待されていないわ」

「大勢のほうが楽しい」

「ばあやはおじいちゃんの気を引こうとしているのかもしれないわよ。邪魔者は歓迎されないんじゃないかしら」

「いいかい」祖父はにやりとした。「隣のミセス・ハギンズはずいぶん前からわしの気を引こうとしているが、わしはまだ罠にかかってはいない。違うか？　おまえもいっしょにおいで。彼女はおまえを見てきっと喜ぶよ。絶対だ」

祖父の言ったとおりだった。食事のあいだ中、ばあやはにこにこしていた。わたしは一度城に戻り、夕食はいらないと伝えてから、シンプルなシルクのドレスに着替えて戻ってきていた。少なくとも、ふたりの顔を見るまではシンプルなドレスだと自分では考えていた。

「なんとまあ、ここはバッキンガム宮殿じゃないんだぞ」祖父はばあやと顔を見合わせて笑った。

「コテージでは夕食のために着替えたりはしないんですよ。でもお嬢さまがそうしてくださって、とてもうれしいですよ。わたしがお嬢さまをきちんと育てたっていうことがわかりますしね」

「汚れたズボンを着替えただけよ」わたしは言った。「なにを作っているのか知らないけれど、すごくいいにおい」

お腹がいっぱいですっかり満足したわたしは、夕闇があたりを包み始める中を城に戻った。同じ部屋にわたしを愛してくれる人がふたりいたことは、おそらく生まれてはじめてだったと思う。玄関広間に足を踏み入れたとたん、ハミルトンがやってきて言った。

「ああ、お嬢さま。ついいましがた、お客さまがありました。ジ・オナラブル・ダーシー・オマーラです」

「どこにいるの？」いまにも物陰から姿を現すのではないかと思いながら、あたりを見回した。

「お帰りになりました。お嬢さまは外で食事をなさっていると申しましたら、待っていられないとおっしゃいまして」

「それはいつ頃？」

「半時間ほど前かと存じます、お嬢さま」

コテージでばあやと食事をしていることを伝えておかなかった自分を心で罵《ののし》りながら、忍耐力をかき集めてハミルトンにお礼を言った。それから再び城の外に出た。まず追いつけないだろうとわかってはいたが、運転手を呼んで車を持ってこさせ、夜の中を走りだした。

「ばかみたい」ひとりごとをつぶやく。「男の人を追いかけたりするものじゃないのに。だいたい、今頃彼はもう湖の向こう側にある家に戻っているはずよ」

湖に着いてみると、桟橋を歩いていく人影が見えた。車を止め、急いで降りる。

「ダーシー？」呼びかけた。

その声は丘にこだまし、夜の静けさの中に異様に大きく響いた。彼は自分の名前を呼ばれてぎょっとしたようだったが、わたしに気づくと満面の笑みを浮かべて近づいてきた。

「出かけていると聞いたよ。使用人たちはきみにふさわしくないと思って、ぼくを近づけないようにしていたんだろうか？　貴族の息子だと言えば、きみのところの執事にさげすんだような目で見られずにすんだかもしれないな」

わたしは笑って言った。「そうね、確かに彼は時々横柄な態度を取ることがあるわ。コテージで、昔のばあややや祖父といっしょに食事をしていたのよ」

わたしたちは見つめ合った。

「桟橋でなにをしていたの？」

「車はないし、今夜は借りられそうもなかったから、湖をボートで渡ってそこから歩いたんだ」

「ずいぶん遠かったでしょうに」

「きみが無事であることを確かめたかった」

「無事よ。ありがとう」

「よかった。いいかい、ジョージー、充分に気をつけてほしい。ぼくはしばらく留守にしなければならない」

「まあ」落胆していることがはっきりわかる口調だった。

「地元の警察はヒューゴの件の捜査をしないと思う。誤射ということにするようにパジェット少佐が説得したんだ。そうすれば、王室の人たちをこれ以上動揺させずにすむと言って。誤って撃ってしまったのが王家のだれかだったときのことを考えて、恥をかかせるようなリスクは冒せないと考えたんだろう。警察も、引き金を引いた人間を見つけてもなにも得られるものはないという意見だ」

「そう。じゃあ、また振りだしに戻ってしまったのね」

「捜査を進めようと考えてくれそうな人間に話をしてみるつもりだ。例えばサー・ジェレミーとか」ダーシーは、わたしがなにか言おうとしていることに気づいて言った。「心配しなくていい。きみが秘密を漏らしたことは話さないよ」

「そうしてくれるならうれしい。だれかがしなきゃいけないことだもの。ヒューゴの死体はどうなったの？　死因を特定するための検死はしないの？」

「するだろう。だがもし散弾のひとつが動脈に当たっていれば、あれは恐ろしい事故だったという結論を裏づけることになる。違うかい？」

「ええ、そうでしょうね」

「とにかくいまは、だれかがきちんとした捜査を始めてくれることを祈ろう」ダーシーが手を伸ばし、わたしの頬に触れた。「それまでは、頼むから危険なことはしないでほしい。山のぼりも狩りも危険な調査もだめだ。いいね」

「了解であります、サー」

ダーシーは笑い、頬に当てた手をそっと滑らせた。

「ぼくは行かなくてはいけない。駅に行くためのタクシーを呼んであるんだ。できるだけ早く帰ってくる」

うなずいた。頬に当てられた彼の手の感触に、なぜか泣きたくなった。ダーシーはわたしを抱き寄せると唇に激しいキスをした。

「これはほんの始まりだよ」唐突に顔を離して彼が言った。「続きは今度」

そう言い残すと桟橋を駆けていき、ボートに乗り移った。オールが水に当たる音が聞こえた。

27

ラノク城
一九三二年八月二一日

もう夜明けにバグパイプを吹く必要はないと奏者は言われたらしく、寝室のドアをノックする音で目が覚めたとき、あたりはすっかり明るくなっていた。マギーが紅茶を運んできたのだろうと思いながら、かすんだ目を開ける。そこに見えたのは白いエプロンをつけたマギーではなく、フロックコートだったので、あわてて体を起こした。ハミルトンだ。

「起こして申し訳ありません、お嬢さま。男性のお客さまがいらしています」

「男性？」祖父が来たときには、〝人物〟という言葉を使ったことを思い出した。ということは、今度の客は上流階級の人間だろう。

「はい、お嬢さま。名刺にはロンドンからいらしたサー・ジェレミー・ダンヴィルとありました。緊急のご用件だそうです」

「ありがとう、ハミルトン。モーニング・ルームにお通しして、すぐに行くと伝えてちょうでしょうか？」

「承知いたしました、お嬢さま」ハミルトンは小さくお辞儀をしてから部屋を出ていこうとしたが、振り返って言った。「これからも、夜明けに見知らぬ男性がしばしば尋ねてくるんだい」

「そうじゃないことを祈りましょう」わたしは笑いながら答えた。

顔を洗い、着替えて階下におりた。サー・ジェレミーは、いかにも夜行列車で来ましたといった様相だ。目の下には隈ができ、髪は最後に会ったときほど完璧に整えられてはいない。わたしが入っていくと、彼は優雅に立ちあがった。

「レディ・ジョージアナ。こんな朝早くからお邪魔してすみません。知らせを聞いてすぐに夜行列車に乗ったものですから」

「来てくださって本当によかったわ。朝食をいかがですか？　それとも内密に話ができるところに行ったほうがいいかしら？」

「コーヒーをいただけるとありがたいです。ですが、すぐに話をするべきだと思います。時間がないので」

コーヒーとトーストをビンキーの書斎に運ぶように言いつけてから、サー・ジェレミーを案内した。

「男性が銃で撃たれた事件のことはご存じですね、もちろん」

「わたしはその直後に現場にいました。これで、あなたの疑惑が立証できたということですよね？　何者かが皇太子を殺そうとして、誤ってヒューゴ・ビーズリー＝ボトムを撃ち殺してしまったんだわ」

「あなたはそう考えているんですか？」サー・ジェレミーは妙な顔になった。

「ほかにどう考えればいいんです？」

「BBはあなたと話をしましたか？　なにかに感づいたようなことを言っていませんでしたか？　彼はなにか重要なことを発見したせいで、何者かに殺されたのではないかとわたしは考えています」

「ヒューゴがなにか重要なことを？」

「それでは、彼はあなたになにも話していなかったのですね？　ラノク城にいれば、その機会もあるだろうと思っていたのですが」

「ちょっと待って」ようやくわかり始めた。「つまりあなたは、ヒューゴがわたしの連絡相手だったとおっしゃっているの？」

「もちろんです。てっきり彼はもうあなたと話をしているとばかり思っていました」

「なんてことかしら。ええ、何度か話しかけてきました。でも、なんていうか彼はすごくなれなれしくて。女好きの若者としか思えなかった。わたしとふたりきりになろうとしたのは――まったく別の目的があるんだとばかり思っていました」顔が赤くなるのがわかった。

サー・ジェレミーはため息をついた。「まったく〝なんてこと〟と言いたくなりますね。彼は軽薄な若者のイメージを強調しすぎるところがあった。正体を隠すには最適だと思っていたようです。〝だれもがぼくを、甘やかされて育った無害な愚か者だと思っている〟とよく言っていました」

「彼はなにか重要な発見をしたから、だれかに口を封じられたと考えているんですか？」

背筋がぞくりとした。犯人がヒューゴを殺したのなら、そしてヒューゴがわたしになにかを話したと思っていれば、わたしを殺すことだってなんとも思わないだろう。わたしがスパイとしてここに送りこまれたことを知っているのかしら？　あの切れたロープは、ジョージ王子やほかのだれかを狙ったものではなかったのかもしれないという疑念が湧き起こった。狙いはわたしだったのかもしれない。岩から突き出た小さな木にロープが引っかかっていなければ、わたしは今頃死んでいたはずだ。

ドアをノックする音がして、コーヒーと焼きたてのロールパンを載せたトレイを持ったメイドが入ってきた。

「オーブンから出したばかりなので、トーストよりはこちらのほうがお好きなのではないかと料理人が言っていました」サイドテーブルにトレイを置きながら言う。「お嬢さまが昔からロールパンをお好きだったことを覚えていたんですね」

「ありがとう」まぶたが熱くなった。安全であるはずの家と、安全な場所などどこにもないという事実――あきれるほどに対照的だった。

わたしはコーヒーを注ぎ、サー・ジェレミーは焼いたロールパンをひと口かじって満足そうにため息をついた。「ロンドンのサービス・アパートメントでの暮らしには、足りないものがずいぶんありますね。わたしの使用人はそれなりに料理をしますが、ゆで卵以上のものが食べたければクラブに行くしかない」

「ヒューゴの話に戻りますけれど、彼はいったいなにをつかんだのでしょう？　なにか聞いていらっしゃいます？」

彼は首を振った。「なにも。この夏はロンドンとスコットランドを何度か往復していましたが、手がかりをつかんだようなことはなにも言っていませんでした」

「残念だわ。さっきも言いましたけれど、わたしは彼が撃たれた直後に現場に着いたんです。狩りをしていた人たちも見ました。ヒューゴを撃つような人はだれもいませんでした。アメリカ人ひとりとオーストリアの伯爵を除けば、みんな知っている人ばかりでした」

サー・ジェレミーは丹念に口を拭った。「わたしは長きにわたる経験から、殺人者というのは自分の本性を隠すのが非常にうまいことを学びました。家族を大事にする夫と思われていた、残虐な連続殺人犯を何人か知っていますよ。妻でさえ、そう考えていた。ともあれ、現場にいた人たちのリストを入手しましたから、銃と指紋を照合するつもりです。割に合わない仕事ですが」

「散弾は銃とは照合できませんよね」わたしは言った。

「そのとおりです。ですがBBは散弾で殺されたのではありません」

「本当に？」

「ええ。犯人は狡猾ですよ、レディ・ジョージアナ。犯人はまず一発の弾丸でBBを倒し

――おそらくライフルだろうとわれわれは考えています――その後、近距離から散弾銃を発射しています。とどめを刺すためと、動脈に命中した散弾のせいで彼が命を落としたように見せかけるために」

「なんてことかしら。それじゃあ、ゴドフリー・ビヴァリーが言っていたのはそういうことだったのね」

「ゴドフリー・ビヴァリー？　あのゴシップ屋ですか？」

「ええ、彼もこのあたりに滞在しているんです。ひとりの人間が二丁の銃を必要としていたことを不思議がっていました。なにか目撃したのかもしれないわ」

「確認したほうがいいでしょうね。どこに滞在しているのかご存じですか？」

「近くの宿屋ということしかわかりません。でも見つけるのは難しくはないはずです。このあたりに宿屋は数えるほどしかありませんから」

「部下に探させましょう」

「あなたはとにかく、最近使われた形跡のあるライフルを探すことですわ」

「確かにあなたのおっしゃるとおりでしょうな」彼は皮肉っぽく言った。「犯人がそのへんにライフルを置きっぱなしにしているとは思えませんし、王室の方々の部屋の捜索令状を取るのは簡単ではないでしょうから」

わたしはコーヒーカップを持つ手を宙に浮かせたまま、彼を見つめた。

「まさか、王室の人間があんなことをしたなんて思っていませんよね？」

「現場にいたすべての人間に犯行に関与した可能性があると考えなければなりません。生まれがどうあろうと」

「ありえない」まるで女学生のような言葉遣いだと気づくより早く、わたしはつぶやいていた。感嘆したときに使える、もっと洗練された言葉を考えること、と頭のなかでメモを取った。

サー・ジェレミーはカップを置いて立ちあがった。

「もしよろしければ、ＢＢの部屋を拝見させていただきたいのですが」

「もちろんですわ。どうぞこちらへ。どの部屋を使っていたのかは知りませんが、使用人が教えてくれるはずです」

中央の階段へと彼を案内した。壁に飾られた剣や盾や紋章旗や牡鹿の頭を見て、彼は満足そうにうなずいている。「感傷的なものはひとつもありませんね」

「ええ、ラノク家の人間は代々大勢の人を殺してきましたから」

彼はからかうようにうっすらと笑みを浮かべた。

「あなたの親戚を第一容疑者として考えるべきでしょうかね？」

「無駄骨でしょうね。ビンキーは継承順位三二番目ですから。彼が三一人の人を殺すとは思えないし、なによりいまは足首をひどく痛めていますもの」彼の事故のことを説明した。

サー・ジェレミーは顔をしかめた。「その件がわれわれの捜査に関連しているとおっしゃるのですか？」

「まず間違いないと思っています。兄とお会いになったことがあるかどうか知りませんが、彼は悪意のない人好きのする人です。敵などいませんわ。兄がほかの人と違うところがあるとすれば、それは公爵で国王の親戚だということだけです」

「だがなにかに影響を及ぼすほど王座に近くはない。つまり、われわれが探すべきなのは、王家の血がいくらかでも流れている人間に恨みを抱いている人間ということですか？」

「そうかもしれません」

わたしは長い廊下の突き当たりまで彼を案内し、ドアを開けた。ラノク城のほかの部屋と同じく、開けたままの窓から風が吹きこんでいる。さわやかな朝で、かなりの速さで雲が空を流れていた。ヒューゴが几帳面な人間なのか、あるいはメイドが片付けに来たらしく、部屋着は羽根布団の上に広げられ、スリッパはベッドの足元に置かれている。整理ダンスの上には、銀のブラシとひげ剃り道具が並んでいた。だが、この部屋に滞在していた男の人となりを表すものはなにひとつ見当たらなかった。サー・ジェレミーは引き出しを開け、そして閉めた。

「なにもない」かがみこんで、ベッドの下をのぞく。「ここか」ブリーフケースを取り出すと、中身をベッドの上に空けた。『ホース・アンド・ハウンド』誌、列車の切符、小さなノート。サー・ジェレミーは期待に満ちた目でノートを開いたが、やがてうめいた。「これを見てください」

明らかになにかが書かれていたページが数枚、破り取られていた。残ったページは真っ白なままだ。

「先を越されたようですね」

わたしはまじまじと彼を見つめた。「だれかがこの部屋に入って、彼のノートを破いたとおっしゃりたいんじゃないでしょうね？」

「そのとおりに考えています」

「でもそんなの不可能よ。いまここにいるのは、シンプソン夫妻、ジークフリート王子、そしてわたしのふたりのいとこだけです。彼らのはずがありません」

「ジークフリート王子？　ルーマニアの？」

うなずいた。

「ご家族のご友人ですか？」

「王妃陛下がわたしと彼を結婚させたがっているんです」

「だがあなたにはその気がない？」

「まったく」

「ジークフリート王子を容疑者リストに載せてはいけない理由はなんですか？」

「彼は度胸もないし、無害な人ですもの」わたしはそう言いながらも、山での事故が起きたときジークフリートがその場にいたことを思い出していた。でも、自分で使うロープに細工をする理由があるかしら？

サー・ジェレミーは窓に近づいて外を見た。「かなり高い。だが外からこの部屋に入るのはまったくの不可能というわけじゃない。だれにも見られることなく、蔦を伝ってのぼることはできるでしょう」

彼の背後から外を見た。「高いわ。それに危険よ」

「この人物は平気で危険を冒しています。だれかを撃つのに最適のタイミングが来るのをじっと待ち、それから冷静に彼に近づいてとどめを刺しているくらいですから、かなり大胆不敵ですよ」

「そうね」わたしはまた身震いした。

わたしたちは部屋の捜索を続けたが、興味を引くようなものはなにもなかった。母親に宛てて書いた葉書が一枚あっただけだ。〝スコットランドで楽しいときを過ごしているよ。近いうちに会えるといいね〟

わたしは化粧台の上に葉書を戻した。

28

城主の秘密部屋、のちにバルモラル
八月二一日

　やがてサー・ジェレミーは、バルモラルでアバディーンシャー警察の人間と会う約束があると言っていとまごいをした。しばらくブレーマーの宿屋に滞在する予定なので、なにかあればそこに伝言を残しておいてくれればいいということだった。

「ですが、このあとは警察の仕事です」玄関まで見送ったわたしに言う。「指紋を取りますから、運がよければ凶器の銃が見つかるでしょう。王室の方々を警護するための人員も増やします」

　わたしはむなしさと恐怖を感じながら、遠ざかっていく彼の車を見つめていた。ダーシーがいてくれればよかったのに。近くのコテージに祖父がいるけれど、今回ばかりは祖父にもどうにもできない。バルモラルに入りこんで、王室の人間を殺そうとした犯人を見つけ出すのは祖父には不可能だ。

足を止め、よく考えてみた。だれかが王室の人間を殺そうとするところを、わたしは実際に見ている？　壊れた水洗タンクや切れたロープは、ジョージ王子を狙ったものだとはかぎらない。ヒューゴは、犯人にとって都合の悪いことに気づいたせいで殺されたのかもしれない。秘密にしておかなければならないようなことをしたのはだれかしら？　まず浮かんだのがパウロだった。彼は危険なことが好きだ。いまは、罪のないメイドだった娘を轢き殺した容疑で勾留されている。昨日、バルモラルから猛スピードで車を走らせていたことを思い出した。ヒューゴを射殺したあと、ラノク城に戻ってヒューゴのノートを手に入れ、それからボートに乗りこんだのかしら？　顔色ひとつ変えずに？

玄関から外に出て、公園を歩いた。ダマジカの群れがまだらにできた影の中に立っている。わたしの足音を聞きつけると、シカたちはさっと顔をあげ、逃げていった。跳ねるようにして遠ざかっていくシカたちを眺めながら、常に自分を狙う生き物を警戒しながら生きていくのはどんな感じだろうと考えてみた。いまのわたしはシカと同じだ。スコットランドに来てからの出来事を、頭で再生してみる。ヒューゴがわたしに話しかけてきたときのことを思い出すと、恥ずかしさで身もだえしそうになった。彼はわたしを秘密部屋に連れていこうとした――だれにも話を聞かれるおそれのない場所に。

ぴたりと足が止まった。城主の秘密部屋――彼があそこになにかを残している可能性はあるかしら？　家の中に駆け戻り、大広間を抜けて、その先にある薄暗い廊下にかかったタペストリーをめくる。壁の小さなドアを開けて踏み段をあがり、小さな丸い部屋に入った。背後でドアが閉まり、あたりが完全な闇に包まれたところで、ようやくここには電灯がないことを思い出した。突如として、殺人犯が待ちかまえているかもしれないというばかげた恐怖にかられた。転びそうになりながら、足で踏み段を探りつつおりる。ドアノブが見つからなくてドアを思い切り叩こうかと思ったところで、ようやく指先がなにかに触れた。タペストリーをめくって廊下に出たが、たまたまそこに居合わせたメイドを死ぬほど驚かせる結果になった。

「ああ、お嬢さま、驚かせないでください」メイドがあえぎながら言った。「そんなところにドアがあるなんて知りませんでした。ああ、驚いた」彼女は胸に手を当てて、しばらく壁にもたれていた。

「お茶を飲んでくるといいわ、ジンティ。ごめんなさいね。驚かせるつもりはなかったの」

彼女の姿が見えなくなると、わたしは蠟燭とマッチを探しに行った。悪天候のときにはしばしば停電になるようなところだから、見つけるのはそれほど難しくはなかった。ドアストッパーもいっしょに持ってきて、ドアが閉じないようにした。小部屋に入ると、蠟燭の明かりが石の壁に揺らめいた。もちろん、そこにはだれもいない。独房によく似た部屋で、壁に沿って石のベンチが作られ、天井はわたしの頭のすぐ上でアーチ状になっていた。壁には細い切れ込みが何本かあって、城主が向こう側にある部屋で交わされている会話を聞けるようになっている——おそらくは、何者かが彼の暗殺計画を立てていないかどうかを確かめるために。

パニックを起こしかけたことがばかばかしくなって部屋を出ようとしたとき、向こうの隅のベンチに地図が置いてあることに気づいた。手に取ってみると、王立自動車クラブ《RAC》発行のスコットランド中央部の道路地図だった。バルモラルを中心とする半径三〇キロほどの円が描かれ、「クレイグ・キャッスル？　グレンイーグルズ？　ドフク《Dofc》？」と書かれていた。最後の言葉は書きかけのようだ。

ゆらめく蠟燭の明かりのなかで、わたしはじっとその地図を見つめていた。この地図は、峡谷を探検したいと思った人間がもう何年も前にここに置いていったものなのかしら？　それともヒューゴがわたしのために残していったの？　ヒューゴだと考えるのは無理があるような気がしたけれど、ふと床に目を落とすと、しばらく掃除をしていないらしくほこりがたまっていて、そこにわたしより大きな足跡が残っていることに気づいた。新しい。最近、ここに入った男性がいる。

秘密部屋を出てタペストリーを元通りにしていると、ハミルトンが使用人の区画から現れた。わたしは地図に記されていた名前について尋ねた。

「クレイグ・キャッスル？　グレンイーグルズ？　ドフなんとか？　いえ、そのような地名を聞いたことはございません」

「それじゃあ、このあたりの地名ではないということ？」

「わたしが存じている町ではございません、お嬢さま」

これ以上どうすればいいのかわからなかった。サー・ジェレミーに伝えたほうがいいかもしれない。また車を使いたいと言ったら、フィグはどんな反応を示すだろうかと考えた。バルモラルへの往復にガソリンをずいぶん使っている。大広間に足を踏み入れると、朝食用の部屋から話し声が聞こえてきた。

「あの人たちは馬に乗りに行ったんだと思うわ」いらだっているようなフィグの声だった。

その言葉を聞いて、乗馬に連れていくとエリザベス王女に約束していたことを思い出した。もう一度バルモラルに行くにはこれ以上ない言い訳だ。これで、わかったことをサー・ジェレミーに伝えられる。二階に戻り、乗馬服に着替えると、ビンキーの書斎のお皿に残っていたロールパンを持って外に出た。

「わたしが運転させていただきますが、お嬢さま」キーを貸してほしいと言うと、運転手は不満げに言った。

「兄たちがあなたを必要とする場合に備えて、待機しているべきじゃないかしら」わたしは言葉巧みに告げた。「それに、自分で運転できるのはめったにない楽しみなの」

「わかりました、お嬢さま」

彼からキーを受け取り、車に乗りこんだ。中庭を出たところで、まだ祖父を訪ねていないことを思い出した。出発前に顔を出しておいたほうがいいかもしれない。王女と馬に乗るようなたわいないことをしているとわかれば、きっと安心してくれるだろう。そこでわたしはトチノキの木陰に車を置き、菜園を抜けてコテージを目指した。

素晴らしい考えを思いついたのは、サヤ豆の列を通り過ぎたときだった。思わず駆けだし、息を切らしながら祖父のコテージにたどり着いた。

「火事はどこだ？」祖父が尋ねた。

「火事？」

「まるで、地獄の犬に追いかけられているような勢いじゃないか。またなにかあったとか、言わんでくれよ」

「ちがうの。すごくいい考えを思いついたの。これから車でバルモラルに行くところなんだけれど、よかったらいっしょに行ってもらえないかと思って。運転手として」

祖父はしばしわたしを見つめたあと、どっと笑いだした。

「おまえの運転手？　そいつはわしの手に余るぞ。わしは運転ができん。一度も習ったことがない。ロンドンでの暮らしには必要もなかったしな」

「とにかくいっしょに来てほしいの。運転はわたしがする。貴族の人たちは、運転は自分でして、離れているあいだ車を見張らせるために運転手を連れていくことがよくあるのよ。ひさしのついた帽子を探してくるわ。おじいちゃんの言うとおり、なにも問題ないわよ《ボブズ・ユア・アンクル》」

祖父は小首をかしげてわたしを見つめていたが、やがてまた笑い声をあげた。

「おまえは本当に面白いよ。わしのような男がバルモラルで王家の人間や貴族と話ができるとでも思うのかい？」

「使用人と話をしてくれれば、わたしはとても助かるの。昨日の狩りについて、彼らからなにか話が聞き出せるかもしれない。使用人はゴシップが大好きだもの。それに、宮殿を訪ねるチャンスなんておじいちゃんはそうないでしょう？」

祖父の顔から笑みが消えた。「本気で言っているんだな？」

「そうよ。いっしょに来てほしいの。おじいちゃんがいてくれたら、安心だもの」

祖父は顔をしかめた。「またなにか妙なことが起きるんじゃないだろうな？　もしそうなら、あそこにはおまえを行かせたくない」

「エリザベス王女と乗馬をするのよ。危ないことなんてなにもない」

「よかろう。なにをぐずぐずしているんだ？　わしの帽子はどこにある？」

五分後、わたしたちの車は湖沿いを走っていた。桟橋に人気《ひとけ》はない。スピードボートを走らせるには風が強すぎるということもあるけれど、それよりも操縦者が逮捕され、おそらくロンドンで勾留されているからだろう。かわいそうなベリンダ、と心のなかでつぶやいたけれど考え直した。このあいだ彼女は、パウロに飽きているようなことを言っていた。彼女はどんなことだって切り抜けられる。きっとうしろを振り返ることすらなく、新しい人を見つけるだろう。

湖を過ぎると道路は山のなかをくねくねと曲がりながらのぼっていくので、運転に集中した。バルモラルの門番は、うんざりした様子でゲートを開けてくれた。

「出入りがずいぶんと多いんですよ」凜《りん》としたお辞儀をしながら彼は言った。「まるでラッシュ時のウェーバリー駅のようです。警察がまた来ていて、どこもかしこも警官だらけです」

その言葉どおり、さほど離れていないところでひとりの男性がわたしたちを監視しているのが見えた。サー・ジェレミーとダーシーがすでに行動を起こしたのがわかって、安堵のため息をつく。とりあえず、なんらかの捜査は行われているようだ。

　城の裏手に回り、馬小屋の近くの庭に車を止めた。祖父をそこに残し、王女たちのいる子供部屋に行くと、ふたりの少女は玩具の馬で遊んでいるところだった。エリザベスがうれしそうに立ちあがり、目を輝かせながら言った。

「来てくれたのね！　来てくれるといいなって、思っていたの」家庭教師に尋ねる。「馬に乗りに行ってもいいでしょう、クローフィー？」

　ヨーク公夫人にお伺いを立てると、あまり遠くまで行かないのならかまわないとお許しが出た。エリザベスは乗馬服に着替え、わたしだって上手に馬に乗れるのにと泣きながら訴えるマーガレットを子供部屋に残して、わたしたちはポニーに乗って出発した。乗馬にはうってつけのお天気だ。速足《トロット》が気持ちいい。

「もう少し速く走れない？」しばらくたったところでエリザベスが言った。「トロットってとても退屈なんだもの」

「いいわ。でも落ちないでね。わたしが怒られるわ」

「落ちたことなんてないもん」エリザベスはばかにしたように答えると、ポニーを駆足《キャンター》で走らせ始めた。わたしはそのうしろを走ったが、エリザベスは幼いながらも見事な乗り手であることがわかった。広々とした道を走り、森を抜け、荒れ地に出る。

「リリベット、スピードを落として」わたしは呼びかけた。「あまり遠くには行かないことになっているでしょう」

エリザベスは馬を止めてわたしが追いつくのを待った。

「ここって天国みたいじゃない？」どこまでも広がる丘と渓谷を見回しながらエリザベスが言う。「バルモラルは好きなの。普通でいられるもの」

「わたしはいつも普通よ。でも、あなたの言うことはよくわかるわ」

並んで馬を歩かせていく。

「お母さまは村のお店にも連れていってくれるの。お小遣いでお買い物をするのよ。一年中、ここにいられればいいのに」

「あなたのお父さまには国のための大切なお仕事があるのよ」

「王さまになるのがデイヴィッド叔父さままでよかった。お父さまは絶対いやだって言うわ。わたしもよ。わたしは大きくなったら農家の人と結婚して、動物をたくさん飼うの。馬や犬や牛や鶏を」彼女はわたしを見て尋ねた。「あなたはだれと結婚したいの？」

「あら、わからないわ」

「赤くなった。結婚したい人がいるのね。その人、ハンサム？」

「とても」

「その人の名前を教えてくれる？　秘密は守るって約束するから。そうしたらわたしも、友だちのハンサムな男の子の名前を教えてあげる」

ヒュンという奇妙な音が聞こえたので、エリザベスは言葉を切った。なにかがわたしたちをかすめていく。最初は蜂かと思った。けれどもう一度同じ音がし、直後に岩にあたる金属的な音を聞いて、なにが起きているのかを理解した。

「だれかがわたしたちを撃っている。全速力で走って」

「でもそんなの――」

「いいから。走るの。行って！」お尻を叩くと、エリザベスのポニーはロケットのように走りだした。それを見届けてからわたしも続く。彼女のポニーはかなうかぎりの速さで走っていたけれど、いかんせん小さな馬だったからその走りは悲しいくらいに遅い。いまにも背中に銃弾が命中するような気がしたが、やがて木立に入り、岩の向こう側に回りこんだところで、ここまでは弾も届かないだろうと気づいて足取りを緩めた。

「本当にだれかがわたしたちを撃っていたの？」エリザベスが目を丸くして尋ねた。

「間違いないわ。あの速さからして、銃弾だった。それに岩に当たる音も聞こえた」

「でもだれがそんなことをするの？」

「わからない。でも昨日、ほかにも撃たれた人がいるのよ」

「知っている。お母さまが話してくれたもの。その人はお利口じゃなかったからみんなからはぐれてしまったんだって。霧が出ていたから、ほかの人たちはその人が見えなかったんだって教えてくれた。でも今日は霧なんて出ていないし、ここはライチョウのいる荒れ地からは遠いのに」

「わたしたちを守ってくれる警察官が、地所のあちらこちらにいるはずよ。そのだれかに会えるといいのだけれど。来た道を戻るのは危険すぎるわ」

「あそこにおうちがある」エリザベスが斜面をくだった先にある、松の巨木に半分隠れた石造りの大きな灰色の建物を指差した。

「いい考えね。あそこに行って、お城に電話をかけられないかどうか訊いてみましょう」

わたしたちは再び馬を走らせ、白い門の外でおりた。

「だれが住んでいるのか知っている？」わたしは訊いた。

エリザベスは首を振った。「おじいさまの下で働いている人だと思う」

柵に馬を結わえつけた。

「長くなるんだったら、腹帯を緩めてあげなくちゃ。苦しいとかわいそうだもの」

「大丈夫よ。それほど長くはかからないから」

馬をそこに残し、短い砂利道を歩いて玄関に向かった。ノックをしようとしたとき、その家の名前に気づいた。

グレンイーグルズ。

29

グレンイーグルズ
八月二一日

ドアを開けたのは、かなりくたびれた緑色のシルクのワンピースを着た長身のほっそりした女性だった。灰白色の髪をひっつめにしているせいで、細長い顔がより長く見える。用心深くわたしを見て尋ねた。

「なにかご用ですか？」

彼女の視線がわたしを通り過ぎ、王女の上で止まった。

「王女さま！」

膝を曲げてお辞儀をしたあと、わたしがだれであるかを思い出そうとするかのように眉間に皺を寄せていたが、やがてその表情が緩んだ。

「レディ・ジョージアナですね？　長いあいだ、お見かけしていませんでした。いらしていただいて光栄です」

「今日はだれかを訪ねてきたわけではないんです。馬に乗っていたら、だれかがわたしたちに向かって銃を撃ってきたので、こちらにお邪魔させていただきました」

「あなたたちに向かって撃った？　銃を？　本当ですか？　昨日の気の毒な男性のように、誤って射線に入ってしまったわけではなくて？」

「違います。猟場からは離れていましたから、わたしたちを狙って撃ったとしか思えません」

「なんとまあ」彼女は息を呑んだ。「どうぞお入りください」彼女は、フードをかぶって銃を手にした男がそこに立っているのではないかというようにあたりを見回し、わたしたちが家の中に入ると急いでドアを閉めた。「よろしかったら、居間へどうぞ」

「まずはお城に電話をして、なにがあったかを話しておかなければいけません。こちらに電話はありますよね？」

「ええ、いつもなら」彼女は顔をしかめた。「ですが先日の嵐で樫《かし》の木が倒れたときに電話線が切れてしまって、修理してもらうのを待っているところなんです。それに夫と娘が二台ある車に乗っていってしまいましたし。ですが、ここでしたら安全です。夫がじきに帰ってきますから、そうしたらお城までお送りしますから」

彼女は広々としてはいるものの薄暗い居間にわたしたちを案内した。家具は上等だったが、どれも色あせている。「どうぞお座りください。メイドにお茶をいれさせます。王女さまは牛乳のほうがよろしいでしょうか？」

「ありがとう。牛乳をいただきます」こんな状況であっても、エリザベスは礼儀を忘れていなかった。

女性はメイドを呼びながら廊下に出ていった。わたしはエリザベスに顔を寄せて尋ねた。

「彼女はどなた？　知っている？」

エリザベスはうなずいた。「あの人の夫が、ここの地所の管理をしているんだと思う」

「パジェット少佐？」

「そうよ。いい人でしょう？　去年の夏、乗馬を教えてくれたの」

パジェット夫人が戻ってきたので、わたしたちは口をつぐんだ。

「すぐにお茶をお持ちします。それにしても恐ろしいこと。おふたりともお怪我はありませんか？」

「はい。幸い、エリザベス王女はとても乗馬がお上手なので。すぐに射程外に出ましたから」

「ありえないわ。こんなことが起きるなんて」パジェット夫人は首を振った。「それも地所のなかで。だれにも気づかれずに地所に入るなんてことができるものでしょうか？」

「その気になれば、難しいことではないと思います」わたしは答えた。

「外国の無政府主義者かしら？　ほかの国ではそういうこともあるようですけれど、イギリスは安全なはずなのに」夫人はそう言ってわたしを見つめた。悲しげな茶色い瞳はどこかコッカースパニエルに似ているけれど、あれほど生き生きと輝いてはいない。

「そうだといいのですけれど」

紅茶と牛乳が運ばれてきた。パジェット夫人は紅茶を注ぎ、オートケーキをわたしたちに勧めた。「うちの料理人は、地元の料理を作らせるとたいしたものなんですよ。オートケーキはこのあたりでも評判です」

食べようとしたけれど、まだ動揺が収まっていなかった。銃弾がわたしをかすめる音がいまも頭のなかで響いていたし、その弾がエリザベスの背中に命中する場面を想像せずにはいられなかった。考えただけで吐き気がした。

なにか会話の糸口になるものはないかと部屋のなかを見回すと、隅に置かれた小さな書物机の上に並べられた銀のフレームの写真立てに目が留まった。見事な口ひげを蓄え、勲章を山ほどつけた若き日のパジェット少佐が、ヴィクトリア女王の隣に立っている写真。エドワード七世といっしょに写っているもの。ポロのポニーにまたがっているもの。さっそうとした若者だったようだ。ロニーの写真もあった。トロフィーを手に飛行機の横に立つロニー。水着姿で海のなかで笑っているロニー。

「お子さんはロニーおひとりですか？」わたしは尋ねた。

「ええ。年を取ってから迎えた子です。子供を授からなかったんです。あの子を娘にできたときは奇跡のように思えました」

「ロニーは素晴らしい業績を残していますわ」

パジェット夫人の疲れたような悲しげな顔に笑みが浮かんだ。「ええ、本当に。何度もあの子の顔を見られて、今年はいい夏でした。いつもはスコットランドは退屈だと言って寄りつかないんですが、今年は夏のあいだ中、何度も行ったり来たりしていましてね。興味があったのはスピードボートで、わたしたちでないことはわかっていますけれど、それでもあの子に会えましたから。わたしたちは一年のほとんどを、ここでひっそりと暮らしているんです」彼女はまた悲しそうな表情になった。

「ヘスター、お茶をいれてもらえるか?」廊下から轟くような声が聞こえてきたかと思うと、パジェット少佐が入ってきた。わたしたちに気づいて、見るからにぎょっとしたような顔になった。「これはこれは。王女さま。レディ・ジョージアナ。いったいここでなにをなさっているのです?」

「おふたりは銃で狙われたの」パジェット夫人が説明した。「それでここに避難なさっているのだけれど、まだ電話が通じないからお城に連絡することができなかったのよ」

「銃で狙われた? 本当に?」少佐は顔をしかめた。「だが今日はどこでも狩りなどやっていないのに。それどころかどこもかしこもいまいましい警察官だらけで、あちこちうろついてはくだらない質問ばかりしている。妻はあなた方をちゃんともてなしたんだろうか?」

「ええ、ありがとうございます」

なんとも言いがたい表情で夫妻が目と目を見交わしたことに気づいた。

「それでは城にお送りしよう。早く戻らないと、ご両親が心配なさいますよ、王女さま」

「ポニーがいるの」エリザベスが断固として言った。「ここに残していくわけにはいかないわ」

「エリザベス王女を車で送ってください。わたしは馬でそのあとをついていきますから」

「承知した」少佐は笑顔で答えた。笑うといまでもハンサムだ。

わたしたちは何事もなく城に帰りついた。サー・ジェレミーは見当たらなかったが、パジェット少佐がキャンベル警部に会わせてくれた。警部はわたしの話を聞いて、不審そうに顔をしかめた。「考えすぎということはありませんか？　昨日のできごとを聞いて、想像をたくましくしすぎたとかいうことは？」

「絶対にありません」わたしは冷ややかに応じた。「どなたかをよこしてくだされば、弾が岩に当たったところをお見せしますわ。そうすればわたしの言っていることが、女のヒステリーでもなんでもないことがわかるでしょう。弾を回収できれば、それが昨日の殺人に使われたものと一致するかどうかも確かめられます」

「なんとまあ」かわいらしい子犬と思ったものが実は危険な狼だと気づいたような顔で、警部はわたしを見た。「よろしいでしょう。人員と車を手配します」

そういうわけで、わたしたちは同じ道筋をたどった。問題の岩を見つけ、銃弾が撥《は》ねた跡を指し示すことができたときにはほっとした。銃弾も見つかった。城に戻る車のなかは、当然のごとく重苦しい空気に包まれていて、警部も真剣な面持ちで、敬意と呼んでもいいような態度をわたしに示し、今度こそ〝レディ〟と呼ぶことを忘れなかった。

自分が正しかったことがわかるのはいいものだ。

あいにく、サー・ジェレミーの居場所をだれも知らなかった。彼が滞在しているブレーマーの宿屋に伝言を残してくれればいいと言われていたので、そうすることにした。廊下を歩いていると、昼食を知らせる鐘が鳴った。空腹だったけれど、王妃陛下とご友人たちに警察とのやりとりについて尋ねられるのは避けたかったから、そのまま玄関を出た。これ以上バルモラルでできることはない。祖父と車を探しに行こうとしたところで、バスケットを持ってこちらに近づいてくるレディ・ピーブルズに出会った。

「あら、ごきげんよう」彼女が言った。「いまの鐘は昼食の知らせかしら？」

「ええ、そうです」

「あらまあ。時間のたつのが早いこと」レディ・ピーブルズは白いおくれ毛を撫でつけた。「昨日は本当に恐ろしかったわね。あなたがショックから立ち直っているといいのだけれど」

「ありがとうございます。大丈夫です」

「それにしてもお気の毒に。もちろん彼は、わたくしたちの一員ではないけれど。彼はいったいここでなにをしていたのかしら？　だれが招待したのか、ご存じ？」

「ラノク城のハウス・パーティーに出席していたんです。ですが、わたしも初対面でした。ビンキーの学生時代の友人だそうです」

「そういうことなら、それほどつらくはないわね？」彼女はてらうことなく微笑んだ。「親しい人でないほうが、ショックは少ないという意味よ」

「そうですね」彼女の持っているバスケットに目を向けた。「花を摘んでいらしたんですね」

「そうなの。きれいな薔薇でしょう？　王妃さまは白い薔薇がとてもお好きなの。だからわたくしは咲きかけの薔薇をよく持っていって差しあげるのよ。あなたはどちらへ？」

「今日はエリザベス王女と乗馬をしていたんです。そろそろ家に戻ろうと思って」

「王女さまには、あなたのような若いお友だちが必要ね。いつもいつもわたくしたちみたいな年寄りといっしょにいるのはよくないわ。ごく普通の子供時代を味わわせてあげたいと思っているのよ」

彼女と別れて歩きだそうとしたところで、ふと思いついて尋ねてみた。

「レディ・ピーブルズ、パジェット少佐のことを教えていただけませんか？」

「パジェット少佐？　なにが知りたいの？」

「例えば、どうやっていまの仕事についたのかとか」

「なにを話せばいいのかしら？　人生のほとんどを王家に仕えてきた人よ。もちろん軍人として。ここで暮らすようになる前は、軍人として名をはせていたのよ。エドワード国王が皇太子だった頃、彼と親しかったの」

「なにがあったんですか？」

「よくは知らないわ。当時は、わたくしもまだ社交界にデビューしていなかったから。なにかスキャンダルがあったのだと思うけれど、表立って語られることはなかった。神経衰弱になったという話は聞いたわね。とにかく彼は養生のためにこの地にやってきて、それ以来ずっといるのよ。とてもよく地所を管理していると思うけれど、緊張には耐えられない人なのじゃないかと思うわ」

わたしは彼女と別れ、祖父を探した。日陰に座っていた祖父はわたしを見ると立ちあがり、禿げた頭にあわてて帽子を載せた。

「やあ、戻ってきたな、ジョー……お嬢さま。用事はすんだのかね?」

「ええ、家に戻りましょう」

「それはよかった。ここはどうにも落ち着かない」

「ラノク城にいると落ち着かないって言っていたのに」

「あそこもだよ。こういうところは慣れていないからな。使用人ですら気取っているんだ。働きたがっている人間はここにも大勢いるのに、お嬢さまはなんだってロンドンからわざわざ運転手を連れてきたんだって、訊かれたよ」

「一理あるわね。なんて答えたの?」

「お嬢さまはとても親切で、胸の悪いわしが新鮮な空気を吸えるように連れてきてくれたんだと言ったさ。本当のことだからな」

「それで、なにかわかった?」

「昨日の話でもちきりだった。馬具収納室でお茶を飲んだんだが、まあいろいろなうわさが飛び交っていた。事故だと思っている人間がほとんどだったが、あの若者はロシアかドイツのスパイで、何者かが政府の命令で殺したんだと言っている者もいた。だれの仕業かについてはなにも話は出なかったよ。だがひとつわかったことがある。だれもグループからはぐれて、前方に出た者はいないそうだ。だれかが危険な場所にふらふらと出たりしないように常に目を光らせていたと、何人かの勢子が断言していた」

わたしたちは地所を出ると、ブレーマーを目指してディー川沿いを走った。今日の狙撃については黙っていようと決めた。むやみに祖父を心配させる必要はない。それでもそのことを考えずにはいられなかった。銃弾がわたしをかすめて飛んでいく音が耳について離れない。だれがわたしたちを狙ったの？

パジェット家の陰鬱な居間でのやりとりを思い出すと、妙な考えが次々と浮かんできた。王室に恨みを持つ人間？　精神的に不安定なだれか？　地所に自由に出入りができる人？そのどれもが、軍人としての将来を嘱望されていながら、僻地のなかでもさらに奥まった陰気な家に押しこめられることになったパジェット少佐に当てはまるのではないだろうか？

30

ブレーマー、クレイグ・キャッスル
八月二一日

車を走らせながら、サー・ジェレミーにどういう伝言を残せばいいだろうかと考えた。わたしの考えには、まったく根拠がない。けれどいまのところ、それが唯一の手がかりだと思えた。パジェット夫人の不安そうな、けれど警戒心に満ちた顔を思い出した。彼女は、精神的に不安定な夫をずっとかばってきたのかしら？　夫が狙撃となんらかの関わりがあると疑っている？　もしそうなら、彼女はたいした役者だと言わざるを得ない。心底驚いていたように見えたもの。それに少佐本人も。だから、行動は慎重にする必要があった。

その道は、高い丘と荒々しい渓谷のあいだを流れる川に沿って走っていた。谷が狭まって流れが速くなり、水が石の上で楽しげに躍りながら海を目指しているところもあれば、両岸を牧草地にはさまれてゆったりと穏やかに流れているところもある。浅瀬では、防水長靴姿の釣り人たちが釣竿を振っていた。気持ちよく車を走らせているうちに、ブレーマー教会の花崗岩《かこう》の古い塔が木々の合間から見えてきて、わたしたちは村に入った。宿屋にいたのは話をしながらくすくす笑う頭の悪そうな若い娘だけで、スコットランドなまりがあまりにきついのでわたしは彼女がなにを言っているのかほとんどわからなかった。きっと代理のフロント係なのだろうと思った。そうでなければ、商売に差し支えるはずだもの。

いろいろと考えたあげく、簡単な手紙を書いた。〝早急にお話ししたいことがあります。ジョージアナ・ラノク〟

宿屋を出ようとしたとき、大柄な女性がぜいぜいあえぎながら戻ってきた。

「おっと、ごめんなさいね、お嬢さん。ジェイミーじいさんに食事を届けていたんですよ。ここのところ料理もできなくなってしまってねえ。この子は不器用でこぼしてしまうものでね——違うかい？　なにかご用でしたかね？」

サー・ジェレミーに手紙を残したことを告げ、戻ってきたらすぐに渡してほしいと念を押した。わたしが口を開くなり、彼女は真っ青になってお辞儀をした。

「なんとまあ、気がつきませんでした、お嬢さま。お兄さまの公爵のお加減はいかがですか？　早くよくなられますように」

「ええ、ありがとう」罠についてくわしい話をするつもりはなかった。宿屋を出て車へと歩いているあいだ、彼女の言葉が繰り返し頭のなかで響いていた。「お兄さまの公爵」

同じ言葉がわたし宛てのメイヴィス・ピューの手紙のなかで使われていたことを思い出した。〝兄、公爵……〟彼女はビンキーになんの用があったというの？　わたしになにを告げたかったの？　それともなにかを尋ねたかった？　考えているあいだに、恐ろしい疑念が浮かんできた。彼女はなにか重要なことを知ってしまい、そのせいで殺されたのかしら？

ライチョウの猟場に向かって歩いていたとき、レディ・ピーブルズから聞いたことを、ふと思い出した。

〝王妃さまは国王の兄、クラレンス公爵と婚約していた……〟

クラレンス公爵。国王としてはあまりに不適格で、不健全で、そして都合よく死んだために、より信頼のおける弟に王座を譲った王家の長男。彼が本当は死んでおらず、どこかに閉じこめられているといううわさを口にしたレディ・マーチモントを、レディ・ピーブルズがぴしゃりと黙らせたことを思った。もちろんそんなことはありえない。もし本当ならだれかが知っていて、なにかが伝わっているはず。そもそも四〇年も前の話だ。生きていれば、クラレンス公爵は七〇歳近い老人になっている計算になる。

「さあ、できることは全部したわ。家に帰りましょう」

わたしは、峠を越えて延びる曲がりくねった長い道をラノク城めざして走りはじめた。ブレーマーから一・五キロほど行ったところで、左手にある背の高い錬鉄の門の前を通り過ぎた。前にも通ったことはあったけれど、そのときはほとんど注意を払うことはなかった。病院かなにかだろうと思っただけだ。今日は車の速度を落としてみた。門の脇の煉瓦の塀にプレートがかかっているのが見えた。〝グレイグ・キャッスル療養所〟

車を止めて、飛び降りた。「すぐに戻るから」

門の向こう側に延びる私道の先は林の中へと続いている。その奥に建物らしきものが見えた。門を開けようとしたが、鍵がかかっていた。

「そこには入れんよ」うしろから声がした。振り返ると、笑っているような顔をしたシープドッグを連れた老人だった。

「結核患者がいるから、隔離しているんですか？」

老人はゆったりとした笑みを浮かべながら首を振った。

「そう思わせたいらしいが、ここには心を病んだ人間がいるんだよ」

「精神病院ということですか？」

「その名前では呼びたくないようだ。神経衰弱――近頃はそう言うんだろう？　金持ち連中が、少しばかり様子のおかしい親戚をここに入れるんだよ。ほら、自分がナポレオンだのなんだのと思いこんでいるやつらさ」老人はくすくす笑った。「ところで、ここになんの用だね？」

「ちょっと興味があったので」

「あらかじめ約束していないと入れないよ。警備は厳重なんだ。患者のひとりが脱走して、斧《おの》で自分の母親を殺してからは特に。あんたもその記事を読んでいるはずだ」

「そうですか。ありがとうございます」

老人はうなずいて歩き去った。わたしはあの地図に書かれていた三つの名前のことを考えながら、のろのろと車に戻った。そのうちのふたつは見つけた。三つめはDofc……。「え、嘘」思わず声に出していた。あの文字が、クラレンス公爵《Duke of Clarence》を意味しているなんていうことがあり得るかしら？　彼が本当は死んでおらず、より国王にふさわしい弟をその座につかせるためにどこかに幽閉されているといううわさが、もしも事実だったら？　レディ・ピーブルズが即座にきっぱりと否定したことを思い出した。彼女はなにか知っているの？　彼がここにいて、だれかが彼の代わりに王位継承者を殺そうとしているなんていうことはある？　言葉にするとあまりにもばかげているように聞こえるけれど、でも……。

「どうしたんだ？」車に戻ると、祖父が訊いた。

「おじいちゃん」わたしは言葉を選びながら尋ねた。「おじいちゃんは演技がうまい？」

「演技？　そいつはおまえの母親の十八番《おはこ》じゃないか。あいつは小さな頃から目立ちたがり屋だった」

「数分のあいだ、ちょっと呆けたわたしの大叔父さんになってもらえないかと思って。たいしてすることはないの。おじいちゃんのロンドンなまりを聞かれたくないから、喋らなくてかまわない。ただぼんやりした顔でにこにこしてくれればいいの。できるかしら？」

「いったいなにが目的だ？」

「ここは上流階級の人たちの精神病院なのよ。なかに入ってみたいの。そのためには、おじいちゃんがいい口実になる」

「もしや、ここにわしを置き去りにするつもりじゃないだろうな？」

わたしは祖父の膝を叩いた。「当たり前じゃないの。ある人がここに閉じこめられていないかどうかをどうしても確かめたいのよ。そのためには中に入る口実が必要なの」

「やれると思うぞ。わしは、二人分くらい頭のねじがゆるんでいるとおまえのばあさんはよく言っていたもんだ」

「よかった。一度村に戻って、電話ボックスを探さないと」

まもなくわたしは〈コッコ・ザ・ノース〉という名のパブの外にある電話で、クレイグ・キャッスル療養所につないでほしいとオペレーターに頼んでいた。やがて、ここがエディンバラのメインストリートであるプリンセス・ストリートであるかのような、上品な声が聞こえてきた。

「クレイグ・キャッスル療養所です」

ここは、身分を振りかざすべきだろう。

「ごきげんよう。レディ・ジョージアナ・ラノクです」自分が王家の一員であることを思いっきり意識した。「わたしの大叔父のことで、そちらの責任者の方にお会いしたいのです。実は大叔父が最近、少し妙な行動をするようになったので、わたしたちは――面倒を見てくれる場所が必要なのではないかと考えているのです」

「大変よくわかります、お嬢さま。ここはまさにお望みどおりの場所です。いつこちらにおいでになりますか？」

「実はいま、大叔父といっしょにすぐ近くにいます。数分後にそちらにうかがえないかしら？　明日には、遠い北の地にある大叔父の自宅に戻ることになっているのですが、はっきり言ってとてもひとりで帰せるような状態ではないのです」

「それはずいぶんと急なお話ですね」当惑の口調になった。「約束のない方の来訪は固くお断りしているので」

「例外を認めていただけないかしら。この施設は、もともとラノク家の地所だった土地に建てられているのですし、わたくしたちは長年の隣人なのですから」実を言えば、ラノク家がこんな東のほうの土地を所有していたことなどなかったが、彼女が知るはずもない。

「少々お待ちください。所長と話をしてきますので。切らずにお待ちください」

長く待たされたあと、足音に続いてわずかに息をはずませた声が聞こえてきた。

「そういうご事情でしたら、特別に例外ということにさせていただきます」

「よかったわ。数分後にそちらに着きます」

「いったいどういうことなのか、話してもらえんかね？」療養所へと戻る車のなかで祖父が訊いた。「なんだって精神病院に入る必要があるんだ？」

「わたしのために残してあった地図に、ここの名前が書いてあったの。それを書いた人は、そのあとで殺されたのよ」

「ここの入院患者のひとりが、あれこれと悪さをしていると思うのか？」

考えてみた。ありそうもないことだけれど、万一クラレンス公爵がここに幽閉されているとしても、彼が外部の人間になにかをやらせているとは思えない。彼を監禁している人間は、だれとも接触させせないようにするはずだ。

わたしは首を振った。口にするのもばかげている。

「わたしにもはっきりとはわからない。でも、重要だっていうことだけはわかるの。よく注意していて――特に、おじいちゃんと同じくらいの年の男の人に」

「どんな男だ？」

また首を振った。「わからない。ジョージ国王に似た人かも」

門に着いてみると今度は開いていて、かたわらに真鍮《しんちゅう》のボタンのついた黒っぽい制服姿の男性が立っていた。彼は通り過ぎるわたしに敬礼をしたが、そのあとでまた門に鍵をかけているところがバックミラーに映っていた。不安に全身がぞくりとした。わたしはライオンの寝床に入りこんでしまったのかしら？

公園のような敷地を走っていくと、やがてEという文字の形をした優雅な赤煉瓦造りの建物に着いた。よく糊《のり》の利いた白い制服を着た女性が、Eの文字の真ん中に当たる部分の階段に立っている。

「お会いできて光栄です」上品な口調で言う。「どうぞお入りください。こちらが大叔父さまでいらっしゃいますね」

「ええ。ミスター・アンガス・マクタヴィッシュ・ヒュームです。アンガス大叔父さま、この素敵なところに少しお邪魔しましょうか」

「病院かい？」舞台の上でささやいているような祖父の声だった。

わたしは楽しげに笑った。「違うわ、病院じゃない。ホテルのようなところよ」

白い制服の女性はわたしたちを黒と白のタイル張りの玄関ホールに案内し、革のソファに座って待つように勧めた。

「こちらでお待ちください。おいでになったことを所長に伝えてまいります」

彼女の靴音がタイルの床を遠ざかっていった。彼女が角を曲がると同時にわたしは立ちあがった。

「見張っていて」

祖父に頼んでから、ホールの両側にあるドアを開けていく。最初のドアの向こうはクローゼットだった。二番目はオフィスだ。壁際にファイルキャビネットが置かれていたけれど、なにを探せばいいのかがわからないのだから、調べている時間はないだろうと思えた。「クラレンス公　極秘」などというラベルのついたファイルがあるはずもない。もし彼がここにいるとしても、別の名前が使われているはずだ。

けれど机の上に、今日の日付で開かれたままの大きな来客名簿が置いてあった。今日はまだ、訪ねてきた人間はいない。前日、さらにその前日とページをめくった。以前と変わってしまった親戚を訪ねてくる人間はあまりいないようだ。そのとき、見たことのある名前が目に飛びこんできた。V・パジェット。訪ねた患者の名はメイジー・マクフィーだった。

「だれか来る」ドアの隙間から祖父が小声で言った。わたしがあわててソファに戻るのとほぼ同時に、青い制服を着た顔の下半分が長い年配女性が現れた。

「わたくしどもの施設の見学に大叔父さまを連れてこられたとうかがっています」どこか非

難めいた口調だった。「極めて異例なことです。わたくしどもはあらかじめお約束をしていただくことにしております」

「それはわかっていますが、大叔父といっしょにここを通りかかったので、またとない、いい機会だと思ったのですわ。大叔父の居心地がいいことが大切ですから」祖父に目をやると、せいいっぱいのうつろな笑みを浮かべていた。わたしは手を貸して立たせた。

「わたくしどものことはどこでお聞きになったのですか？」彼女が尋ねた。

わたしは恩着せがましく微笑んだ。「わたしたちは隣人のようなものですわ。わたしは生まれたときからここに住んでいます。接している地所でなにが起きているのか、知っていて当然でしょう」

「そうですか」彼女の顔がいくらか険しくなったように見えたのは気のせい？「わたくしどもの費用はお安くはございません。もちろんあなたのような方にとっては、気にかけることではないとは思いますが」

「大叔父には自分の資産があります」わたしは祖父の手を取った。「ですが、ここが叔父にふさわしい場所かどうか確かめておく必要がありますから」

祖父はわたしが言ったとおり、ぼんやりと笑った。

「いくつかはずせない条件があります。大叔父は朝日ときれいな景色を好みます。散歩ができる広々とした芝生も必要ですし、友人との会話も欠かせません。ですから施設の中を見学させていただきたいのです」

「あなた方がいらっしゃることを知りませんでしたので、その準備が……」彼女は当惑しているようだ。

「そういうことですか」わたしはいつしか、厳格な曾祖母ヴィクトリア女王を真似ていた。「こちらの施設が、人に見せるための準備が必要なほど低水準だというのなら、わたしの大叔父にはまったくふさわしくないということですわね」

「わたくしどもは常に最高の水準を保っております」彼女は氷のような声で反論した。「どの部屋をお見せできるかわからないと言っているだけです。入所者の中には、外部の人間に怯える者もおりますし、暴力的になる者もおります。お気に障るようなものをお目にかけたくはありません」

「ありのままの状態を見ることが大事なのではありませんか？　あなたを信頼できなければ、大切な大叔父をこちらにお預けするわけにはいきません」

「そうですか」笑みの影のようなものが彼女の唇をかすめたが、目は少しも笑っていなかった。「わたくしどもがどういうものを提供させていただいているのか、少しはご紹介できると思います。たまたまいくつか空いている部屋があります。どうぞこちらへ」

彼女が先に立って歩きだした隙に、わたしは祖父に囁いた。「メイジー・マクフィーを探してみてほしいの」祖父はいぶかしげなまなざしをわたしに向けた。

所長が振り返った。「さあ、こちらです」きびきびした口調で言い、明るく照らされた長い廊下を歩いていく。両側に並ぶドアにはそれぞれ小さな窓があり、名札がかかっていた。

わたしはひとつひとつ、それを読み取りながら進んだ。

「大叔父と同年代の男性は大勢いるのですか？　大叔父はとても社交的なので、ほかの方々とチェスをしたり話をしたりできれば喜びます」

彼女は警告するような目つきでわたしを見てから、悠々とあとをついてくる祖父にちらりと視線を向けた。

「ここの入所者のほとんどは、もうチェスをしたり話をしたりはできません。あなたの大叔父さまには、老齢者のための居住施設のほうがよろしいのではないですか？」

「ですが、大叔父は徘徊《はいかい》するのです」わたしは小声で答えた。「しばしば逃げ出そうとします。肌着姿で道路に立っていたり、ヒッチハイクしようとしたりしているところを、職員の方が何度も見つけてくださったのです」

「そうですか」彼女は、安楽椅子と低いテーブルがいくつも並べられた、広々とした明るい部屋に入った。隅にはピアノがあり、サイドテーブルにはラジオが置かれている。「いくらか――社交的な入所者は、談話室で顔を合わせます」

埋まっている椅子がいくつかあった。ナイトキャップのようなものをかぶった老人のかたわらのテーブルに、ウィスキーらしきものが入ったタンブラーが置かれている。わたしたちが入っていくと、老人は顔をあげた。

「昼食はまだかね？」

「昼食はさっき終わったでしょう、ミスター・ソームズ。カレイのグリルでしたよ」

目のくぼんだ女性がこちらを見た。「わたしもお昼が食べたいわ。ここの人はわたしを飢え死にさせようとしているの。もう何週間も食べさせてもらっていない」

「ばかなことを、レディ・ワートン。恐ろしいことを言わないでくださいな」所長は無理に笑顔を作った。

「厨房と食堂を見せていただきたいわ。大叔父は食べ物にはとてもうるさいのです」

「わたくしどもは最高級の食事をお出ししています。厨房の人間はいま昼食のあと片付けをしているところなので、食堂だけご案内します」彼女は談話室を抜けて、小さなテーブルを並べた居心地のよさそうな部屋に入った。丘のある景色を見渡せる窓が両側にあり、天井は木骨造りだった。

「いい景色でしょう？　大叔父さまのお好みどおりです」彼女は笑顔を祖父に向けた。

「いまここには、男性はほかに何人いるのかしら？」

彼女はほんの少しためらった？「そうですね、ファーカー大佐、ミスター・ソームズ……一〇人だと思います。それに女性が一五人。どういうわけか、女性のほうが男性より長生きするようですから。違います？」再び笑みらしきものを浮かべる。

「厨房をのぞけるかしら。この奥ですか？」

わたしは所長の許可を待つことなく戸口をくぐった。厨房にいた人々がぎょっとして顔をあげた。すべてがきちんと整っていて――染みひとつなかった――漂っているにおいも不快なものではない。もし本当にわたしに認知症の大叔父がいたなら、ここは悪くない施設だ。

「こんなことをなさっては――」所長がわたしの腕をつかんだ。「彼らの邪魔をしないでください。さあ、仕事を続けてちょうだい」

彼女はわたしを引きずるようにして厨房を出ると、あたりを見回した。

「あなたの大叔父さまはどこに？」

祖父は逃げ出していた。やるわね、おじいちゃん！

「まあ。言ったとおりでしょう？ 大叔父はいつも逃げ出そうとするのです。それほど遠くには行っていないはずだわ」

所長はすでに駆けだしていた。むき出しの床に靴音が響く。

「ジェイムズ、フレデリック、男性が勝手にうろついているの」彼女が呼びかけると、ふたりの若者が祖父を探し始めた。

「外には出さないようにして。これだけ茂みがあると、絶対に見つからないわ」

わたしはふたりの背中に向かって叫んだ。ひとりが方向を変えて玄関へと走っていく。わたしはもうひとりのあとについて階段をあがった。廊下に沿って走り、Eの文字の横棒にあたる廊下に出る。わたしは走る速度を緩めてドアにかかった名札を読み、部屋の中をのぞこうとした。叫び声ともみ合うような音が聞こえてきたのはそのときだ。急いで角を曲がってみると、白衣を着たふたりの若者が祖父を押さえつけようとしているところだった。相当な力を加えているように見えた。

「大叔父を放して！」わたしは叫んだ。

わたしたちの背後に所長が息を切らしながら現れた。

「彼はまだここの入所者ではないのよ、シムズ」彼女が言うと、若者たちは祖父をつかんでいた手を放した。祖父は恐怖にかられたような表情を作っている。わたしは祖父に近づいて、手を取った。「いけない人ね、大叔父さまは。逃げたりしないって約束したでしょう？　さあ、行きましょう」

所長はぜいぜいあえぎながらこちらに歩いてきた。

「愚かなことですよ、ミスター・ヒューム。逃げる必要などありません。ここにいるのはお友だちですよ。ここではちゃんと世話をしてもらえるんですよ」わたしを片側へと引っ張っていき、小声でささやく。「これでは大変でしょう。今日から大叔父さまをここでお預かりしましょうか？」

「いいえ、一度家に帰ります。大叔父も使用人に挨拶をしておきたいでしょうし、いろいろと片付けておかなければならないこともありますから」わたしは祖父を引き寄せ、あわてて答えた。「それに、まだ空いているお部屋を見せていただいていませんわ」

「そうでしたね。中断されてしまいましたから。ここからでしたらサンシャイン棟が一番近いと思います。大叔父さまは朝日がお好きだとおっしゃっていましたよね？　ジェイムズ、先に行って、部屋がお客さまをお連れできるようになっているかどうか確かめてきてもらえないかしら」

若者がひとり駆けだしていき、わたしたちはゆっくり歩いてEの縦線にあたる廊下に戻り、別の棟に向かった。〝M・マクフィー〟と書かれた名札はその棟の途中にあった。窓からのぞいたけれど、ベッドの上の塊しか見えない。

「さあ、ここです」所長が空き部屋のドアを開けた。控え目に言っても、かなり質素だ。

「ご自分の家具を持ってきていただくように勧めています。そのほうが早くここになじめますから」

「いいお部屋ですね」わたしは言った。「大叔父にはちょうどいいでしょう。初めは抵抗するかもしれませんが、きっとこちらで楽しく過ごせると思います」ここでもう一度祖父に微笑みかけた。祖父が逃げられないように、所長はうしろ側に立っている。「兄の公爵と話し合って、できるだけ早くご連絡しますわ」

「大叔父さまをお迎えするのを楽しみにしています」彼女はへつらうような笑みを浮かべていた。

廊下を戻りながら、わたしは初めてその名札に気づいたふりをした。

「あらまあ。メイジー・マクフィーですって？」

「はい。彼女をご存じですか？」

「わたしが考えている人なら、わたしが幼い頃にお城で働いていた人ですわ」

「同じ人間だということはないと思います」

「ひと目見ればわかります。彼女もひょっとしたらわたしを覚えているかもしれないわ。とてもいい人だったんです。親切で」

わたしはすでにドアノブに手をかけていた。

「彼女がお嬢さまを知っているとは思えません」所長はあわててわたしの手をドアノブからはずした。「もうだれのこともわからないのです」

ドアの外の物音にメイジー・マクフィーが目を覚ました。ベッドの上でからだを起こし、不安そうにこちらを見つめている。その顔に皺がなく、若く見えることにわたしは驚いた。目は淡い青色で、髪はかつては赤かったのだろうけれどいまは色あせて、ところどころに白いものが交じっている。

「大丈夫ですよ」所長がドアごしに声をかけた。「ここは安全ですよ。もう一度お眠りなさい」

「ずいぶん若い方ですね。お気の毒に」

所長はうなずいた。「進行性の梅毒です」声を潜めて言う。「どうしようもありません」彼女はわたしの腕を取って歩きだした。

31

ブレーマーからの帰り道
八月二一日

　錬鉄の門を出て道路に戻ると、わたしは深々と安堵のため息をついた。隣の祖父も同じようにため息をついている。

「いやはや、参ったね。あのときは、どうしようかと思ったよ。どこかに連れていかれて、監禁されるのかと思った。城が薄気味悪いだのなんだのと言ったが、あそこにはかなわんな」

「本当に薄気味悪かったわね。とてもきれいで清潔で明るいのに。それはそうと、おじいちゃんの演技は素晴らしかったわ。完璧だった。お母さまがだれから才能を受け継いだのかがよくわかった」

「からかうもんじゃない」祖父の顔が赤くなったようだ。「わしはただあそこに呆けたみたいな顔をして突っ立っていただけだ」

「でもおじいちゃんが逃げ出してくれたおかげで、あそこをよく見ることができたわ。そんなことでもなかったら、きっと二階にあがることなんてなかったと思う。二階にあがらなければ、メイジー・マクフィーには会えなかったのよ」

「彼女はいったい何者だ?」

「わからない。でもヴェロニカ・パジェットが定期的に彼女に会いに行っているの。パジェット夫人が、昔の使用人を訪ねていくような博愛精神に溢れた人だとは思えないのよね」

「そのメイジーとやらは、どうして昔の使用人だとわかるんだ? あそこにいたのはみんな金持ち連中ばかりだと思ったが」

「メイジー・マクフィーというのは、いかにもこのあたりの使用人らしい名前なのよ。だけどどうしてあの人たちが、お金を払ってまで昔の使用人をクレイグ・キャッスル療養所のようなところに入れるのかしら?」

突然、ひらめいたことがあった。「もしかして――彼女がロニーの本当の母親だからかもしれない。ロニーは養女だってパジェット夫人が言っていたわ。使用人のひとりが身ごもってしまったのでパジェット夫妻が救いの手を差し伸べて、ロニーを養女にしていたとしたら? そういえば彼女は、ロニーとそっくりの髪の色をしていた。でも、どうしてずっと彼女の援助を続けているの? 挙句にとても高額の施設に入れたのは――そうよ、もちろんパジェット少佐が父親だから。

すべての辻褄《つじつま》が合うと思えた。パジェット少佐はスキャンダルか神経衰弱だかで、この僻地のコテージに追いやられたのだという。それが梅毒にかかったうえ、メイドを妊娠させた結果だったとしたら？　ヴィクトリア女王は不品行を嫌う。温情を見せるふりをして、事実上追放したんだろうか？　梅毒が進行するとしばしば精神に異常をきたすと聞いている。パジェット少佐も頭がおかしくなっているのかしら？

「ずいぶんと静かじゃないか」祖父が言った。

「いろいろと考えていたら、わかりかけてきたみたいなの。サー・ジェレミーが早く帰ってきてくれるといいんだけれど。今夜までに戻ってこなかったら、全部手紙に書いてブレーマーの宿屋に残しておいたほうがいいかもしれないわね」

話をしているあいだに雲が出てきて山を覆い、前方の道路はじっとりした霧に包まれた。ヘアピンカーブがいくつも続くので、わたしはしっかりとハンドルを握って車を走らせた。

「お腹がすいたわ」ややあってからわたしは口を開いた。「昼食をとりそこねたわね」

「頼むから、食べ物の話はやめてくれ」

ちらりと祖父を見ると、青い顔をしているのがわかった。

「ごめんなさい、おじいちゃんが車に酔うなんて知らなかった」

「わしも知らなかったよ。いままであまり車に乗ったことはないし、こんな道を走るのも、おまえみたいな運転をする人間の車に乗るのも初めてだ」

「わたしの運転はうまいのよ」

「うまくないとは言わんが、かなりスピードを出しているからな。それにこんな曲がりくねった道だ」

「ごめんなさい」わたしはにっこりと応じ、次のカーブはごくゆっくりと曲がった。「もうあと少しよ。ほら、下に湖が見えてきた」

次のカーブを抜けると、陰鬱な黒い湖面が眼下に広がった。雲は厚くなって、いまにも雨が落ちてきそうだ。桟橋に近づいたところで祖父が言った。「おや、何事だ？」

小さな人だかりができていて、青いスピードボートが再び水面に浮かんでいるのが見えた。接岸しようとしているところだ。わたしたちは車を止めて降り、そちらのほうへと歩いた。

「なにがあったの？　みんなでボートを見ているの？」

「違います。たったいま怪獣を見たっていう人が」少年が答えた。わたしたちの地所で働く使用人の息子だ。

「怪獣を見た？　ばかなことを言って。いったいだれが見たの？」

「エリー・キャメロンです」友人の腕をつかんで立ちつくしている、いくらか年上の少女を指差した。

「エリー、怪獣を見たってどういうことなの？」

彼女はあわてて膝を曲げてお辞儀をした。「見たんです。本当です、お嬢さま。ボートを眺めていたら急に変な波が起きて、最初はただの波紋と風だろうって思ったんですけれど、そのとき波の上に怪獣みたいな頭が見えて、それで悲鳴をあげました」

「怪獣みたいな頭？」わたしは微笑んだ。「想像力が豊かなのね、エリー」

「違います、お嬢さま。本当に見たんです。湖の真ん中に、すごく大きな白いものが見えたんです」

「いまはなにもないみたいね。ほら、湖はとても穏やかよ」

ボートの乗組員が上陸しているところだったが、突然だれかが叫んだ。

「見ろ！　あれはなんだ？」

黒い湖面が泡立っている。やがてなにかが浮かびあがった――大きくて白いもの。悲鳴があがった。叫ぶ声がする。「死体だ！」

乗組員たちがあわててボートに戻り、エンジンをかけはじめたとき、だれかが言った。

「いや、必要ない。ぼくが行こう。ここにいてくれ」

その声の主なら知っていた。ダーシーだ。まさかここにいるなんて。彼がジャケットを脱ぎ、桟橋から飛びこむところが見えた。見事な泳ぎで死体へと近づいていく。彼が片方の足をつかんで、岸に引っ張ってくるのをわたしたちは見守った。

「さがってくれないか」浅瀬まで戻ってきたダーシーは、荒い息をつきながら立ちあがった。「だれか、警察を呼んできてほしい」

数人の少年が駆けだしていき、残った人々はこのあとどうなるのだろうとかたずを呑んで見守っている。それは奇妙な光景だった。シャツとズボンをからだにまとわりつかせ、水を滴らせながら浅瀬に立つダーシーは生気に溢れて見える。そのうしろでは下着姿のゴドフリー・ビヴァリーの膨張した死体が、波間で揺れていた。

ダーシーがわたしに気づいたのはそのときだった。「ジョージー」彼の目が輝くのを見て、うれしくなった。「車があるかい？　家に戻って、警察に電話をしてほしい」

「その必要はないです」ひとりの少年が言った。「フレディー・マクランが自転車で電話ボックスに走っていきましたから」

「なにかわたしにできることは……」わたしは最後まで言い切ることができずに、ぷかぷかと浮いている膨張した死体をおののきと共に見つめた。

「みんなを近づけないようにしてほしい。ぼくは彼を岸まで引きあげる。あとは警察が到着するまで、なにも触らせないようにしないと」

「犯罪だと思う？」

「犯罪でなければなんだというんだ？」ダーシーはうなりながらゴドフリーの死体を岸に引きあげた。

「彼はいつも岸辺をうろついては、人の話に聞き耳を立てていたわ。ひょっとしたら足を滑らせて、岩に頭をぶつけたのかもしれない」

「考えられなくはないが、どうして人のことを嗅ぎまわったりするんだ？」

「だってゴドフリー・ビヴァリーだもの。ゴシップ専門のコラムニストよ。次のスクープを探していたんだわ」

「それなら、探していたものを見つけて、命でその代金を支払ったんだろう」険しい顔だった。「これまでなにも起きていなければ、ぼくも事故だと考えたかもしれない。だがあれだけのことがあったあとだと……」

ボートの乗組員を含む一行が桟橋をこちらに近づいてきたので、ダーシーは言葉を切った。叫び声が聞こえる。「だめよ。あそこの横を通るなんて無理よ！　そっちを見ることだってできないのに。お願い、だれか手を貸してちょうだい」

もちろん、わたしの母だった。紺色と白の水兵服とおそろいの帽子という、いかにも芝居の海のシーンで使われそうな格好だ。数人の男性が手を貸し、母を桟橋からおろした。母は靴底の厚いプラットフォーム・ソールの靴で、石だらけの岸辺をよろよろと歩きはじめたところでわたしに気づいた。

「ジョージー」叫びながら駆け寄ってくる。「こんな恐ろしいことって。あれってゴドフリーでしょう？　気の毒に。まだ信じられないわ」

「彼のこと、毛嫌いしていたじゃないの」

「ええ、そうよ。でもわたしは彼を突き落として、溺れさせたりしていないわ。そうしてやりたかったけれど。彼って生きていたときより、死んでからのほうがさらに感じが悪いと思わない？　まるで形の悪い風船みたい。針で突いたら、破裂するんじゃないかしら」

「お母さま、やめてちょうだい」

「あんまり恐ろしいから、少しは雰囲気を明るくしようと思っただけよ。ああ、なんだか気が遠くなりそう。ブランデーが欲しいわ。マックスったらあんなばかげたボートは放っておいて、早く来てくれればいいのに」

「なにを言っているんだ。こっちに来て車に乗るといい」祖父が不意に現れて言った。

「まあ、お父さま――いったいここでなにをしているの？」

「〝お父さま〟と言ったのか？　わしは昔からただの父さんだったし、それ以上になりたいと思ったことはないぞ。おまえは昔から上品ぶっていたからな」

「わたしは公爵夫人だったのよ、お父さま」だれかに聞かれてはいないかと、母はあたりを見回した。「それに、さっきの質問に答えてもらっていないわ」

「おまえの娘を見守っているんだ。おまえはあの子をほったらかしだったからな」

「その話はもうたくさん。世の中には母親に向いていない女もいるのよ。わたしはできるかぎりのことをしたし、あの子はちゃんと育ったじゃないの」

「素晴らしい娘になったよ。だがそれはおまえとは関係ない。まあ、いまはやめておこう。車に乗るといい。具合が悪そうじゃないか」

「そうなの。マックスが来るまで、ちょっと座りたいわ」母は祖父に先導されてわたしの車まで歩いていき、前の座席にわざとらしく崩れるように座りこんだ。わたしはマックスを探して桟橋のほうに視線を戻したが、ベリンダと腕を組んだパウロがこちらに向かって歩いてくるのを見て驚いた。

「まあ、ジョージー」ベリンダはパウロの腕を離し、わたしに走り寄った。「恐ろしいことが起きたわね。ボートのうしろのほうを見ていたら、あれがぽかりと水面に浮かんできたの。最初はなんだかわからなかった」

慰めるように彼女の肩に手を乗せた。「恐ろしいわね」

ベリンダはうなずいた。「パウロがボートのスピードを出していたときに、死体にぶつからなくてよかったわ。彼まで死んでいたかもしれない」

「それにしても、パウロはここでなにをしているの？　わたしが最後に見たのは、パトカーに乗せられるところだったわよ」

「釈放されたのよ」ベリンダは勝ち誇ったようにうなずいた。「あのかわいそうなメイドが轢き逃げされたとき、彼はロンドンの反対側でほかの人たちといっしょに食事をしていたことが証明されたの。もちろん、彼にそんなことはできないってわたしにはわかっていたわ」

パウロが彼女の腕を取った。「行こう、愛《カーラ》しい人。警察が来る前に帰るんだ。イギリスの警察にはうんざりだ」

「来るのはスコットランド警察よ」

パウロは肩をすくめた。「イギリスだろうとスコットランドだろうと同じさ。どっちも能無しで、目先のことしか見えていないんだ。これはなにかの間違いで、だれかがぼくのモーターバイクを盗んだんだと何度も言ったのに、耳を貸そうともしなかった」

「またあとでね、ジョージー」ベリンダはパウロにひきずられるようにして歩きだしながら言った。

マックスとディグビー・フルートがやってくると、母は車を降り、一直線に彼のもとへと駆け寄った。

「マックス。恐ろしくてたまらないの。すぐにここから連れて帰って」まるで、いまにも息を引き取ろうとする悲劇のヒロインを演じているかのようだ。

「心配ないよ、かわいい人《リプシエン》。帰ろう」彼が言った。

集まっていた人はほとんどいなくなって、少年が数人、興味津々で眺めているだけだった。ダーシーがかがみこみ、上着を死体にかぶせた。

「だれかが後頭部に一撃を加えている」背筋を伸ばしながら言う。「目撃者は全員帰しても大丈夫だろう。証言が必要だと警察が言うのなら、滞在先はわかっている」

うなずいた。わたしは空腹で、家に帰りたくて仕方がなかったけれど、こんないやな仕事をダーシーひとりに任せるつもりはなかったし、なにより彼のそばを離れたくなかった。

「どこかに行かなきゃいけないって言っていたのに」わたしは言った。

「気が変わったんだ」

「よかった」

「あれからなにかあったかい？」

「なにも。ただ、今朝馬に乗っていたとき、だれかに狙撃されただけ」

「ジョージー、おとなしくしていろと言ったじゃないか」

「エリザベス王女といっしょにバルモラルの地所にいたのよ。警察官が大勢警備していたわ」

「だれの仕業にしろ、かなり捨て身になっているな」

「そうね。実はそれがだれなのか、少し考えていることがあるの。サー・ジェレミーを探していたんだけれど、見つからなくて」

「犯人の見当がついたということかい？」

「まだ考えているだけよ。でも、パジェット少佐じゃないかと思うの」

「王家の地所で働いているパジェット？　ロニーのお父さんの？」

うなずいた。「妙な話に聞こえると思うけれど、そう考えると辻褄が合うし、彼にはそのチャンスもあったの」

「だが彼は長年王家に仕えてきた。どうして王家の人間を傷つける必要があるんだ？」

「ひょっとしたら、ほら、少しおかしくなっているんじゃないかと思って。彼にはなにかスキャンダルがあったらしいの。精神を病んだせいで、スコットランドに追放されたっていう話も聞いたわ。それに彼は狩りの現場にもいたでしょう？　捜査はしないようにって警察を説得しようとしたし」

「それはそうだが、しかし——」ダーシーは言葉を切り、やがてうなずいた。「わかった。機会があれば伝えておこう」

「あ、それから、メイジー・マクフィーという女性のことを調べてもらえないかしら？」

「それは何者だい？　共犯者？」

「違うわ。精神病院に入っているんだけれど、なにかつながりがあるんじゃないかと思うの。おそらく四〇代後半よ。三〇年ほど前に、彼女が子供を産んだかどうかを調べられる？

あと、結婚していたかどうかも」

「難しい注文だな。だがエディンバラの記録を調べられる人間がいるはずだ」

「あなたは家に帰ったほうがいいわ。震えているじゃないの」

「警察官が来るまでは、帰るわけにはいかない」

「警察官が乗った自転車が来たぞ」祖父が車から叫んだ。顔を真っ赤にして、ペダルをこいでいるヘリーズ巡査だ。要請した救急車が来るまで、現場を見張っているつもりらしい。

「本署に連絡はしたのか？」ダーシーが尋ねた。

「いえ、していません。水死の場合は、本署をわずらわせないことにしているので」ヘリーズ巡査の答えに、ダーシーが顔をしかめた。「少年からは、湖の真ん中に死体が浮いていると聞きましたが」

「ええ、そのとおりよ。ミスター・オマーラが泳いでいって、岸まで死体を引っ張ってきたの」

「気の毒に。いつ溺れたんでしょう？」

「わたしは昨日彼に会ったわ」わたしは言った。

ヘリーズ巡査は眉間に皺を寄せた。「それは妙ですね。普通は胃の内容物が発酵を始めるまで湖の底に沈んでいるものなんですよ。それには何日もかかるはずなんですが」

「彼は溺死じゃないと思う」ダーシーが言った。「肺に水が入っている様子がない」

「どういう意味でしょうか、サー？」

「何者かが彼を殺して、湖に死体を捨てたんだと思う」

「殺人ということですか?」

「そうだと思う」

「なんとまあ」ヘリーズ巡査はヘルメットを押しあげて、頭を掻《か》いた。「だれかに報告しなければ」

「心配しなくていいわ、巡査。わたしたちがラノク城から電話をしておきますから」

「そうしてくだされば助かります」

「わかりました」わたしはダーシーを振り返った。黒いくせ毛が顔に張りつき、ぽたぽたと水を滴らせている。「ミスター・オマーラをラノク城に連れて帰って、乾いた服に着替えさせなければいけないわ。いいかしら?」

「もちろんです。どうぞするべきことをなさってください」

ダーシーに向かって言う。「ラノク城に来て、濡れた服を脱いだほうがいいわ。毛布にくるまっていてくれれば、そのあいだに服を乾かすから」

「魅力的な申し出をありがとう。きみが服を脱ぐように言ってくれたのはこれが初めてだと思うが、残念ながらいまはぼくの滞在先に戻らなきゃならない。きみの疑念をだれかに伝えるには、すぐに仕事に取りかかる必要があるんだ」

「ありがとう、ダーシー」

「するべきことをしているだけさ」ダーシーは敬礼の真似をした。

「さあ、車に乗って、送っていくわ」

「座席を濡らしてしまう」

「仕方がないわ。それ以外にどうやって帰るつもりなの？」

「ふむ。この風の中でボートを漕《こ》ぐのはごめんだ」ダーシーはぽたぽたと水滴を垂らしながら、車へと歩いた。

祖父がドアを開けると、ダーシーは後部座席に乗りこんだ。祖父はそのまま助手席に座った。

「運転手を連れてきているのに、自分で運転するのかい？」面白がっているようなダーシーの口調だった。

「運転手じゃないの。わたしの祖父よ」わたしは笑いながら答えた。「ごめんなさい、あなたたちは初対面だったわね」

「おやおや。きみはいつも驚かせてくれるね」ダーシーは手を差し出した。「はじめまして、サー。ダーシー・オマーラです。お会いできて光栄です」

「こちらこそ。おまえの彼氏かな」祖父が言った。

「おじいちゃん――」わたしは頬を赤らめながら言いかけたが、ダーシーが遮った。

「そのとおりです」

32

ラノク城
一九三二年八月二一、二二日

家までどうやって帰ったのか記憶にない。ラノク城に入り、いらだっているフィグに出迎えられたところで、ようやく我に返った。

「いったい全体どこに行っていたの？」フィグに問いつめられた。「ずっと影すら見えなかったじゃないの。食事にも出てこないし、わたくしがひとりでお客さまをもてなさなくてはならなかったのよ」

「ごめんなさい。またバルモラルに行っていたの。エリザベス王女が乗馬に連れていってほしいって言うものだから」

「あら、そういうことなら断るわけにはいかないわね」

フィグはそう答えながらも、むっとしているのがわかった。わたしが生まれながらに王室とつながりがあるのに、自分は結婚でようやくつながりができたという事実をつきつけられると、彼女はいつも不機嫌になる。

「お茶の時間には遅すぎるかしら？　お腹がすいたわ」わたしは言った。

「わたしは子供部屋でポッジといっしょにお茶をいただいたの。お客さまがいるあいだは、全然ポッジをかまってやれなかったんですもの。今日はビンキー以外、だれもいなかったし。ジークフリート王子はどこかに出かけたの。そうそう、シンプソン夫妻はようやく帰ったのよ」

「本当に？　やったわね」

「ええ、まったくよ。ほかのアメリカ人が出ていったあとも残ったときには、永遠に居座るんじゃないかと思ったわ。でもあなたのいとこたちには、これ以上我慢できなくなったようね。あのふたりにはかなり粗野なところがあるから」

「なにがあったの？」

「ゆうべのディナーでお肉をいただいているときに、仕留めた鹿をどうやって解体したかをマードックが説明し始めたの。もちろん食用にするためよ。それを聞いたあの人たちはすっかり食べる気をなくしてしまったのよ」

わたしはにんまりした。「ようやく望みどおりになったわね。みんないなくなった」

「あなたのいとこたち以外はね。ふたりがどれだけ飲んだり食べたりすることか。帰ってもらってほしいってビンキーに言ったのだけれど、あの人は意気地がないんですもの。今年いっぱいわたくしたちは、紅茶とトーストで生きていかなければならないわね」フィグはじろじろとわたしを見た。「なにかあったの？」

「なにも。どうして？」

「さっきからずっと、ばかみたいににやにやしているから」

その夜はとりたてて何事もなく過ぎていった。フィグとふたりのいとこといっしょに、怒鳴らなくては会話が成り立たないような晩餐会用の巨大なテーブルについたけれど、食事をしているあいだ中、落ち着かなかった。サー・ジェレミーが電話をかけてくるか、あるいはいまにも姿を見せるのではないかと思っていたのだが、ベッドに入る時間になっても連絡はなかった。まだ宿屋に帰っていないのか、あるいはあの頭の悪そうな娘が受付をしていて、彼にメッセージを伝えるのを忘れたかのどちらかだろう。それとも、彼女のなまりがあまりにひどくて、なにを言っているのか理解できなかったのかもしれない。どうすればいいのか、わからなかった。宿屋に電話をかけて彼が戻っているかどうかを確かめる以外に、サー・ジェレミーと連絡を取るすべはない。パジェット少佐が自由の身でいるあいだは、バルモラルでまたなにかが起きるかもしれないと思うと不安だった。ダーシーがだれか適切な人に連絡を取ってくれて、なにもかもうまくいくといいのだけれど。どちらにしろ、いまのわたしにできることはないし、なにもするべきではないだろう。またバルモラルに行こうとするのはばかげている。なにか楽しいことをしようと決めた。お気に入りの散歩コースにおじいちゃんを連れていこう。魚釣りを教えるのもいいかもしれない。

翌朝わたしは遅くまで寝ていて、開いた窓から射しこむまばゆいほどの日の光で目を覚ました。たっぷりと朝食をとったあと、祖父のもとに向かっていると、緑地庭園の向こうから聞こえてくる声があった。「ヘクター。どこにいるの？　いますぐ出ていらっしゃい。ふざけるのはもうおしまいよ」

必死になってあたりを探しているポッジの乳母が見えてきた。

「どうしたの？」わたしは声をかけた。

「あのいたずらっ子がどこかに隠れているんです。芝生の上を走るのが大好きなのがわかっていたので、乳母車からおろしてやったら、見つからなくなってしまって」いまにも泣きだしそうな声だった。

「心配ないわ。そんなに遠くには行っていないはずだから」

そう答えながらも、わたしの胸は不安に締めつけられるようだった。いたずら盛りの三歳の男の子がただ隠れているだけよと自分に言い聞かせてみても、もっとほかの恐ろしい可能性が浮かんでくるのをどうすることもできない。

「庭師と狩猟案内人を集めていっしょに探すように、グレアムに言ってちょうだい」グレアムというのは地所の管理人のひとりで、菜園で働いている。「わたしがそう言っていたと伝えて」

「承知しました」

「わたしも探すわ。どこであの子を見失ったの？」

「この近くです。坊ちゃまはあそこの芝生の上にいてボールで遊んでいたんです。とても楽しそうに走り回って。わたしは座ろうと思ってベンチまで歩いていき、振り返ったらいなくなっていました。最初は隠れているだけだと思ったんです。でも何度呼んでも返事がなくて。ああ、いったい坊ちゃまになにがあったんでしょう？」

「心配ないわ。ちゃんと見つけるから。車の音を聞かなかった？」

「どういうことですか？」

これ以上彼女を不安にさせる必要はない。「いいえ、たいしたことじゃないの。さあ、グレアムに伝えてきてちょうだい」

菜園に彼女を行かせたあと、わたしは急いでポッジがいなくなったというあたりに向かった。もしあの子が本当にどこかへ駆けていったか、あるいは隠れているとしたら、まだ近くにいるはずだ。ほんの子供なのだから。乳母は車に気づいていなかったから、だれかが車で連れ去ったという可能性は低い。

わたしは茂みのあいだを探しながらポッジの名前を呼び、ジョージーおばさんと遊ぼうと声をかけ、パパのところへ行きましょうと誘った。父親はポッジにとって一番大事な存在だ。かさりとも動くものはなかった。大げさに反応しているだけよと、心の中でつぶやく。きっと玩具を取りに家に戻ったのよ。こうしているいまも、安全な子供部屋で遊んでいるに決まっている。けれど恐ろしい予感を拭い去ることはできなかった。

私道までやってきたところで、わたしの名前を呼ぶ声が聞こえ、手を振る祖父の姿が見えた。「なにをあわてているんだ？　レースに出る練習でもしているのかい？」

「そうじゃないの、おじいちゃん。ポッジなの。甥っ子の。あの子の姿が見えなくて、わたし――」そのあとの言葉は沈黙に呑みこまれた。

「どこかをうろついているんじゃないのか？　子供はよくやるぞ」

「知っているわ。でも散々呼んだのに、どこにもいないのよ」

祖父はわたしの肩に腕を回した。「心配ないさ。きっと見つかる。おまえはこのまま探すんだ。わしも手伝うから。だがひとりでそれほど遠くまで行くことはないんじゃないか？」

「わたしもそう思っていたの。でも……待って！　あれはなに？」門の近くの淡い色の砂利の上に赤いものが落ちているのが見えた。駆け寄って拾いあげる。「ポッジの玩具の兵隊だわ。おじいちゃん、みんなに伝えてきて」

城の門まで全速力で走った。外の道路の左右を見渡す。車の音はしなかった。松の木々のあいだを吹き抜ける風と、湖岸に打ち寄せるかすかな波音が聞こえるだけだ。なにをすればいいのかわからずに、道路の脇に立ちつくした。もし本当にポッジがひとりで門の外に出たのだとしても、どちらに行ったのかわかるはずもない。警察に連絡すべきだろう。祖父がそうしてくれていることを祈った。

近づいてくる車の音が聞こえたのはそのときだった。小さな自動車だ。モーリス・カウリーのようだった。道路に出て手を振り、その車を止めると、助手席のドアを開けた。

「小さな男の子を見ませんでしたか？」そう尋ねたところで、運転手がだれであるかに気づいた。「ロニー、あなただったの」

「あら、こんにちは、ジョージー」ロニーは愛想よく応じた。「小さな男の子？　いくつくらいの？　一・五キロほど向こうで、男の子がふたり釣りをしていたわよ」

「あの子はまだ三歳なの。わたしの甥のポッジよ。姿が見えなくなってしまって。乳母は取り乱しているわ」

「まだ三歳なら、それほど遠くに行っているはずはないわね。どこかに隠れているんじゃないかしら」ロニーは笑顔で言った。「それくらいの年の頃は、わたしもよく隠れたわ。両親をものすごく怖がらせたものよ。屋根裏にあがって、おりてこられなくなったことも一度あった」

玩具の兵隊を彼女に見せた。「私道にこれがあったの。門の近くよ。だからあの子はこっちのほうに来ているはずなの」

「そういうことなら、乗って。探すのを手伝うわ」

「ありがとう」わたしが乗りこむと、ロニーはゆっくりと車を走らせ始めた。湖岸や生垣を見回しながら、開いた窓からポッジの名前を呼び続ける。ふと、この状況がひどく皮肉めいていることに気づいた。もしもパジェット少佐が本当にポッジを誘拐したのだとしたら、まさにその彼の娘が追跡の手助けをしているのだ。

八〇〇メートルほど進んだところで、なにかがわたしの視線をとらえた。

「待って。あそこにあるのはなに？」

ロニーはブレーキを踏んだ。わたしは完全に止まるのを待ちきれずに車を降りると、岸辺に建つ古い舟小屋に向かって走った。舟小屋の外にまた赤いものが落ちている。ふたつ目の玩具の兵隊だった。あとを追ってきたロニーにそれを見せた。

「ここに入ったのかしら?」ロニーはそう言いながら、腐りかけたドアをそろそろと開けた。

「ずいぶん大胆な坊やね」

「だれかが連れこんだのかもしれない」わたしの声は恐ろしさに震えていた。

「ドアはちゃんと閉まっていなかったわ」ロニーはドアを大きく開けた。「すごく暗い」わたしを振り返って尋ねる。「ポッジって言うの? それがその子の名前?」それから小屋の中に向かって叫んだ。「ポッジ、いるの?」再び振り返って言う。「車に懐中電灯があったかもしれない」

わたしはなにがあるのだろうとおののきながら、舟小屋に足を踏み入れた。遠くの湖面で反射する光だけが頼りだ。中は暗く、湿気とカビのにおいがたちこめている。古い袋や腐った箱の中を探した。柔らかいものや湿った物に触れるたびに、心臓がどくんと打った。ロニーが背後に立っていることに気づいた。

「ここにはいないみたい」彼女を振り返りながら言う。

「そうね、いないわ」

「見つけたの?」

「居場所なら知っているわよ」

とした。「あなたのお父さんがあの子をさらったの？」

「なにを言っているの？」わたしはまじまじと彼女を見つめ、その言葉の意味を理解しよう

「安全なところ。とりあえずはね」

「どこなの？」

「父？　わたしの父は死んだわ」

「パジェット少佐が死んだ？」

「あの人はわたしの本当の父じゃない。あなたはそのことを知っているんでしょう？　ヒューゴに聞いたのね。そうでなければ、クレイグ・キャッスル療養所を訪ねる理由がないもの。

わたしの本当の両親のことを知っているんでしょう？」

「メイジー・マクフィーがあなたの本当のお母さんなのね」

「よくできました。そうよ。母はすっかり変わってしまった。わたしのことすらわからないの。でもいまでも会いに行っているわ。そうするべきだと思うから」

ロニーはわたしを見つめていたが、やがて笑いだした。

「あなたったらどこまでばか正直でお人よしなの？　あの玩具の兵隊はわたしが置いたのよ。あなたときたらまんまとそれに引っかかって、ここに連れてこられたというわけ」

彼女が手にしているものが懐中電灯ではないことに、わたしはようやく気づいた。拳銃だ。

「あなたがポッジをさらったの？　あなただったの？」

「そうよ」ロニーは淡々と答えた。

「どうして？　なんの罪もない小さな子にどうしてそんなことをするの？」

「保険のためよ。無事に国外に逃げるのに、交渉材料が必要になるかもしれないでしょう？それにあなたは――」ロニーは言葉を切り、わたしをしげしげと眺めた。「厄介者になってきているから。ヒューゴからなにもかも聞いたんでしょう？」

わたしはまだすべてが理解できずにいた。

「昨日、わたしを撃ったのはあなただったの？　ヒューゴを殺したのも？」

ロニーはまた声をあげて笑った。「かわいそうなヒューゴ。頭が良すぎたのね。それに人が良すぎた。彼は事実を突き止めたけれど、それをわたしに告げるという間違いを犯した。わたしが良心に目覚めて、自首することを望んでいたのよ。あなたはどうかしら？」

「わたしがばかだったわ。気づいているべきだった。なにかが気にかかっていたのよ。ヒューゴが死んだあと、わたしと話をしていたときにあなたは口を滑らせていた。ゴドフリー・ビヴァリーはだれかが撃たれたと言った。死んだとは言わなかったのに、あなたは過去形を使っていたわ」

「自分で言うとおり、あなたがばかだったっていうことね」

「ゴドフリー・ビヴァリーのこともある」頭の中でパズルのピースがあるべき場所に収まっていく。「どうして銃が二丁必要なんだろうって言ったとき、彼はまっすぐにあなたを見ていた」

「愚かな男よね。いつだって、余計なところに首を突っこむんだから。あのとき、見られたんだって気づいたわ」

「あなたのメイドは？　あなたがパウロのモーターバイクで彼女を轢き殺したの？」

「あれこれ嗅ぎまわっていたのよ。始末しなきゃならなかった」

人を殺したことをあまりにあっさりと口にする彼女を、わたしは呆然と見つめていた。

「ポッジになにをしたの？」

「あの子は無事よ。心配することはないわ」

「心配するに決まっているでしょう。あの子のところに連れていってちょうだい」

「ジプシー・モスの中にいるわ。あそこに浮かんでいる。さあ、ボートに乗って。あなたが漕いで、わたしたちをあそこまで連れて行くの」ロニーは梯子《はしご》をおりたところに結わえてある小さな手漕ぎボートを拳銃で示した。

わたしは必死で考えをまとめようとしていた。湖に飛びこんで、助けを求めに行くのはどうかしら？　いいえ、だめ。一番近いのはラノク城だけれど、あそこに着くまでにポッジは殺されるか、飛行機で連れ去られてしまうだろう。泳いでいけば、ロニーより先に飛行機にたどり着けるかもしれない。わたしは泳ぎがうまいし、彼女は梯子をおりて、ボートを結わえてある縄をほどかなければならないから、そのあいだにかなりの距離を稼げるはずだ。やってみる価値はある。なにもしないよりはましだ。彼女は間違いなくわたしを、そしておそらくポッジのことも殺すつもりだろうから。失うものなんてなにもない。

大きく息を吸うと、黒い水に向かって身を投げた。舟小屋に銃声がこだまするのが聞こえ、銃弾が当たることを覚悟したが、幸いにも逸《そ》れたようだ。水中に飛びこむと水の冷たさに思わずぎくりとし、水面に顔を出して息を吸いたくなるのをこらえなければならなかった。方向が合っていることを祈りながら、水を蹴って水中を進む。明るい光が見えるところまで泳ぎ続け、肺が焼けつくように苦しくなったところで浮上した。ぜいぜいと息をつく。まだボートの気配はない。そこから力強く水をかいて飛行機に近づいていく。こんなに速く泳いだのは生まれて初めてかもしれない。飛行機にたどり着いたあとどうするつもりなのか、なにも考えてはいなかった。ロニーは拳銃を持っていて、わたしには身を守るものなどなにもない。けれど考えるのはあとまわしだ。

ブイに結わえつけられた飛行機はぷかぷかと浮いていた。わたしは楽々と泳ぎつき、フロートの上に体を持ちあげると、複葉になっている下側の翼を支えにして立ちあがった。思った以上に薄っぺらくて頼りない。飛行機がまるで大きな凧《たこ》のように、木と布と針金でできているとは想像もしていなかった。手漕ぎボートは舟小屋を離れ、こちらに向かってきている。ボートを漕ぎながら銃を撃つことはできないから、ポッジを連れて水に飛びこむことができれば、ボートの上のロニーから逃れられるかもしれない。

立ちあがって飛行機の中をのぞきこむと、縦にならんだふたつの座席が見えた。まずうしろの座席を確かめる。ポッジの姿はない。リュックサックのようなものがふたつ、座席の下に半分押しこまれるようにして置かれていたが、どちらも子供を入れるには小さすぎた。

フロートの上を移動して、前の座席をのぞきこんだが、そこにもポッジはいなかった。仕切りをまたいで操縦席にはいり、床を調べてみた。秘密の隠し部屋かなにかがあって、そこにいるのかもしれない。けれどなにも見つからなかった。

このあとなにをすればいいのか、考えている時間はなかった。飛行機が揺れている。ローが乗りこんできたということだ。もう一度泳いだほうがよさそうだ。片脚で仕切りをまたいだ。

「わたしなら、そんな真似はしなかったわね」ロニーがわたしからほんの三〇センチのところに立って、銃でぴたりと頭を狙っていた。

「ポッジがいない」わたしは力のない声で言った。

「そうね、いないわ」

「でもさっきあなたは……」

「ジョージー、いい加減、人が言ったことをそのまま信じるのはやめないとだめよ。本当に哀れな性格だこと」

「あの子はどこなの？」ロニーが銃を持っていて、おそらくわたしを撃つつもりだということはわかっていたけれど、怒りのほうが勝った。「あの子になにをしたの？」

「無事だって言ったでしょう。いまのところはね。縛りあげて、わたしの車のトランクに放りこんであるわ。最初からあなたのすぐうしろにいたのよ」

ロニーは面白い冗談だとでもいうように声をたてて笑いながら、フロートの上を素早く移動し、飛行機をブイに結わえている紐をほどき始めた。

「それなら、どうしてわざわざわたしをここまで連れてきたの？　舟小屋でわたしを撃って、湖に死体を捨てればよかったじゃないの」

「それも考えたけれど、あなたを人質にするほうがいいだろうと思ったのよ。あなたは自分でここまで泳いでくれたから、あなたの甥っ子を車から連れてくる手間も省けたし、だれかに見られる危険を冒さなくてもすんだ。さあ、座ってちょうだい。飛行機に乗せてあげるって約束したわよね？　やっと実現できそうよ」

彼女が革のフライトジャケットを着ていることに、そのときになってようやく気づいた。最初からそのつもりだったのだ。わたしはといえば、ずぶ濡れだ。彼女に撃たれるか、飛行機の外に放り出されるより先に凍え死にしそうだった。

「座って」前の座席を示しながら、ロニーが命令した。従うほかはない。言われたとおり座った。

ロニーは後部座席にあったバッグのひとつからなにかを取り出し、わたしに放った。

「ほら」ゴーグルだった。「ストラップを締めて」

「どうしてこんなことをするの？　わたしたちがあなたになにをしたっていうの？」

「わたしのものだったはずの権利を奪った。わたしの父親がだれなのか、知っているんでしょう？　父は王位継承者だった。クラレンス公爵よ」

「クラレンス公爵？　彼があなたのお父さんなの？　でもあなたが生まれるずっと前に亡くなっているじゃないの」

「死んでいなかったのよ。悪魔のような陰謀だった。彼らは父を誘拐して、この地に幽閉したの。健康を取り戻すことなく、わたしが赤ん坊の頃に死んだそうよ。それを聞けば、わたしが正統な王位継承者だっていうことがわかるでしょう？」

「たとえそれが本当だとしても、公爵はあなたのお母さんと結婚していない。だからあなたは正統な継承者ではありえないわ」

「結婚したわよ」ロニーは声を荒らげた。「したって、母が言っていた」

「だれもあなたの言うことなんて信じない」

「でしょうね。だから、愚かな王家の人間に復讐するにはこうするしかなかったの。それにはっきり言って、楽しかったわ。だれも殺すつもりはなかったのよ。ただ脅かすことができればよかった。自分の身が安全じゃないんだと思い知らせたかった。うまくいったわ」

「どうしてなの？　あなたはたくさんのものを手に入れているのに、どうしてそんな無駄なことに人生を費やすの？　あなたは有名な人だわ。いくつもの記録を作った。歴史に名前を残しているじゃないの」

「足りないのよ」ロニーはさらりと答えた。「わたしの中の空洞を埋めるには、それでは足りないの」

ロニーはうしろの座席に座った。「つかまって！」彼女の叫び声に続いて、飛行機がうなりをあげた。がたがたと震え始める。

前触れもなく動き始めたかと思うと、水面を跳ねながらどんどんスピードを増していき、やがてふわりと浮きあがった。湖と山が足の下に落ちていく。林の合間にラノク城が見えた。舟小屋の横に止められた車はまるで玩具のようだ。スコットランドが眼下にあった——荒涼としたラノク原野が広がり、その向こうにきらめく海とウェスタン・アイルズが見えていた。

「どこに行くの？」

振り返り、大声で尋ねた。アメリカまで飛ぼうとしているのかもしれないとふと思った。きっと行き着くことができなくて、大西洋の真ん中に墜落するんだわ。寒さと恐怖の両方から、全身が震えた。彼女の席はうしろだから、なにをしているのかはわからない。どちらにしろ、できることなどなかった。ここは空の上で、座席にストラップで縛りつけられているのだから。

飛行機の揺れを感じた。座ったまま振り返ると、ロニーが立ちあがっているのが見えてわたしはおおいに動揺した。

「なにをしているの？」大声で尋ねる。

「一度空を飛んでみたかったのよ」彼女が叫び返した。「試すのにいい機会だわ」また声を立てて笑う。「あら、わたしなら心配いらないわ。パラシュートをつけているから。心配しなきゃならないのはあなたのほうよ。ここでひとりきりになるんだから。まさに完璧よね。人質を取るよりずっと簡単。大西洋に落ちるか、それともどこかにぶつかるかしら。そうなったら燃料は満タンだから、飛行機は爆発してあなたは見分けがつかないくらい黒焦げになる。だれもがわたしだと思うわ。かわいそうなロニー・パジェットというわけ。まさに悲劇ね。きっと国葬が行われる。そしてわたしはアメリカで新しい人生を始めるの！　チャンスが溢れている国で」

　ストラップをはずして彼女を止めようとしたけれど、間に合わなかった。ロニーは飛行機の外へと身を躍らせた。手足を大きく広げて地上へ落ちていく彼女を、わたしはただ見つめるだけだった。

33

長いあいだ、わたしは呆然としてそこに座っていた。

「地上数百メートルを飛ぶ飛行機にわたしはひとりで乗っている」声に出してつぶやき、さらに数キロ四方にはだれも聞く人はいなかったから「ちきしょう」と付け加えた（罵り言葉を使っても許される状況だと思った。もっと強烈な言葉を知っていたら、それも全部使ってみたのに）。

息をするのがやっとだったけれど、それは顔にあたる風のせいだけではなかった。たとえ飛行機の操縦方法を知っていたとしても、わたしの座席の前には機器類がひとつもない。どちらにしろ、操縦方法など知らないけれど。それどころか、飛行機に乗ることすら初めてだ。けれどただじっとここに座って、運命を受け入れるつもりはなかった。「なにかしなさい」自分に命令を下した。

飛行機は大西洋に向かって順調に飛行を続けている。寒さに凍える指でストラップをはずし、向きを変えて座席に膝をついた。あまりの風の強さにほとんど動くこともできない。上側の翼を支えている支柱をつかみ、ふたつの座席のあいだにからだを引っ張りあげて膝をついた。風よけがあるせいで、前進するのが難しい。その風よけにしがみつきながら、片方の脚をじりじりとずらして座席に近づけていく。ようやくのことで座席に滑りこむと、わたしの重みで飛行機が揺れた。

「ここまでは順調」

自分を勇気づけるようにつぶやいてから、操縦席を眺めた。なにかほんの少しでもひらめきはしないかと、目の前の計器盤を見つめる。いくつもの計器の上で針が動いていたけれど、どれひとつとして意味をなさない。脚のあいだに床から金属の棒が突き出していた。恐る恐る片側に動かしてみると、飛行機が傾き始めた。あわてて元の位置に戻す。これで、その気になれば飛行機の向きを変えられることがわかったけれど、なんの意味があるかしら？　操縦桿《かん》を前に倒せばおそらく高度はさがるだろうが、どうすれば着水できるくらいに速度を落とせるのかがわからない。機はいま西に向かって飛んでいた。間もなく大西洋上空に出るだろう。そうなればもう助かる見込みはない。というより、どうあがいても助かりそうになかった。わたしは物事の明るい面を見るタイプだし、信じられないくらい勇敢なラノク家の先祖の血を受け継いでいるとはいうものの、この状況で勇敢でいるのはひどく難しかった。

大西洋上空に出る前に、思い切って飛行機の向きを変えてみるべきだろうかと考えてみた。水上で機体の高度を思いっきりさげておいて飛び降りたら、助かるチャンスはどれくらいあるかしら？　もうひとつのリュックサックにふたつ目のパラシュートが入っているかもしれないと、思いついた。開けてみたけれど、着替えの服とキャドバリーのチョコレート・バーが入っているだけだった。わたしはチョコレートを食べ始めた。半分ほど食べたところで、その音に気づいた——大きな単調な音。振り返ると、すぐうしろに別の飛行機が飛んでいるのが見えて、希望が湧き起こった。助けに来てくれた！　でもこれはロニーの飛行機だから、だれもわたしが乗っていることは知らないんだわ。

その飛行機がすぐそばまで近づいてくるのを待ち、立ちあがって手を振った。

「わたしよ。助けて！」大声で叫ぶ。うまいやり方とは言えなかったけれど、この状況ではこれがせいいっぱいだ。

向こうが合図をするのが見えた。親指を立てたのは、いい意味なのだろうと解釈した。ヘルメットとゴーグルをつけたふたりの飛行士は、しばしわたしを見つめたあとで機首をあげ、機体をわたしの飛行機の上へと移動させた。頭上でホバリングする機体が、巨大な蜻蛉《とんぼ》のような影を落としている。なにかが蛇のようにするするとおりてきて、わたしの頭をかすめるようにして揺れた。縄梯子だ。まさかわたしにこれをのぼれと言うんじゃないでしょうね？　けれど海に墜落するよりはましだと思い直した。

身を乗り出してつかもうとすると、縄梯子は風を受けながら上下に揺れた。だれかがおりてきている。その人物は間もなく上側の翼をつかみ、わたしの目の前で木製の機体におり立った。

「縄梯子をのぼれるか？」彼は大声で尋ねた。

「わからない」わたしは頭上の機体を見あげた。「手がかじかんでいるの」

けれど決断する必要はなかった。大きな雲がわたしたちの前方に立ちはだかったのだ。

「手遅れだな」彼はそう言って、縄梯子から手を放した。「急いで前に移動するんだ。ぼくはこれを操縦しなければならない」機体が雲に呑みこまれたので、迷っている暇はなかった。

「気をつけて」わたしが立ちあがると、彼は操縦席に足をおろしながら言った。さっきとは逆向きに風よけの横から少しずつ脚を伸ばし、前の座席に移動するあいだ、彼がしっかりとわたしを支えてくれていた。

「いいぞ。ストラップを締めるんだ」

雲を抜け、まばゆい光の中に出た。もう一機の飛行機の姿はない。

「こんなことは最初で最後にしてくれ」彼が叫んだ。わたしはようやくその声がだれのものであるかに気づいて振り返った。ダーシーだ。

「ここでなにをしているの？」

「〝助けに来てくれてありがとう〟じゃないのかい？」

「これの操縦方法を知っているの？」

「いいや。だがここに説明書がある。声に出して読んでくれないか？」ダーシーは上着のポケットに手を突っこんだが、わたしの顔を見て笑いだした。「前にも飛行機を飛ばしたことがあるよ。ちゃんとおりられるさ」

機体が右へと傾き、ふわりと胃が浮いたような感覚があった。旋回しながらどんどん高度を落としていく。前方に大きな入江が見えた。きらきら光る水面をかすめるようにして飛んでいたかと思うと、着水した機体が上下に激しく跳ね、岩礁からほんの数メートルのところでようやく止まった。

ダーシーがヘルメットとゴーグルをはずした。「フーッ、危ないところだった」立ちあがりながら言う。「水の上におりたのは初めてなんだ」

「いまさらよくそんなことが言えるわね」辛辣な言葉を返したとたんに、どっと涙が溢れた。「ジョージー」ダーシーが身を乗り出してわたしを抱き寄せると、飛行機は大きく揺れた。

「もう大丈夫だ。なにも怖くないよ」

「ええ、わかっている」泣き止もうとしたけれど、涙が止まらなかった。わたしは座席に膝をつき、彼の革のジャケットに顔をうずめて泣き続けた。「わたしったらばかみたい」口がきけるようになったところで、ようやく言った。「それにあなたの革のジャケットをびしょびしょにしてしまったわ」

「かまわないさ。牛だって濡れることはある。そうだろう?」ダーシーは笑顔で、干し草のようになっているわたしの髪を撫でた。「だがほかのところまでびしょ濡れだ。いったいなにがあったんだい?」

「飛行機まで泳いだの。彼女にだまされたのよ。ポッジが乗っていると思ったのに、乗っていなかった」

「なかなか大変な朝を過ごしたみたいだな」彼の顔にはまだ笑みが浮かんでいる。「少なくとも、退屈ではなかっただろう?」

「あなたはまたどこかに行ってしまったんだと思っていた」

「幸いにも、サー・ジェレミーと連絡を取ることができたんだ。共通の知り合いがいることがわかったから、行くのはやめにした」

「どうやってわたしを見つけたの?」

「運がよかったんだ。家の外で座っていたら、飛行機が飛び立つのが見えた。その直後に電話があって、ヒューゴ・ビーズリー＝ボトムを殺したライフルがパジェットの家で発見されたことと、きみの甥が行方不明になっていることを聞いた。さらに、その飛行機にふたり乗っているのを見た者がいた。そういうわけで、ぼくたちは最悪の事態を想定したんだ。幸いなことに、パウロが自分の水上飛行機でロンドンから戻ってきていたから、きみのあとを追って飛び立った。パウロの飛行機のほうがずっと速いから、まもなく追いついたというわけだ。ロニーもあの飛行機に乗っていたんだろう? まさかきみがひとりで飛んでいたわけではないよね?」

「もちろんロニーがいっしょだったわ」

「彼女はどうしたんだ?」

「飛びおりたの。パラシュートをつけているって言っていたけれど、開くところは見なかった。きっとそのまま落ちたんだと思う」

「彼女にとってはふさわしい最期だろう」ダーシーが神妙な顔でうなずいた。「彼女のような人が絞首刑になったり、精神病院に入れられたりするところは見たくない」

「彼女のお母さんは精神病院にいるわ」進行性の梅毒にかかっているのだと言おうとしたけれど、ダーシーの前で口するのははばかられた。

「メイジー・マクフィーだね？　サー・ジェレミーの部下が、エディンバラの登記所で調べてくれた。きみの言ったとおり、彼女には子供がいた――名前はわからないが、ロニーと同じくらいの年齢の女の子だ」

「父親は？」

「エディ・アクストンという名の何者かだが、出生証明書は改ざんされているようだった」

「エディ・アクストン。ありふれた名前ね。彼とは結婚していたの？　ほかに子供は？」

「どちらもノーだ」

「かわいそうなロニー。なんの根拠もない妄想だったんだわ」

「本当に」ダーシーがわたしの頬を撫でた。「きみは凍えているじゃないか。早いところ家に帰ろう」

「そうね、すぐにラノク城に戻らなくちゃ。ポッジがどこにいるかがわかったの。助けなきゃいけないわ」あたりを見回した。丘と荒れ地と打ち寄せる波と頭上を舞うカモメ以外はなにもない。「どうしてここにおりたの？　なにもないところじゃないの」

「ここがどこなのかは知らないが、慣れない飛行機で危険を冒すわけにはいかなかった。山に激突せずにすみそうな開けた水面で最初に見えたのがここだったんだ」

「とにかく、これ以上時間を無駄にするわけにはいかないわ。岸まで行って、警察に電話をしないと」

「仰せのとおりに、お嬢さま。岸まで泳いでいけと言いたいんだろう？」

「ここは浅いわ。歩いていける」ダーシーが飛行機から降りようとしたところで、わたしは彼の手に触れて言った。「ダーシー、助けに来てくれてありがとう。あなたは本当に勇敢な人ね。それにかなりうまく着水したと思うわ」

ダーシーは声をたてて笑い、水の中におり立った。

「ものすごく冷たい。まったくきみのために、ぼくはどれほどのことをしなきゃならないんだ！」

34

　ダーシーはすぐに電話を見つけ、地元の警察を呼んで車を借りた。ラノク城に戻る車のなかで、わたしは彼の隣に座り、溢れんばかりの幸せを感じながら体をすりよせて暖を取っていた。ラノク城に続く道路を走っていると、パウロとアメリカ人が桟橋の上で大きく手を振りながら飛び跳ねているのが見えた。

「いったい何事だ？」ダーシーは運転手に車を止めさせ、わたしたちは揃って降りた。「どうしたんだ？」ダーシーはパウロに駆け寄りながら尋ねた。

「彼女が勝手にぼくのボートに乗っていった」パウロが答えた。

「だれのことだ？」

「ロニーに決まっているじゃないか」

「ロニー？　でも彼女は死んだはずよ。飛行機から飛びおりたの」わたしは言った。

「それじゃあ、パラシュートをつけていたんだろう。突然、ボートのエンジン音がしたかと思ったら、彼女が乗っていたんだ」

「どこに行った？」ダーシーが訊いた。

「あそこだ。湖の向こう側。彼女がなにをするつもりかわかるかい？　世界記録に挑戦するつもりだ。だがボートの準備がまだなんだ。なんてばかなことを。なにもかもが台無しだ」

「まさかポッジがいっしょじゃないでしょうね？　ロニーを止めなきゃ」わたしは叫んだ。

わたしが言い終えるより早く、青いボートが動きはじめた。エンジンがうなる。どんどんスピードをあげていき、青いかすみとなってわたしたちの前を通り過ぎた。そのとき、だれかが叫んだ。「見て！」

別のだれかが悲鳴をあげた。「怪獣よ！」

風が湖面を波立たせ、いつしか湖の中央に向かって渦を巻く大きな波を生んでいた。とぐろを巻く巨大な蛇のようだ。ボートはその波に激突した。ふわりと宙に浮く。永遠にも思えるあいだボートは水上を滑空していたが、やがて船首が持ちあがり、ひっくり返って水面に叩きつけられた。船体はバラバラになって四方に飛び散った。波が収まり、あとには静けさだけが残った。油まじりの水面に小さな青い断片が浮いている。

気がつけばわたしは岸辺を走りながら叫んでいた。「ポッジ。嘘よ、ポッジ」

ダーシーが追いついてきた。「ジョージー、家まで送っていこう。ここできみにできることはなにもないよ」

「だってあの子はまだ生きているかもしれない」

「もしあのボートに乗っていたなら、望みはない。だがポッジの居場所は伝えてあるじゃないか。きっと無事だよ」

ラノク城に着くまで、わたしは息をつめるようにして車に乗っていた。正面の階段の前に車が止まると、玄関が開いてフィグが飛び出してきた。うしろから松葉づえをついたビンキーがついてくる。

「ジョージアナ、よかった、無事だったのね」

「わたしのことはいいの。ポッジは？」

「ベッドの中よ。眠っているわ」

「それじゃあ、手遅れにはならなかったのね」

「あなたの素晴らしいおじいさまのおかげよ。あなたが車でどこかに行くのを見かけて、機転を利かせてナンバーを控えてくれたの。警察はすぐにその車を発見して、トランクにポッジがいるのを見つけてくれた。よくも子供にそんなことができたものだわ。あの女は怪物ね。警察が捕まえてくれるといいのだけれど」

「彼女は死んだわ」わたしは言った。


「あの子は昔から向こう見ずだった」パジェット少佐は、冷え冷えとした陰鬱な居間で無言で悲しみに耐えている妻を見つめながら語りはじめた。「まだほんの子供の頃から危ないことばかりして、限度というものを知らなかった。残念なことに、父親にそっくりだった」

「父親はクラレンス公爵だとロニーは言っていました」

「あの子があなたにその話を？」

うなずいた。「でも出生証明書には、父親はエディ《Eddy》・アクストン《Axton》だとありました。王家とはなんの関係もない人です」

「エディ《Eddy》・エイヴォン《Avon》。わたしが改ざんした」

「なぜです？　エディ・エイヴォンというのはだれなんですか？」

「クラレンス・アヴォンデイル公爵《Duke of Clarence and Avondale》というのが、正式な名前だ。家族からはエディという愛称で呼ばれていた」パジェット少佐はため息をついた。「いつかは明らかになる日がくるだろうと思っていた。これほどの秘密を隠しおおせるわけがない。この長い年月、わたしはずっと苦しんできた」

「それでは、彼が誘拐されて閉じこめられていたというのは、本当だったんですか？　インフルエンザで死んだのではなくて？」

　再びため息。「そのとおり」

「あなたは、彼を誘拐した人間のひとりだったんですね？　そして精神病院に彼を幽閉した」わたしは嫌悪感を隠そうともせずに言った。

「そうだ。神よ、許したまえ」少佐はつややかに磨きあげられた自分の靴に視線を落とした。

「わたしは前途洋々たる軍の任務からはずされ、王位継承者であるクラレンス公の侍従となった。彼のことを知れば知るほど、わたしは苦悩し、反感を覚えた。男女を問わず相手にする下劣な行為、麻薬に手を出し、誤った判断をくだし……。彼には王座についてほしくないと思った。君主制度をだめにしてしまうと。売春婦から進行性の梅毒をうつされたと医者から聞いたときには、恥ずかしさのあまり死ぬかと思ったほどだ。

だが奇跡が起きた。インフルエンザが国内で猛威をふるったのだ。彼も感染した。昏睡状態に陥り、死の一歩手前だった。ある有力者たちはこれを、彼を葬る千載一遇のチャンスだと考えた。とどめを刺すようにと彼らから命令されたが、わたしは人殺しに手を貸すつもりはなかった。

そして、二度目の奇跡が起きた。その日、ひとりの若い従僕が病に屈して息を引き取った。彼の体型や髪の色は、クラレンス公に似ていなくもなかった。そこで有力者たちは、昏睡状態のクラレンス公と死んだ従僕をひそかに入れ替えた。感染するおそれがあったから、王家の人々はあらかじめ近づけないことになっていた。従僕の棺桶には大きな石が入れられ、彼自身は王家の人間として埋葬された」

少佐は絶望に満ちた目でわたしたちを見た。「クラレンス公は、ある田舎の邸宅にこっそりと運ばれた。予想に反して、彼は回復した。寝たきりになり、ときに暴力をふるうこともあったし、正気とは思えないことも多かった。医者の見立てによれば長くはないだろうということだったので、遠いところに彼を隠すことにした。ここスコットランドに」

「王家の人たちはそのことを知っていたのか？」ダーシーが訊いた。

少佐は首を振った。「もちろん知らない。決して知らせてはならない。だれにも。すでにだれかに知られているのだろうか？」

「サー・ジェレミー・ダンヴィルには、わたしが疑念に思っていることを伝えてあります」

「だが彼は公安課の責任者だ」ダーシーが急いで言った。「彼らが秘密を漏らすことはない。ジョージーとぼくのことは信用してもらって大丈夫だ」

パジェット少佐はうなずいた。「つらい日々だった。わたしは彼の監視人の役割を与えられた。その役割がどれほどいやだったことか。すべてが倫理的に間違っているとしか思えなかった」

「それほどいやだったのなら、どうして承諾したんだ？」

「わたしは軍人だ。命令に従うのが務めだ。自分自身より国を重んじることが、自分の言葉を守り抜くことが名誉だった。わたしは陰謀を企んだ最初の会合に出席していて、その際に秘密を守ると誓いを立てた。誓いを破ることはなかったが、それ以来後悔しない日はない。わたしの軍人としての経歴は終わって、かわいそうな妻は孤独な暮らしを強いられている」

「わたしはいいのよ」部屋の向こうからパジェット夫人が言った。「なにがあろうと、あなたと結婚したんですもの。ただ絶望に陥るあなたを見ているのはつらかった。でも、しばらくのあいだはロニーがいたわ」

「それじゃあクラレンス公は、子供を作れるくらいに回復したんですね？」わたしは訊いた。

パジェット少佐はうなずいた。「そんな状態になっても、彼はメイドに手を出さずにはいられなかった。わたしたちも気をつけていたんだが、メイジー・マクフィーは夜間担当の看護婦で、彼は眠らないことがあったようだ。妻はずっと子供を欲しがっていたから、わたしたちはその子を養女にすることに決めた。そしてヴェロニカが生まれてまもなく、クラレンス公の心臓はようやく鼓動を止めた。わたしたちは自分の子のようにあの子を育てた。まるで二羽のホロホロチョウが鷲の子を育てるように」

「本当の両親のことを彼女に話したんですか？」

「とんでもない。その秘密を知っていたのは、ほんのひと握りの人間だけだった。あの子がそれなりの年齢になったら、養女だということだけ話そうと思っていた。だがさっきも言ったとおり、あの子はいつも危険なことや禁じられていることばかりしていた。立ち入りを禁止していたわたしの事務所に無断で入り、わたしの個人ファイルを盗み見て、メイジー・マクフィーに定期的に支払いをしていることを突き止めた。そして、彼女に会いに行った。メイジーはすでに正気を失いかけていて、王家の血筋について壮大な物語をあの子に語ったようだ。クラレンス公と結婚していたと、事実ではないことまで話したらしい。わたしはヴェロニカに脅されて、彼が父親であることを認めざるを得なかった。

それからというもの、ヴェロニカは王家の一員になるという夢を抱くようになった。わたしたちは彼女に分別を持たせようとした。飛行機に乗るようになって、女性飛行士として有名になったときはほっとしたが、あの子にはそれでは足りなかったようだ」

「ロニーは飛行機から飛びおりる前、なにをしても自分の中の空洞は埋められないと言っていました」

「あの子が安らかに眠れますように」

パジェット夫人が言い、ダーシーが十字を切った。

ダーシーとわたしは、傾きかけた夕日のなかを曲がりくねった道をラノク城に向けて走っていた。空はピンクと金色に染まっている。鴨の群れが湖のまわりを舞っていた。ようやく平和なときが訪れたようだ。

「ダーシー」わたしは長い沈黙を破った。「どうしてわたしのそばにいるの？　わたしのなにに興味があるの？　わたしは、あなたが好むタイプとはまったく違うのに。お金はないし、人目を引くタイプでもない。セクシーでもきれいでもないわ」

「確かにそうだ」アイルランド人のいまいましい率直さだった。「正直に言うと、最初は難題に挑む気持ちだった。きみはお高くとまっていたし、純潔だったし、ヴィクトリア女王の孫とベッドを共にすることを考えると、おおいに好奇心をそそられた」

「曾孫よ」わたしは訂正した。

「そうか、曾孫か。しばらくすると、〝少し経験を積めば、彼女はいいベッドの相手になるかもしれない〟と思うようになった」

ダーシーに見つめられて、わたしは頰を染めた。

「いまは？」

愛していると言ってくれることを願っていたのだと思う。

「挑んでいたことを途中であきらめるのは嫌いだ」ダーシーはさわやかに答えた。「とりわけ、ゴールが見えているときには」

わたしが欲しかった答えではなかった。それからしばらく、わたしたちは無言で車を走らせた。

「理由はそれだけ？　ただ挑みたかっただけ？　目的を達したら、もうわたしに興味はなくなる？」

「そういうわけじゃない。ジョージー、問題はきみを頭の中から追い出せないということなんだ。本来ならぼくは、望みどおりの暮らしをさせてくれる金持ちの女相続人を追いかけるべきなんだ。だがいつもきみのところに戻ってきてしまう。どうしてなのか、自分でもわからない」

ダーシーは手を伸ばし、わたしの手を包んだ。「だがいまぼくはこうしていて、きみもここにいる。ここから始めて、あとは流れに任せてみないか？」

「ええ、そうね」

わたしは顔をあげて彼のキスを待ったが、次の瞬間、叫んでいた。

「気をつけて！」

数頭の羊が目の前で道路を横断していた。

訳者あとがき

ヴィクトリア女王の曾孫にして王位継承順位三四番、現ラノク公爵の妹でありながら生活に困窮する兄の家には居場所がなく、自分の手で自分の人生を切り開くべく意気揚揚とロンドンに出てきたものの、なんのつてもなく手に職もなく、スイスの教養学校で身につけたことといえば、そこそこ使える程度のフランス語と晩餐の際には司祭さまにテーブルのどこに座っていただくかということくらい、ボートに乗ればロープが足にからみついて水中に引っ張りこまれ、書店に行けば死体と遭遇し、なぜか行く先々でトラブルに巻きこまれるジョージーのドジっぷり——もとい、奮闘ぶりを楽しみにしてくださっているみなさま、お待たせいたしました。三つ目の事件発生です。

ロンドンは猛暑の夏を迎えていました。田舎で暮らしている人がロンドンに出てくるときに、屋敷の掃除をして出迎えるコロネット・ドメスティックス・エージェンシーとしての仕事は、残念なことに開店休業状態です。夏のロンドンのような不愉快な場所にやってくる人はいませんから。そこでジョージーはまた新たな仕事を思いつくのですが、案の定またまたトラブルを招いてしまい、その結果、スコットランドに送り返される羽目になります。義理の姉フィグからたっぷりの嫌味を浴びせられることを覚悟してラノク城に戻ったジョージーですが、どういうわけか諸手をあげて迎えられます。もろもろの事情があって望みもしないハウスパーティーを開かなければならなくなったので、準備のために人手が必要だったのでした。さらにジョージーは、兄のビンキーが地所に仕かけられていた動物用の罠に足をはさまれて大けがをしたこと、皇太子のデイヴィッドが乗る馬の腹帯が緩んでいたり、車のハンドルがきかなくなったりといった事故が続いたことを知ります。単なる偶然なのか、それとも王位継承者が狙われているのか。だとしたらその理由は何で、犯人は何者なのか。何も手がかりがつかめないでいるうちに、ジョージー自身も危険な目に遭い、やがてとうとう死人が出ます。さてさて、いったいこの事件の真相は——というのが、本書のあらすじですが、それ以外にもジョージーに興味を持つ男性がちらほらと現れます。ダーシーはもちろんのこと、なんということでしょう、ジョージーにモテ期到来です！　ベリンダや母親のようにジョージーも男性を手玉に取れるようになるのかどうか……は本書をお読みいただくとして、ここでは舞台となっているスコットランドについて、少し触れておきましょう。

まずはジョージーの実家であるラノク城……と言いたいところですが、これは架空のお城なので、バルモラル城のお話を少し。ロイヤル・ファミリーが現在でも夏の休暇を過ごされるところなので、名前を聞いたことのある方も多いでしょう。もともとは一四世紀末に建てられたものでしたが、滞在していたヴィクトリア女王がここを大層気に入り、一八五二年に所有権を買い取って王室にふさわしい城として改築しました。その後、庭園や花壇、使用人用の住居が作られ、現在の形となっています。滞在中、夫のアルバート公は鹿狩りや猟鳥狩りをし、ヴィクトリア女王は長い散歩をして過ごしたと言います。アルバート公が亡くなると、女王がバルモラル城にいる時間は次第に増えて初夏から秋にかけて四カ月ほども滞在するようになり、やがて狩猟案内人であったジョン・ブラウンという男性と親密な関係になったという説があります。真偽のほどは定かではありませんが、女王がブラウンを寵愛していたことは確かで、女王が作らせたブラウンの肖像画や胸像などは、女王の死後、息子であるエドワード七世によってすべて破棄、もしくは破壊されたということです。

そのヴィクトリア女王が一八四八年に初めて観戦して以来、ロイヤル・ファミリーの方々が毎年観戦なさっているのがブレーマー・ギャザリングと呼ばれている、バルモラル城近くのブレーマーで行われるハイランド・ゲームです。起源ははっきりしませんが、屈強なハイランドの男性たちの力くらべにその歴史をさかのぼることができると考えられています。一八世紀には反逆を恐れたイングランド政府によって禁止されますが、スコットランド北部（ハイランド）でひそかに行われていたため、ハイランド・ゲームと呼ばれるようになったということです。やがてスコットランドの文化を見直す動きと共に広く行われるようになり、ヴィクトリア女王の観戦を期に正式に復活します。本書でもジョージーの親戚であるラハンとマードックがそのための練習に余念がないようですが、この競技会ではハンマー投げや丸太棒投げなど身体能力を競うだけでなく、ハイランドダンスやバグパイプのコンテストなども行われます。

バグパイプという楽器は、演奏するのがとても難しいことをご存じでしょうか？　もちろんどんな楽器も簡単ではありませんが、バグパイプはちゃんとした音を出すまでにかなり苦労するようです。文字通り、バッグ（袋）とパイプ（管）を合体させた楽器で、口にくわえた管から吹き込んだ息で直接音を出すのではなく、一度袋にためた空気をパイプに送り出すことで音を鳴らします。そのため、息継ぎのときに音が途切れることはないのですが、ちゃんとした音を出すためには常に一定の強さで空気を送り出す必要があります。そこで、息継ぎをしているときには脇に抱えた袋を強く押し、そうでないときには力をいくらか弱めるといった微妙な調節をしなければなりません。もちろんそのあいだも指を動かしてメロディを奏で続けなければいけません。さらに演奏終了時に袋がぱんぱんに膨らんだままだと空気の流れが止まらず、音も止まらないので、曲の終わりが近づいたときには袋を絞っておかなければならないのだそうです。まがりなりにも曲を奏でられるようになるまでには、かなりの練習がいりそうですね。バグパイプにはいろいろな種類がありますが、本書に登場するのはグレート・ハイランド・バグパイプと呼ばれるもので、特徴としては音が大きいことがあげられます。かつては戦闘時に敵を威嚇することと、自軍の存在を知らしめるために使われていたからです。ジョージーは招かれざる客であるアメリカ人たちを追い出すために、夜明け前にバグパイプを演奏するという昔ながらの習慣を復活させますが、それでなくても陰鬱なスコットランドのお城で、夜明け前にあの独特なバグパイプの音色が高らかに響いたとしたら……確かに逃げ出したくなるかもしれません。

コージーミステリに欠かせないものといえば、そう、もちろんおいしいお料理。スコットランドと言えばやはりハギスでしょう。羊の内臓、オート麦、たまねぎ、ハーブなどを刻み、牛脂とともに羊の胃袋につめて茹でたものです。ここに、やはり本書に登場するニープス・アンド・タティーズ（ターニップという蕪《かぶ》の一種とポテトをマッシュしたもの）を添えて食べるのが一般的です。ラハンとマードックが、『ハギス』という動物の肉を使った料理なのだと言ってアメリカ人をかつぐ場面がありますが、実際にスコットランドでは子供たちにそう説明することも多いようです。実はこのハギス、見た目があまりよくないので、子供たちが食べたがらないことがあるそうです。そこで、これは心のきれいな人にしか見えない、山奥に住むハギスという三本足の不思議な動物の肉だと言って興味を持たせるわけです。ぬいぐるみが売られているくらいこの話は広く伝わっているので、本当にハギスという動物が存在すると信じている外国人もけっこういるのだとか。お料理のハギスのほうは、スコットランドでは普通に食卓にのぼります。特に一月二五日のバーンズ・ナイトには欠かせないメニューとなっています（フィグもバーンズ・ナイトにはハギスを食べると言っていましたね）。この日は『蛍の光』の原詩を書いたスコットランドの詩人ロバート・バーンズの誕生日で、彼が『ハギスに捧げる詩』を書いたことから、ハギスを食べて祝うことになったそうです。ジョージーはそれほど好きではないようですが、スコットランドの人々にとっては大切な伝統料理のひとつです。

さて、今回はスコットランドに戻ったジョージーですが、次作ではヨーロッパ大陸に渡るようです。外国と言えば、退屈で安全なスイスしか知らなかったジョージー。今度はどんなドジ——ではなく、活躍を見せてくれるのでしょうか。来年春の刊行をどうぞお楽しみに。

コージーブックス

英国王妃《えいこくおうひ》の事件《じけん》ファイル③
貧乏《びんぼう》お嬢《じょう》さま、空《そら》を舞《ま》う

著者　リース・ボウエン
訳者　田辺千幸《たなべちゆき》

2014年　6月20日　初版第1刷発行

発行人　成瀬雅人
発行所　株式会社　原書房
〒160-0022 東京都新宿区新宿1-25-13
電話・代表　03-3354-0685
振替・00150-6-151594
http://www.harashobo.co.jp
ブックデザイン　川村哲司（atmosphere ltd.）
印刷所　中央精版印刷株式会社

落丁・乱丁本はお取り替えいたします。

定価は、カバーに表示してあります。

©Chiyuki Tanabe 2014 ISBN978-4-562-06028-3 Printed in Japan